D0993641

LE CRI
DU MORPION

T'es beau, tu sais !
Ça ne s'invente pas.
J'ai essayé : on peut !
Un os dans la noce.
Les prédictions de Nostrabérus.
Mets ton doigt où j'ai mon doigt.
Si, signore.
Maman, les petits bateaux.
La vie privée de Walter Klozett.
Dis bonjour à la dame.
Certaines l'aiment chauve.
Concerto pour porte-jarretelles.
Sucette boulevard.
Remets ton slip, gondolier.
Chérie, passe-moi tes microbes !
Une banane dans l'oreille.
Hue, dada !
Vol au-dessus d'un lit de cocu.
Si ma tante en avait.
Fais-moi des choses.
Viens avec ton cierge.
Mon culte sur la commode.
Tire-m'en deux, c'est pour offrir.
A prendre ou à lécher.
Baise-ball à La Baule.
Meurs pas, on a du monde.
Tarte à la crème story.
On liquide et on s'en va.
Champagne pour tout le monde !
Réglez-lui son compte !
La pute enchantée.
Bouge ton pied que je voie la mer.
L'année de la moule.
Du bois dont on fait les pipes.
Va donc m'attendre chez Plumeau.
Morpions Circus.
Remouille-moi la compresse.
Si maman me voyait !
Des gonzesses comme s'il en
    pleuvait.
Les deux oreilles et la queue.
Pleins feux sur le tutu.
Laissez pousser les asperges.
Poison d'Avril, ou la vie sexuelle
    de Lili Pute.

Bacchanale chez la mère Tatzi.
Dégustez, gourmandes !
Plein les moustaches.
Après vous s'il en reste, Monsieur
    le Président.
Chauds, les lapins !
Alice au pays des merguez.
Fais pas dans le porno...
La fête des paires.
Le casse de l'oncle Tom.
Bons baisers où tu sais.
Le trouillomètre à zéro.
Circulez ! Y a rien à voir.
Galantine de volaille pour dames
    frivoles.
Les morues se dessalent.
Ça baigne dans le béton.
Baisse la pression, tu me les gon-
    fles !
Renifle, c'est de la vraie

Hors série :

L'Histoire de France.
Le standinge.
Béru et ces dames.
Les vacances de Bérurier.
Béru-Béru.
La sexualité.
Les Con.
Les mots en épingle de San-Anto-
    nio.
Si « Queue-d'âne » m'était conté.
Les confessions de l'Ange noir.
Y a-t-il un Français dans la salle ?
Les clés du pouvoir sont dans la
    boîte à gants.
Les aventures galantes de Béru-
    rier.
Faut-il tuer les petits garçons qui
    ont les mains sur les hanches ?
La vieille qui marchait dans la
    mer.

Œuvres complètes :

Vingt-deux tomes déjà parus.

SAN-ANTONIO

LE CRI
DU MORPION

6, rue Garancière - Paris VIᵉ

© 1989, « Éditions Fleuve Noir », Paris.

ISBN 2-265-04046-0
ISSN 0768-1658

LE CRI DU MORPION

Roman franchement magistral.
Et à grand spectacle.
Que tu peux pas croire que c'est moi qu'a écrit ça!

A Charles Aznavour, le king de la scène et de l'amitié, Affectueusement.

San-A.

Dieu, que le cri du morpion est triste au fond des poils !

CURRICULUM VITAE
DU MORPION ARSÈNE

A ses débuts, il avait été accompagnant pubien à bord d'un clochard de la place Maubert nommé Eloi Granjean.

Lors d'une basse copulation de ce dernier avec une virago connue sous le sobriquet de Coco-les-Grosses-Meules, Arsène avait changé de domicile et planté sa tente dans l'espèce de forêt amazonienne, dense et frisée de la dame ; mais il s'y était trouvé en compagnie d'autres morpions belliqueux, d'origine germanique, qui lui avaient mené la vie dure. Leur manque total de convivialité décida Arsène à fuir cette zone maréca-geuse pour se réfugier dans la moustache poivre et sel d'un vieux bouffeur de culs, Alexis Manigance, retraité de la S.N.C.F., lequel ne se montrait jamais regardant quant aux sources où il abreuvait ses désirs, comme l'a écrit si joliment Mme Marguerite de la Pointe Duraz (que quelques échotiers, émules de Philippe Bouvard probablement, ont surnommée Marguerite de l'Ennui).

L'installation d'Arsène dans cette moustache marqua un tournant de sa vie car c'était la première fois qu'il disposait d'un espace vital aussi exigu et qu'il ne s'ébattait plus sur les rives (peu ensoleillées) de deux orifices.

Le retraité des chemins de fer, souffrant d'une

maladie d'estomac, puait très fort de la gueule, ce qui incommodait Arsène. Il se rabattit bientôt sur la toison de Geneviève Ardécaut, une peintresse (le terme est d'Arsène) qui, un soir de « je-m'envoie-dehors », ayant rencontré Alexis Manigance dans le métro, son seizième whisky franchi, avait trouvé farce qu'il lui fît du pied et l'avait accompagné sans réticence jusqu'à son modeste domicile de veuf où le bonhomme, après son numéro de dégustation et gagné par la frénésie des sens, lui avait carré dans le train une très modeste bitoune de 13 centimètres, ce qui, converti en mesure anglo-saxonne, donne environ 5 pouces.

Mais l'ami Arsène n'avait pas attendu cette phase épique pour déménager une fois de plus. Dès les prémices de la minette, il s'était transporté avec armes et bagages dans le triangle d'or de Geneviève. Pour la première fois de sa furtive existence, l'aimable animal occupait des locaux salubres, clairs et bien entretenus, parfumés de surcroît au déodorant Azurée de chez Estée Lauder.

Il vécut là la meilleure partie de sa vie, bien que le tempérament de feu de Geneviève conduisît cette jeune artiste à pratiquer la luxure au moins quotidiennement, ce qui constituait pour Arsène une source de tracasseries. Ce qu'il redoutait surtout, ce n'était pas tant que des messieurs (de tout poils) se roulassent sur son corps, mais les vigoureuses ablutions qui en consécutaient (Arsène dixit) et qui, chaque fois, risquaient de l'entraîner, puis de l'engloutir dans les gouffres abyssaux concoctés par les redoutables Jacob et Delafon, qui sont au morpion ce que Jeanne d'Arc fut à l'Anglais.

Arsène, après les frasques de sa logeuse, devait se cramponner ferme sur ses positions. Quand elle se lançait dans ses débordements, il s'attachait avec un poil, au plus profond de sa toison. Une autre période post coïtum était source d'angoisse pour la bestiole : le savonnage. Geneviève était une maniaque de l'hygiène et se fourbissait la case trésor à s'en arracher le pelage ! Cette pratique avait failli coûter la vie à Arsène car, lorsqu'il naviguait dans la moulasse de Coco-les-Grosses-Meules, il ignorait ce genre de danger.

Et puis, enfin, il y eut moi dans la trajectoire d'Arsène. Moi, hélas, pour son plus grand malheur ! Moi, qui devais devenir sa fatalité !

Un soir, dans un raout chez un ami comédien, je fis la connaissance de Geneviève Ardécaut. Au petit matin, je lui proposai de la raccompagner chez elle, ce qu'elle accepta à pieds joints (très provisoirement). Bien entendu, nous fîmes l'amour ensemble, te le préciser relève du pléonasme. Et c'est alors que le pauvre Arsène, sans doute séduit par ma Maserati, je ne vois pas d'autres motivations, abandonna la touffe exquise (je sais de quoi je parle) de Geneviève pour mon propre système pileux.

Sa présence ne m'importuna pas, au début ; je ressentais bien parfois une petite démangeaison, mais je la mettais sur le compte d'une légère poussée d'urticaire, affection dont il m'arrive de souffrir aux premières fraises. Mais le drame était en marche pour l'infortuné Arsène.

Le cul, c'est comme un rêve, parfois.

Tu as le cul fortuit des rencontres, mais tu as également l'autre, celui que tu convoites et dont tu te souviens : le cul de nostalgie, paré de tous les charmes, de toutes les grâces. Le cul qui t'accompagne jusqu'aux limites du sommeil, et qui t'attend à ton réveil pour t'apporter, dès l'aube, des sortilèges d'alcôve. Le cul obsédant : le cul violoncelle qui te joue sa merveilleuse musique dans l'âme, à bout portant !

Moi, Marie-Maud, son cul d'une autre fois était venu m'interpeller, un soir, en pleine baise. Je limais une Alsacienne (toujours ça que les boches n'auront pas !) ;

la gentille mademoiselle se laissait tirer à la va-comme-tu-me-brosses, sans manifester de bonheur excessif. Elle préférait se trouver là plutôt que d'être restée devant son Dubonnet, mais sans plus. De la viande blanche, si tu vois. Des sens branchés sur le bon vieux 110 d'autrefois. Et que moi, m'escrimant de bon aloi, y allant fougueusement de la tête chercheuse et du chauve à col roulé, voilà que, tout soudain, m'arrive dans les délires le cul de Marie-Maud, la femme de mon contrôleur des contributions. Je l'avais connue six mois auparavant chez Fauchon où nous faisions la queue (symbolique, non ?) pour du vieux porto. Pied de grue aidant, nous avions échangé des considérations sur les vintages. Une heure plus tard nous prenions le thé. Elle m'apprenait son nom : Lassale-Lathuile.

« — Comme mon contrôleur des impôts ! » me suis-je exclamé.

« — C'est lui ! »

Nous avons trouvé ça tellement cocasse que nous sommes allés nous offrir un coup de bite dans un hôtel de Saint-Laguche. Il fut si follement exquis que nous avons récidivé. Notre aventure a duré près de deux mois. Qu'ensuite de quoi, je suis parti en mission à dache (Côtes-du-Nord) et, la vie étant ce qu'elle est, nous avons cessé de nous voir sans rompre vraiment. Les amours se distendent comme un caoutchouc trop longtemps étiré.

Je la croyais loin de mes préoccupances, Marie-Maud. Et poum ! la nostalgie de son cul m'arrive pile que je suis en train de bourrer l'Alsaco. Vite, je récupère mon chibre en prétextant que j'en ai besoin pour aller faire une course urgente et je tombe jusqu'à un bigophone.

C'est Marie-Maud qui me répond. C'eût pu être le contrôleur à cette heure. Eh bien, non : ce con se trouvait en province. Pour lors, je bondis chez lui où médème a eu le temps de troquer son ensemble

Apostrophe contre un déshabillé presque professionnel.

Je l'en débarrasse en un tournemain après les frivolités d'accueil. Et c'est le calçage de haut niveau !

Je me prodigue avec tant de passion que me voilà à
gésir sur la couche du contrôleur, les bras en croix.
Quand tu luttes avec l'amour, c'est toujours lui qui finit
par l'emporter.

Marie-Maud récupère la première. Elle vient poser
sa joue contre ma cuisse et s'amuse à me peigner les
poils du bas avec sa main.

Tout à coup elle s'interrompt. Je l'entends mur-
murer :

— Non, mais je rêve !

— C'qu'y a ?

— Tu sais que tu as des morpions ?

Je n'avais pas « des » morpions, je n'en avais qu'un
seul : Arsène ! Fauve, avec de grands yeux tristes.

Voilà Marie-Maud qui le détache du poil auquel il
était accroché, le prend sur l'ongle d'un de ses pouces et
approche le second afin de le broyer.

Je vais pour réclamer la grâce d'Arsène.

Trop tard !

Un cri effrayant retentit. Inhumain, bien sûr, puisque
poussé par un morbac. Arsène est mort ! De profundis, morpionibus !

L'INCROYABLE LÉGÈRETÉ
DU VERBE ÊTRE

Le cri résonne longuement dans ma tête. Ses ondes de choc se diffusent dans toute ma personne, m'éveillant en sursaut.

Je regarde autour de moi : Marie-Maud est pleine du sang d'Arsène !...

Comment diable l'écrasement d'un humble morpion peut-il en disperser autant ? Et puis la réalité m'empare : y a pas de morbac nommé Arsène, y en a jamais eu. J'ai rêvé la chère bestiole, ses tribulations, sa fin tragique. Par contre, je suis bien dans le plumard du contrôleur Lassale-Lathuile et Marie-Maud, son épouse, est effectivement allongée en travers du lit avec la tête sur ma cuisse. Elle est agitée d'un léger frémissement dû à l'agonie. La balle qu'elle a morflée en plein cœur ne lui permettra pas d'assister demain au lever du soleil. Je reste un instant immobile pour bien rassembler mes esprits un tantinet dispersés. Franchement, la carburation se fait mal.

Je considère la chambre exquise, très froufrou avec sa coiffeuse juponnée, son léger secrétaire fruitier où la presque morte doit planquer des babilles d'amoureux, la tête de lit capitonnée, la petite lampe d'opaline rose que nous n'avons pas éteinte pendant la brosse et qui éclaire cette horreur de sa lumière faite pour du

Watteau. La fenêtre est ouverte because la chaleur aoûtienne, si moite. Les rideaux restent immobiles. Il y a un trou dans celui de gauche cerné d'une auréole brunâtre. Le meurtrier se tenait sur le balcon. Son flingue possédait un silencieux. Il a eu le temps de viser à sa guise : la lumière éclairait sa cible qui, de surcroît, se trouvait parfaitement immobile.

Je me dis : « Tiens, ça ne sent même pas la poudre ! » Ensuite je regarde mon indéfectible Pasha, laquelle me confie ses 2 heures 10 ainsi que les secondes qui vont avec. Lentement, je retire ma jambe servant d'oreiller à feue Marie-Maud et je me gratte les fesses, ce qui est une réaction que beaucoup d'hommes ont à leur petit lever, plus rarement devant un cadavre neuf. Il va falloir s'arranger avec ce coup du sort ! Dieu du ciel, tu parles d'un bigntz !

Manière de me mettre à jour, je passe dans la salle de bains pour une petite licebroque nocturne et un shampooing à Mam'selle Coquette. Qu'après quoi, je me vêts en sifflotant une scie d'autrefois que Félicie chantonne parfois en encaustiquant les meubles : *Je me sens dans tes bras si petite.*

En arrière-gamberge, la vie du morpion Arsène continue de me hanter. Où suis-je allé pêcher un rêve aussi biscornu ? Je suis cap' de passer en une revue express tous les logeurs de l'exquis pou de corps : Eloi le clodo ; Coco-les-Grosses-Meules ; Alexis Manigance et sa moustache de retraité ; Geneviève Ardécaut... Des personnages jaillis en fulgurance de mon imagination exacerbée. Qui sait si mon rêve était déjà en cours quand le tireur a défouraillé ? Probablement pas. Sans doute est-ce le spasme de Marie-Maud, son cri de mort qui ont déclenché ma petite caméra subconsciente ?

Ma barbe a poussé et une délicieuse fatigue me reste de mes récents ébats. Je réprime un bâillement. Devant une morte, ce ne serait pas convenable. Je vais actionner le cordon du voilage et passe sur le balcon.

L'appartement des Lassale-Lathuile est situé dans un immeuble neuf donnant sur le front de Seine, au second étage. Chaque balcon décrit un L sur le côté extérieur qui fait l'angle du quai et de la rue Pierre-Tombal (1). Un architecte con à bouffer son papier calque, impressionné par New York, a pourvu la construction d'une échelle d'incendie extérieure, laquelle a permis au meurtrier d'escalader les deux étages sans problème. Il a agi en toute sécurité, la rue Pierre-Tombal étant étroite, obscure et s'achevant par un escalier la rendant impropre à la circulation des véhicules.

Renseigné sur ce point, je repasse dans la chambre de la dame, non sans avoir cherché sur le balcon une douille qui ne s'y trouve plus. Je remets le voilage dans sa position initiale et prends mes cliques, suivies de mes claques, après un sublime regard d'adieu à Marie-Maud qui, dans une fin de film, ferait chialer les mémés, mouiller les mamans et ricaner les petites filles.

Trente-deux minutes plus tard, je me retrouve dans ma chambre, à Saint-Cloud, les burnes et la tête vides, plein d'une débectante hébétude. Ce qui vient de m'arriver est tellement sidérant que plusieurs heures d'un bon sommeil sous le toit de ma maman dissiperont peut-être le cruel malentendu.

Hélas, contrairement à ce que j'escompte, une fois nu dans mes draps frais parfumés à la lavande, je ne peux trouver la dorme. J'ai dans le cigare la fin tragique de ce pauvre Arsène, débusqué de ma toison, si démuni sur l'ongle incarnat de Marie-Maud. La meule inexorable de son second ongle de pouce broie l'infortunée bestiole, si attachante. Il me reste comme des souvenirs (et donc des nostalgies) de notre vie commune, au morpion et à moi. Son cri me déchire l'âme. Je me dresse sur mon séant. Ne subsiste plus d'Arsène qu'une

(1) Fameux chimiste à qui l'on doit la poudre d'escampette qui devait sauver une grande partie de l'armée française en 1940.

flaque rouge. Dieu ! que le cri du morpion est triste au fond des poils !

Au bout d'un moment, on frappe doucettement à ma lourde et ça, crois-moi, c'est ma Féloche. Y a qu'elle pour ce gentil toc toc.

— Entre, m'man.

Elle porte sa vieille robe de chambre de pilou parme et gris, que ça fait des fleurs stylisées comme il n'en existerait que dans des jardins tropicaux. Elle a chaussé ses pantoufles à pompons qu'elle ne passe que pour me rendre visite dans ma chambre. Chez elle, y en a toujours deux paires en sentinelles près de sa porte : les « de tous les jours » et les « à pompons ». Faudra que je te fasse visiter sa turne, m'man, un jour qu'elle sera sortie. Emouvant, tu verras : le musée Santantonio !

— Tu as un problème ? me demande-t-elle.

— Quelle idée !

— Cela fait près d'une heure que tu es rentré et tu t'agites dans ton lit sans dormir. Quelque chose t'a fatigué ?

Oui, quelque chose m'a fatigué : une gentille petite dame baiseuse qu'on a liquidée après qu'elle m'eut essoré les bourses les plus nobles de l'hexagone. Mais ça, je vais pas m'amuser à le raconter à Félicie pour carboniser la deuxième partie de sa nuitée.

— Tout va bien, ma chérie, j'étais en train de penser à l'ornithorynque qui est mammifère et ovipare à la fois. Tu te rends compte : il pond des œufs mais allaite ses petits. Il a les pattes palmées et un bec de canard. C'est dingue, la nature, quand on y pense, non ?

Ça ne la fait pas sourire. Je me demande même si elle ne trouve pas cette digression inconvenante. Je ne dépasse jamais les limites du respect, avec ma vieille ; or là, je donne l'impression de me moquer d'elle sur les bords.

— Tu as du sang séché sur la tempe, note-t-elle avec

un poil de sévérité qui, tout de suite, me rend malheureux ; tu t'es blessé ?

Je fonce à la salle de bains pour me contrôler dans le grand miroir. Effectivement, j'ai pris une légère giclée du sang de Marie-Maud. Je nettoie ça à l'eau froide.

— C'est rien, m'man : un petit bouton que j'ai gratté.

Mais pour vendre ce genre de salades à Félicie, faut se lever de plus bonne heure encore !

— Si tu as un ennui, tu devrais me le confier, assure-t-elle. Tu sais bien que les choses vont mieux après.

— Je t'assure que tout baigne, m'man.

— Tu le jurerais sur la mémoire de papa ?

Il est rare qu'elle me coince avec ce genre de colle, la gentille. Ça n'a pas dû se produire plus de deux ou trois fois au cours de notre vie commune ; pourquoi, ce soir, en fait-elle tout un fromage ? Pas son genre, elle, toujours si discrète, si résignée. Jurer sur la mémoire de papa, c'est le grand bidule ! On s'aventure dans le sacré. Je pourrais, note bien. Seulement ensuite, j'aurais envie de me glavioter à la frite. Si on ne se pose pas des limites et qu'on ne se contraint pas à les respecter, on déborde, fatal ! La mémoire de papa, c'est notre muraille de Chine, à la maison. Y en a, d'entre toi, qui trouveront ça con, mais je m'en branle : mon confort moral avant tout ! Je déteste transpirer de la conscience.

— Non, m'man, je ne le jurerais pas, conviens-je, mais ne te fais pas de mouron.

— Raconte-moi !

Hé ! dis, elle inquisitionne, Féloche ! Où ça va, ça ? Comme de se lever en pleine noye pour une visite surprise ! Qu'est-ce qu'il lui prend, à ma vieille ? Elle va pas tourner directrice d'internat, non ? On a eu une entente si parfaite, nous deux, jusque-là ! Elle se claquemurait dans son abnégation. Ne me posait jamais de question, quand bien même elle me sentait mariner dans des mouscailles. Elle attendait mes confidences, stoïquement. Parfois, quand la coupe débordait, je venais déverser le trop-plein dans sa cuisine. Elle trouvait toujours les mots opportuns, Félicie. Les regards d'aide, les gestes de premiers secours aux noyés ! Il existe deux sortes de « jamais » : le grand et le petit. Eh bien, au grand jamais elle ne m'aurait tiré les vers du nez, m'man. Même au plus fort de ses inquiétudes. Alors, pourquoi ça la prend cette nuit ?

Comme elle lit dans mes pensées, elle dit, à voix basse, à voix lasse :

— J'ai fait un terrible cauchemar, tout à l'heure, qui m'a complètement bouleversée.

Bon, il s'agissait de moi, bien sûr : un « terrible » cauchemar !

— Qu'as-tu rêvé ?

— Tu étais couché dans un lit qui n'était pas le tien ; tu dormais. Au pied du lit se trouvait un homme armé d'un pistolet. Il te visait soigneusement. Mais au moment de presser la détente il changeait de point de mire. Au lieu de te viser au cœur, il te visait à la tête ; ensuite il te visait au ventre. C'était interminable, mais on comprenait qu'il allait tirer, que c'était inéluctable. Son expression ne laissait aucun doute.

Elle pose sa chère main pâle sur son visage. On dirait qu'elle va éclater en sanglots. Je la prends contre moi. Fabuleux, ce rêve, non ?

Je calcule qu'il a dû se produire à l'instant où le tueur visait Marie-Maud derrière les rideaux de la porte-fenêtre. Mais la visait-il, elle ? Qui sait si, dans un premier temps, ce n'était pas moi, la cible ? Je me pose la question, à cet instant seulement, ce qui n'est pas fort pour un flic : « Pourquoi a-t-on tué cette jeune femme ? » La jalousie ? Le mari, qui a des doutes sur sa fidélité, revient à l'improviste et, apercevant de la lumière dans sa chambre, à deux heures du matin, escalade l'escalier d'incendie. Il est armé. Découvrant

le pot aux roses, une rage meurtrière le biche. Mais
buter qui ? Le rival, naturellement ! Alors il me vise.
N'étant pas meurtrier de nature, il cherche longuement
en quelle partie du corps m'atteindre. Et puis la
jalousie l'oriente vers la femme adultère et, en défini-
tive c'est elle qu'il foudroie.

Evocation de Lassale-Lathuile. M. mon contrôleur !
J'ai dû le rencontrer une fois ou deux. Ça ne m'a pas
tellement marqué. En fourrageant dans mes souvenirs,
j'arrive à reconstituer un homme d'une quarantaine
d'années, châtain, la poitrine large, un peu voûté,
coiffé en arrière. Il doit posséder une forte moustache
tirant un peu sur le roux, un regard gris, des lèvres
minces. Il aurait un très gros grain de beauté dans la
région du menton que ça ne m'étonnerait pas. Des
manières vaguement aristocratiques. Il fait fils de haut
magistrat. Un complet gris croisé, une cravate impri-
mée dans les bleu foncé. J'imagine mal cet être
gravissant de nuit le roide escalier de fer rouillé, un
pétard en fouille. Mais la jalousie constitue un si
puissant levier.

Si elle n'est pas le mobile du meurtre, qu'imaginer ?
Un voleur ? Foutaise ! Un voleur ne se dirige pas vers
une source de lumière et, surtout, ne tue pas pour du
beurre une femme endormie. Alors quoi ? Le crime de
sadique ? Style assassin de la pleine lune ? Justement :
c'est la pleine lune !

L'anxiété de maman la fait trembler. Je la berce
tendrement.

— Calme-toi, ma chérie ! Je suis là, bien vivant et je
t'aime.

— Tu viens d'échapper à un danger, n'est-ce pas,
Antoine ?

— Peut-être bien.

Que puis-je faire, sinon lui raconter la vérité ?

— Je le sentais, je le voyais, dit-elle. Tu crois que
c'est une forme de télépathie, Antoine ?

— Peut-être, m'man ; nous sommes enveloppés de mystères au milieu desquels nous nous débattons.

— Que va-t-il se passer si l'on apprend que tu te trouvais en compagnie de cette malheureuse au moment de son assassinat ?

Bonne question à cent francs. Je réfléchis davantage que la grande glace ancienne de ma chambre, laquelle a un tain de papier mâché.

— Il y a une solution, affirmé-je : je vais demander au Vieux qu'il me charge de l'enquête !

C'est pas la grande forme, Achille. Il souffre d'un ongle incarné et, lorsque je pénètre dans son burlingue, une délicieuse pédicure est assise en face de Mgr le Big Dabe, tenant son panard lésé sur ses genoux. Pépère soubresaute comme une puce dans une culotte de pute.

— Allez-y doucement, mon enfant ! supplie-t-il. Je souffre le martyre ! Vous ne pourriez pas endormir la douleur avant de me bricoler ? Ah ! San-Antonio ! Voyez les tracasseries de l'âge ! Un ongle incarné, moi, avec les pieds que j'avais ! Ailés ! Mercure ! Cette ravissante personne a beau posséder des mains de fée, j'ai mal à hurler. Si je n'avais pas le bonheur de pouvoir contempler son admirable gorge pendant qu'elle est penchée sur moi, ce serait intolérable. Mais heureusement, il y a sa poitrine ! Venez près de moi, San-Antonio. Si, si ! Vous permettez, mademoiselle ? Juste un coup d'œil ! Le commissaire est un amateur éclairé. Comme il connaît les seins, il les adore, n'est-ce pas, Antoine ? Regardez-moi ceux-ci ! Pleins, drus, pommés, admirables. Et ce velouté ! Voulez-vous que je vous dise, mes enfants ? Deux seins pareils me font le week-end ! J'emporte ce trésor dans une hostellerie de Fontainebleau ou de Montfort-Lamaury et je le lèche pendant quarante-huit heures d'affilée. J'ai toujours eu un faible pour les mamelles féminines. Les années passant, cette dilection devient passion !

« Comment vous prénommez-vous, mademoiselle ? Eve ? Non ! Je rêve ! C'est pour moi un éblouissement : mon prénom préféré ! Eve, que faites-vous de votre prochain week-end ? Comment ? Vous êtes mariée ? Ça ne me dérange pas, je n'éprouve plus ce genre de jalousie. Il pêche, votre époux ? Il chasse ? Il fait du cyclo-cross ? De l'équitation, du golf ? Je peux lui organiser un dégagement à lui aussi, vous savez ! Le nombre de maris auxquels j'ai aménagé un emploi du temps pendant que je m'occupais de leurs femmes ! Et si nous allions à Deauville, carrément ? Hmmm ? Allez, on part pour Deauville ! Des seins comme les vôtres, Eve, je les emmènerais au bout du monde ! Lala, je m'en goinfrerai, vous savez ! Je veux prendre entre mes lèvres les deux pointes en même temps, vous verrez !

« A quelle heure nous retrouverons-nous, vendredi soir ? Je passe vous prendre avec ma Rolls. Elle a des vitres teintées, je pourrai vous commencer dès l'auto-route. Mon vieux chauffeur est discret. D'ailleurs il y a une séparation. Et puis, comme il est britannique, quand bien même il me verrait à l'œuvre, il ne comprendrait pas de quoi il retourne. Ouïe ! Ça y est, vous avez eu la pointe ? Montrez ! Une si petite misère provoquer une telle souffrance ! Nous sommes peu de chose. Vous vous rendez compte ? Commandeur de la Légion d'honneur, et puis un millimètre d'ongle dans la chair et voilà la vie gâchée. Ah ! chère Eve, quel soulagement ! Vous permettez que je vous embrasse ?

« Pourquoi me tendez-vous la joue ? Moi, quand j'embrasse, c'est pour de bon. Mais alors, quelle technique ! Demandez au commissaire : j'ai une réputation qui me précède, n'est-ce pas, Antoine ! Commandeur dans l'ordre de la Légion d'honneur, mais grand-croix dans celui de la minette. Non ? Vous refusez ? A Deauville, alors ? Non plus ? Pas de Deauville ? Vous êtes quoi ? Répétez plus fort ! Fidèle ! Vous entendez ça, Antoine ? Madame est fidèle ! Mariée et fidèle ! Ce qu'il faut entendre de nos jours ! Ainsi, vous ne voulez rien accepter de moi ? Si, tout de même ! Comment ? Deux cents francs pour un traitement à domicile ! On peut dire que vous ne vous faites pas chier, la mère ! Remettez-moi au moins ma chaussette pour le prix ! »

Il règle sa note, visage de bois, hostile. La pédoche range son petit matériel dans une mallette Samsonite et se retire.

— Salope ! gronde le Dabe lorsqu'elle a refermé la porte.

Puis, à moi :

— J'ai horreur des bêcheuses, commissaire. On se met en quatre pour leur plaire et elles vous traitent comme des paillassons ! D'autant que celle-ci n'a pas de quoi frimer. Vous les avez vus, ses nichons de merde, Antoine ? Deux gourdes espagnoles, en peau, comme on en lance au torero qui fait son tour d'honneur. Moi, un week-end à sucer ça, je deviens neuneu ! Et ça se prend pour qui, ces putes ? Antoine, ça me fait mal de vous le dire, mais la France file un mauvais coton.

Là-dessus, Achille relace sa chaussure et me demande :

— Vous souhaitiez me parler, mon cher ?

— Je voulais vous demander de me confier une enquête concernant l'assassinat d'une femme dont l'époux est mon contrôleur des contributions.

Le Daron se relève, le crâne apoplexié par sa position inclinée.

— Jamais entendu parler de cela, commissaire.

— Sans doute parce que le meurtre n'a pas encore été découvert, monsieur le directeur.

Il opine, puis se hâte de sursaillir :

— Comment se fait-il que vous en soyez informé, vous ?

Très simplement, avec un self-control à chier dans les

embrasures de fenêtre pour, ensuite, se torcher avec les rideaux, je lui narre mon incroyable mésaventure de la nuit.

— Imaginez un instant, patron, que quelque fouille-merde de cette maison découvre que je me trouvais sur les lieux au moment du crime, il s'empresserait de me flanquer dans la mouscaille. Chacun sait, ici, votre bienveillance à mon endroit et, de ce fait, me jalouse, jusqu'à l'os. On aurait tôt fait de me discréditer, et vous aussi, indirectement. La seule façon d'éviter ce genre de bavure est que je mène la chasse au meurtrier ; je le ferai avec d'autant plus d'acharnement que je lui garde un chien de ma chienne !

Il est convaincu itou, l'Achille au pied désincarné.

— Bien calculé, l'ami ! Mettez-vous au travail, mais pas avant que l'affaire n'éclate.

— Bien entendu, patron.

— Qui pensez-vous prendre avec vous ? Votre fine équipe habituelle, je suppose ? Bérurier, Blanc, Pinaud ?

— Pinaud soigne ses rhumatismes à Abano, mais les deux autres me suffiront.

Il acquiesce distraitement. Je te parie une chauve-souris contre un chauve grimaçant qu'il n'a même pas entendu ma réponse.

— Cette petite dame qu'on vous a pratiquement flinguée sur le ventre, était-ce une bonne affaire, Antoine ?

— Excellente, boss.

— De quelle couleur était sa chatte ?

— Rose, patron.

— Je veux dire : les poils ?

— Noirs.

— Donc frisés ?

— Très frisés.

— Ses seins ?

— De belle prestance.

— En poire ?
— En melon.
— Fichtre ! Les cuisses ?
— Parfaites.
— Des vergetures ?
— Aucune.
— Elle pompait ?
— Comme une folle.
— Gloutonne ?
— Savante !
— Le coup de langue longitudinal ?
— En préambule.
— La chevauchée ?
— Fantastique.
— Levrette ?
— Dans les figures libres.
— Bruyante ?
— Roucoulante.
— Mouilleuse ?
— Pire !
— Oh ! Seigneur, quel dommage : une femme pareille ! Il va falloir me dénicher le misérable qui a fait ce gâchis, Antoine ! Et pas de cadeau, hein ? Moi, maintenant, j'ai compris : avec ces magistrats d'une indulgence scandaleuse, nous allons devoir rendre la justice nous-mêmes. Un auteur de rapt, un tueur de vieilles, un tortionnaire d'enfant, je ne veux plus qu'on le transbahute en fourgon cellulaire, mais en corbillard ! Je me propose de convoquer tous vos collègues pour une conférence à cœur ouvert !

« Pas toujours les mêmes qui se fassent tuer, Antoine ! C'est très joli, les prises d'armes dans la cour de la Préfecture, les décorations posthumes sur coussinet et la bise à la veuve et aux orphelins, mais ça commence à bien faire. D'autant que les veuves sont toujours moches. Elles se croient obligées de chialer comme des perdues et on a le museau détrempé. La dernière fois, j'ai pris une morve sur la joue ! Charmant ! Le chagrin, c'est pas fait pour la place publique. Etalé au grand jour, il devient dégueulasse ! »

— Tu ne peux pas te tromper, Gros : libellule, ça possède quatre ailes et ça s'écrit avec quatre « l ».

Voilà ce que déclare Jérémie Blanc à Alexandre-Benoît Bérurier dans le bureau qu'ils partagent à la maison pébroque. Le Mastar est en train d'en baver sur une bafouille, son énorme index arc-bouté sur un crayon qui va se briser d'une minute à l'autre.

J'achève de fermer la porte.

— Libellule, fais-je, si je m'attendais à ce que tu emploies ce mot, un jour, dans une babille ! A qui donc écris-tu, ô poète en sudation constante, et qui malodore à n'en plus pouvoir ?

Il lève sur moi un regard brouillé.

— A ma maîtresse, répond le Mammouth d'une voix troublée.

Un tel mot dans la bouche de Béru me confond. Triqueur acharné, sabreur tout terrain, culbuteur de servantes, de veuves, de pécores vicelardes, pourfendeur de chattes, surmembré en bandaison latente ; Sa Majesté trousse, baise, enfile tout ce qui bronche, avec une énergie sublime, un appétit sans cesse renouvelé. Dans ces cas-là, il dit qu'il « s'en est pointé une », qu'il a « emplafonné une gonzesse », qu'il a « allumé un dargeot », « trempé le biscuit », « fait pleurer Popaul », « tiré une mère », « calcé une frangine », « foutu la grosse à une dame », « embroqué une daronne », « piné une vachasse », qu'il s'est « embourbé une bourgeoise », qu'il a « pris son panard avec une polka », « fait une virouze à la foire aux miches », « éternué dans une babasse…, qu'il s'est « essoré l'intime », qu'il a « mis le couvert », qu'il s'est « expédié dans les extases », qu'il « en a carré une dans le train », qu'il a « fait le coup de la fusée à tête

chercheuse », qu'il a « limé », « brossé », « emplâ-
tré », « bavouillé », qu'il a « fait fumer le fion d'une
personne », qu'il « lui a dégusté le frifri », qu'il l'a
« ravitaillée en bite », lui a « fait éclater les meules »,
lui a interprété « l'introduction du grand morceau de
Faust dans l'ouverture de la Fille de Madame Angot »,
qu'il lui a fait « cramer le baigneur », qu'il lui a
« disjoncté la craquette », « farci la moulasse »,
« chanstiqué la glandaille », « défoncé le triangle des
Bermudes », fait « étinceler la case trésor », « ramoné
le conduit », « déglingué l'arrière-boutique », qu'il l'a
« enfilée toute vive », lui a « beurré la coquelle », qu'il
« s'en est mis une au frais », qu'il a « vergé mémère »,
lui a « fait mettre les doigts de pieds en bouquet de
violettes », qu'il s'en est « tapé une sans sucre », qu'il
« y est allé à la tringlette », « à la lonche fignolée
princesse », « au goumi en viande », « au braque »,
« au chibre », « au paf », « au guiseau », « à la rapière
féroce », « au mandrin farceur », « à la trique », « au
manche à couilles », « au sabre à roustons », « à la bite
d'abordage », « au chauve à col roulé » ; il dit bien
d'autres choses encore qu'il serait indécent de rappor-
ter dans un ouvrage dont la tenue littéraire ne fait de
doute pour personne. Mais jamais le Gravos n'a usé de
ce terme de « maîtresse », si troublant, si lourd d'enga-
gement quand c'est l'intéressé qui l'emploie.

— Toi ! Une maîtresse ! m'ébaubis-je.

— Ma première, soupire l'ensorcelé.

Une explication s'impose, sinon je risque de mourir
de curiosité, ce qui constitue une fin très cruelle.

— Dis-moi, Alexandre-Benoît, tu t'es cogné un
nombre incalculable de femmes. Tu as même eu avec
certaines ce qu'il est convenu d'appeler « une liaison ».
Or, jamais, dans aucun de ces cas tu n'as parlé de
maîtresse. Et tu prétends en outre qu'il s'agit de ta
« première » ; qu'est-ce qui la différencie donc des

autres, Bébé rose ? De cette foule copulante, de ces cent mille culs qui ont consenti à t'accorder asile ?

Il a une belle réponse :

— L'amour, dit-il. Celles qu'auront précédé avant, je les fourrais biscotte ma nature de feu. Elle, je la pine pour y marquer ma vénérance. Ce dont je ressens pour elle, c'est pas s'lement dans ma braguette, mais dans mon caberlot, mec. Comprends-tu-t-il ? Ecoute, y aura t'eu deux femmes dans mon eguesistence : Berthe et Agathe (elle s'appelle Agathe). C' seront été les seules que j'y aurai écrit des pouêmes, slave veut tout dire. Moi, tout en étant un telctuel, je sus pas enclin aux vers. Mais là...

Il se saisit du papier posé devant lui.

— Ça vous dit qu'j'vous lise mon pouême ?

M. Blanc et moi l'assurons que rien ne saurait nous combler davantage, pas même la grille gagnante du loto.

Alors il racle sa gorge plus encombrée que la tuyauterie d'un lavabo un matin d'indigestion et déclame :

— *Ma crapule.*
Si j'serais t'une libellule,
J'te brouterais la chatte
Agathe.
Et, kif un gros lézard,
J't'enquillerais dans l'sac.
Mon braque
Mart.

Il a laissé tomber l'ultime vers en sanglotant, vaincu par l'intensité émotionnelle de son inspiration.

Il sort un chiffon qui devait servir pour essuyer les jauges à huile après contrôle, mais dont il use comme d'un mouchoir, et en éponge ses admirables larmes.

— Qu'est-ce v's'en pensez-t-il ? demande le poète.

Jérémie hoche gravement la tête.

— Franchement, c'est beau, assure-t-il. Je parie que tu n'as jamais lu Verlaine, Gros ?

Le Mammouth dénégate.

— Eh bien ! c'est cela, Verlaine ! assure M. Blanc. Tu ne trouves pas, Sana ? Le balancement ? Le rythme... Cette simplicité du mot qui renforce la décharge poétique.

Je t'enquillerai dans l' sac
Mon braque
Mart.

« C'est fort cette brisure. On la prend au plexus. » Epanoui, le Mastar déclare :

— Et çui qu'j'avais écrit pour ma Berthy, à l'époque qu'elle faisait serveuse de restaurant. Attendez que j' me souviende ! Ah ! moi ! Ecoutez ça :

Laisse quimper tes andouillettes
Fillette
Et viens coucouche-panier
Dans mon pucier
Où qu'aura toujours pour ta pomme
Du sirop d'homme.

— Oh ! que c'est fort ! m'exclamé-je. Comme on comprend que cette frêle jeune fille n'ait pu résister à tes assauts. La richesse des rimes est étourdissante. Arriver d'instinct à une telle perfection, c'est cela le génie. Tu devrais écrire beaucoup de poèmes, Gros. Il existe en toi un souffle hugolien. Que fait ta muse dans la vie ? Charcutière ? Garde-barrière ? Bistrotière ? Elle tient un tir forain, peut-être ?

Il secoua la tête :

— Non, non, mec. Va pas rue du Cherche-midi-à-quatorze-heures, elle est professeur, simp'ment.

— De judo ?

— Non, d' français. V'là pourquoi j' voulais savoir combien t'est-ce y a de « l » à libellule ; pas avoir l'air d'un branque en f'sant une faute d'autographe.

Après que cet être délicat, ce fin lettré ruisselant de poésie nous a livré son noble cœur tout plein de son Agathe, je me dis qu'il serait temps de mettre mes compères au courant de mes tribulations amoureuses à moi, lesquelles, hélas, ne se concluent pas par des poèmes, mais par des coups de pistolet.

Ils enregistrent ma sinistre aventure en flics éprouvés, écoutant avec une scrupuleuse attention mon récit pour, ensuite, émettre des hypothèses. Comme je l'ai fait, ils soupçonnent le mari, voire un autre amant. De toute manière, l'un et l'autre accordent la « préférence » à un meurtrier jaloux. A moins, naturellement, que feue Mme Lassale-Lathuile n'ait joui d'une fortune capable d'appâter ses héritiers.

Il va être midi et « l'affaire » n'est toujours pas sortie. Il est peu commun qu'un policier fasse le pied de grue en attendant que soit découvert le crime qu'il aura pour mission d'élucider. Je tourne en rond en me rongeant les ongles. A tout bout de champ je me mets en contact avec le service chargé de grouper les délits commis dans la capitale. Mais ma sœur Anne continue de ne rien voir venir, cette pétasse !

— Si tu téléphonerais chez la gonzesse ? suggère l'amant de Mme Agathe.

— S'il y avait quelqu'un pour répondre, l'alerte aurait été donnée, eh, banane !

Mais Béru appartient à cette race paysanne que les objections les plus pertinentes ne détournent pas de ses idées fixes. M. Verlaine compulse l'annuaire. Je le laisse s'escrimer bien que je possède le numéro.

— Lassale-Lathuile, tu dis ?

— *Yes, Sir.*

— Lucien ?

— Ça n'est pas impossible.

— Quai du Général Cornichon-Mariné ?

— Exactement.

Son index monstrueux, qui ne saurait s'engager dans

aucun orifice répertorié, sinon dans un sexe de vieille
vache, butine néanmoins le cadran téléphonique.

Le Mastodonte a branché le diffuseur et nous profi-
tons de la sonnerie d'appel. Elle strille à plusieurs
reprises, en vain.

— Que te disais-je, Gros !

Il hausse ses formidables épaules classées monument
préhistorique. Va pour remettre le combiné sur sa
fourche, mais pile dans son mouvement, on décroche.
Pour ma pomme, c'est l'Empire State Buildinge qui
s'écroule ! Le Dilaté m'adresse un fieffé sourire
d'homme fraîchement déconstipé par l'intervention des
pilules Tuchimoud.

— Allô ! lance-t-il, j' sus bien chez M'sieur et
Maâme Lassale-Lathuile ?

— En effet, dit une voix de femme.

— Je pourrais-je-t-il causer à l'une ou à l'autre ?

— De la part de qui ?

— Séraphin Boileau, tapissier. J'appelle dont à propos le canapé que Maâme veut faire recouvrerir. Je
voudrais y montrer des échantillons de tissu.

— Madame est en voyage avec Monsieur, je suis la
femme de ménage.

— Quand rentrent-ils-t-ils ?

— Pas avant la fin du mois ; ils sont à l'étranger.

— Jockey ! Je rappellererai l' mois prochain.

Il raccroche. Les yeux de mes camarades d'équipées
sont posés sur moi comme quatre ventouses de caoutchouc de débouche-éviers. J'y lis des sentiments divers
et contradictoires. Mes potes se demandent si je n'ai
pas eu la berlue, c'est ce qui prédomine.

— Tu t'serais pas piqué l' tube, hier soir ? demande
le Chevalier des Hontes.

Je lui réponds d'un haussement des pôles. A mon
tour de plonger dans l'annuaire téléphonique de Pantruche, si maniable, mais si peu lisible maintenant

qu'on l'a ramené aux dimensions d'un missel (de course).

Je relève le bigophone du bureau des contributions directes où je vais montrer mon dénuement, parfois. Comme quoi ma Maserati a deux ans, et que j'ai ma vieille mère à charge, qu'elle est grabataire, ce qui motive notre bonne espagnole, et que mes frais professionnels ne sont pratiquement plus remboursés par l'administration, ce qui explique que je n'ai plus que ce vieux jean et ce blouson râpé à me foutre sur le cul ! Tout ça. La mangave franchouillarde dans toute sa hideur.

On me virgule, de service en service, jusqu'à ce que j'obtienne le bureau de Lucien Lassale-Lathuile. Là, une secrétaire mal baisée et qui doit avoir des sacrés problèmes avec ses ovaires, m'apprend que môssieur le contrôleur est en vacances depuis trois jours, ce pour quatre semaines. Et c'est M. Bramantombe qui le remplace ; le veux-je ? Je réponds que non merci, c'est Lassale-Lathuile que je désirais. Je suis son cousin d'Amérique et il m'eût été agréable de le presser sur mon cœur. Est-il parti loin ?

— En Indonésie ! s'écrie la malheureuse personne aux ovaires tracasseurs (à moins que ce ne soit un problème de matrice mal pliée ?).

— Il y a longtemps qu'il a quitté la France ?

D'après l'estimation de la dame, il aurait dû s'embarquer ce matin, ou peut-être hier, à moins que ce ne soit pour demain, voire après-demain.

Je chaleureusement remercie la.

— Il y a quelqu'un chez lui ? Du personnel, de la famille ?

— Je ne crois pas. M. le contrôleur n'a ni enfants ni bonne ; peut-être une infâme de ménage.

Je la remercie et raccroche.

M. Blanc est déjà en train de mobiliser la deuxième ligne du burlingue. Il converse avec le service de rotation d'Air France et demande à l'illustre compagnie si Lucien Lassale-Lathuile a pris ou va prendre un vol pour Djakarta. Comme on est discret à Air France, on lui cherche du suif ; alors il décline sa qualité de poulardin et prie qu'on le rappelle dare-dare à la P.J.

Pendant la brève attente, il s'établit entre nous un silence bizarre. Ce mystère de force, sur l'échelle de corde de Richter, nous accable comme un coup de gourdin sur la nuque.

L'histoire ne tient pas debout ! Je me présente chez une dame sans crier gare, après qu'elle m'eut assuré être seule au logis. Nous passons, elle et moi, des instants de qualité. Ecroulés nous sommes, anéantis, disloqués par l'amour. Quelqu'un se hisse sur son balcon et la tue alors qu'elle a sa joue sur ma cuisse. Premières questions poulardières : le meurtrier s'attendait-il à me trouver là ? Et si oui, savait-il que je suis flic ? Débordé, je rentre chez moi. Pendant ce temps, on évacue le cadavre de Marie-Maud. On peut en tout cas le penser puisqu'une personne se trouvant chez elle, le lendemain, ne mentionne pas le drame. Qui, en ce cas, se serait livré à ce transport de cadavre ? Et dans quel but ? Pas facile de transbahuter un corps. Et puis il y avait pas mal de sang sur le pucier d'amour ! Qui a répondu au Gros, tout à l'heure ? Mon contrôleur cocu s'embarque pour l'Indonésie. Il a dû repasser par son domicile, fatalement !

Sonnerie du biniou. Le Noirpiot dégoupille la valve d'admission :

— Police judiciaire, j'écoute.

C'est devenu un vrai perdreau, cézigue ; il a le ton poulet, l'indifférence blasée, l'irritation sous-jacente.

— Le vol combien, dites-vous ? insiste Jérémie.

Il prend des notes.

— Vous dites, M. ET Mme ? Vous êtes sûr ? L'avion arrivera à quelle heure à Djakarta ?

Le mâchuré inscrit de sa main gauche : tiens, il est ambidextre.

— En quelle classe voyagent-ils ?

— ..., lui répond-on.

— Très bien, merci.

Il tourne vers moi sa bouille bamboula aux grosses lèvres couleur aubergine. Son blanc d'œil est un peu jaune. Tous les Noirs, t'as remarqué ? Comme s'ils souffraient du foie.

— Lassale-Lathuile et son épouse ont pris ce matin, à dix heures trente-cinq, le vol pour Djakarta, via Bombay. Ils voyagent en classe « affaires » et arrive-ront à destination demain matin à sept heures quarante-cinq, heure locale.

Bérurier bâille grand comme une baignoire équipée d'un jakusi. Puis il vient déposer quarante kilos de son cul sur l'angle du bureau.

— Ecoute, le grand, murmure-t-il, c'est pas la peine de prendre en mauvaise partition ce que je vais te dire, mais y m'semb' qu't'as eu un peu de fadinge dans le caberlot. L'surménage, mon pote ! Selon moi, t'aurais rêvé ce truc. Suppose que tu nous fasses un' p'tite crise de funambulisme ! J'te fais l'topo : tu tires la gonzesse de première en y déballant l'grand jeu princier. Maâme t'arrache le copeau et tu t'mets à roupiller. Et v'là qu'en pleine dorme, tu rêves qu'un gonzier la scrafe à travers l'rideau. Tu te fringues et tu te trisses. Ensuite, tu enchaînes sur la réalité tout en restant persuadé que la bergère est bel et bien cannée. D'mande au négus : j'parirerais qu'il est d'cet avis, pas vrai, la fée des neiges ?

M. Blanc s'allume.

— Un jour que tu cuveras ta vinasse, je te pisserai sur la gueule, annonce Jérémie. J'en ai ma claque de tes misérables sarcasmes.

— Ça y est, la crise ! ricane le Surbourré. Ces nègres, on aura beau faire, y n'comprendront jamais la plaisanterie. Euss, l'humour, connais pas ! Y doivent z'avoir l'cerveau gros comme un noyau de datte !

Habituellement, dans ces accès d'antagonisme racial, je mets toujours le holà. Mais, présentement, je suis trop perturbé par l'hypothèse de Pépère. Se pourrait-il que j'aie eu une espèce d'hallucination ? Que ce meurtre ne soit effectivement qu'un cauchemar ?

J'évoque l'instant fatal où j'ai découvert Marie-Maud avec ce trou dans la poitrine... En effet, je rêvais, puisque j'ai confondu son cri de mort avec celui que poussait un morpion ! Tout de suite après, au lieu de me ruer sur le balcon, j'ai pris mon temps et suis passé par la salle de bains. Pas mon style d'homme fougueux, ça ! Bon, mais alors, l'échelle d'incendie style New York ? Et la tache de sang que j'avais à la tempe et que Félicie a remarquée ? Elle existe ou pas, cette putain d'échelle ? Pas dur à contrôler !

— Ecoutez, les gars, soupiré-je, je ne vois qu'une solution pour en avoir le cœur net.

— Moi aussi, dit M. Blanc : il faut aller visiter l'appartement.

Pour ce genre d'équipée, tu disposes de deux méthodes. Soit tu te rends chez la concierge, soit tu agis en loucedé. C'est la seconde que nous choisissons. Nous pénétrons donc dans l'immeuble avec un maximum de discrétion, après nous être assurés que la cerbère (comme on dit puis pour éviter les répétitions) est à son fourneau, à se confectionner une ratatouille d'aubergines-tomates-courgettes qui fleure bon le thym et l'huile d'olive.

Second étage. Je sonne à la lourde des Lassale-Lathuile. Personne ne répond, ce que je préfère pour la suite des événements. Une fois de plus, mon petit sésame remplit son office et nous pénétrons dans l'appartement. Il est cossu, bourgeois, et l'on y trouve, mêlés, de l'ancien et du moderne avec discernement.

En face de l'entrée, c'est le vaste living très clair puisque donnant sur la Seine, avec sa partie salle à manger. Les deux chambres sont situées sur la gauche et se trouvent desservies par une sorte de couloir-antichambre délicatement décoré. Je guide mes péones à celle des « maîtres », comme il est indiqué sur les descriptifs des agences immobilières. Une vive émotion m'étreint. J'entre le premier. Mon palpitant a une bougie qui ne donne plus ! Faudra sûrement changer la tête du delco pendant qu'on y sera.

A première vue, tout est en ordre. Le lit a été fait et une odeur de citronnelle, un peu chimique, flotte dans l'air. Je vais au rideau et le tiens tendu pour ôter momentanément les plis. Pas le plus petit trou ni la moindre brûlure par balle.

Je me penche sur le tapis, à droite du plumard, il est net que tu sauras jamais à quel point !

Bérurier s'assied, goguenard, sur un amour de petite chaise. Il tire d'une poche un morceau de gruyère plus ou moins moisi et feutré de particules diverses. Se met à le consommer voracement, non sans l'avoir essuyé sur son pantalon.

— Qui c'est-il qu'a vu juste ? fait-il, la bouche comble.

Et d'ajouter aussitôt après sa première déglutition :

— C'est pas à un pro comme ta pomme qu'on va faire croire à l'élevage d'un cadavre plein de raisin sans laisser de trace, non ?

— Il y a bel et bien une échelle d'incendie, murmuré-je, je l'ai vue en arrivant.

— T'avais aussi bien pu la voir hier soir en venant grimper ta bourgeoise.

M. Blanc ôte le couvre-lit bleu. Puis il écarte la couverture ainsi que le drap de dessus.

— On a changé les draps, note-t-il.

— Tu parles d'un événement, gouaille Bérurier. *Même* ma Berthe change nos draps avant qu'on va partir en vacances ; sauf, évidemment, si un événement indépendant d'not' volonté l'on am'née à les changer dans les trois mois qui précèdent ! J'm' rappelle d'une diarrhée consécutante à des moules marinières qu'on avait bouffées chez Finfin. Elles avaient pas l'éclat du neuf, faut dire ! Pourtant, chez le père Finfin, la tortore est sérieuse généralement ; mais av'c les fruits d'mer on a des surprises ! Une chiasse, moi et Berthe ! En dormant ! Et tous les deux ! Là, y a pas à tergir le verset : faut changer les draps ! La connerie c'est qu'é les avait changés moins de six semaines plus tôt, la grosse ! Elle donne à laver. Pas à la laverie ; chez Mme Cudrefin, la concierge du 108. V'savez qu'elle voulait pas les prendre, nos draps de la fois en question, cette charognasse ? Elle rouscaillait comme quoi elle faisait laveuse et pas pompe à merde et qu'il fallait payer double. La Berthy lu a viré son clou avec péremptoirité. « Maâme Cudrefin, elle lui a rétorqué, si faut qu'on vous apporte à laver qu'du linge prop' disez-le, et j'en f'rai part dans le quartier ! » La daronne du coup, elle s'est vue au chômedu et elle a rengracié. Si tu vigiles pas, d'nos jours, même les vieux t'arnaquent !

Il en casse encore, d'abondance. Il a ses périodes disertes, Alexandre-Benoît. Des moments où il s'écoute, se charme, s'embaume ! Se lance dans des péroraisons nébuleuses, cite des exemples pernicieux, digresse en des dérapages plus ou moins contrôlés.

On a changé les draps ! Logique, en effet.

M. Blanc, qui me sent complètement à côté de mes lattes, souffre pour moi. Tu le verrais s'escrimer à quatre pattes, cherchant une tache de sang, aussi minuscule soit-elle ! Il utilise même une loupe, le biquet. De ces loupes en matière plastique qu'on distribue aux vieux miros, pas qu'ils lisent avec une canne blanche.

Bibendum se marre comme une chiée de bossus au cirque, pendant les clowns.

— Chère loque omelette ! pouffe-t-il ! Vise-le-moi-le, Sana ! Y s'prend pour Hercule Poireau-Delpech ! Un négro d'son patelin le voirait, y croyerait qu'il chasse l'scorpion !

Mais ses fines saillies ne m'amusent pas. Je me replonge dans le passé récent. J'étais allongé sur ce lit, foudroyé par la plus noble des dépenses physiques. Je rêvais d'Arsène, le morpion. Probable que Marie-Maud devait me grattouiller la tignasse sud, non ? Et puis ce cri, terrible et bref ! Je me réveille. Du sang ! Une large tache sur sa poitrine nue, légèrement au-dessous. Déjà, son regard s'éteignait.

J'ôte mes grolles et m'étends sur le pageot, m'appliquant à retrouver ma position du moment fatal, comme on dirait en basse littérature à prix fixe.

Jérémie qui a pigé ma reconstitution demande :

— Béru, sois gentil : allonge-toi sur le lit également, dans la position que va t'indiquer Antoine.

— C'est ben pour dire de faire du zèle ! bougonne le délicat poète (pardon : pouête !) ; ça grimpait cueillir des noix de coco au sommet des palétuviers, y a pas dix berges, et v'là que ça veut jouer les juges d'instruction !

Néanmoins il s'avachit à mon côté.

— Pose ta joue sur mon bas-ventre ! intimé-je.

— Et quoi encore ! Faut légalement t'faire une pipe ?

— Tiens-toi davantage en biais, les jambes hors du lit.

Il maugrée mais s'exécute (ce qui est préférable à se faire exécuter par quelqu'un d'autre, comme disait Landru).

M. Blanc va se placer sur le balcon, et nous contemple un instant dans cette pose abandonnée. Quand il rentre, il semble déconfit.

— Tu as dit que tu avais du sang sur la tempe ? me demande-t-il.

— Ma mère peut le confirmer.

— Tu t'es penché sur elle ?

— Non : sa mort était évidente.

— Si du sang a giclé de sa poitrine à ta joue, fatalement, il y en a eu ailleurs.

— Textuel ! s'écrie le Dodu ; nègre mais avec de la jugeote ! Or, y a du sang nulle part ! Ni sur le pieu, ni sur l'tapis ! D'là j'conclus qu't'as rêvé et qu'l'duc de Bordeaux ressemb' à mon cul comme deux gouttes d'eau ! Si on irait s'offrir une tortore pour t'remett' de tes émotions, le grand ? Faut pas qu'tu vas rester su' une mauvaise impression. Ce qui t'arrive, même des gens équilibrés comme moi l'ont connu. Tiens, je me rappelle d'un matin qu'on prenait l'café au lait, moi et Berthe. Juste comme j'finissais d'achever l'plat d'cassoulet, v'là que j'lu dis : « Alors, comme ça, ton onc' Barnabé est mort ? Est-ce qu'il t'aurait pas fait une p'tite ligne sur son testament ? Il t'aimait beaucoup. » Berthy en reste comme deux flans de rond sur son assiettée de frites. « Mon onc' Barnabé est mort ! elle s'écrie-t-elle. T'as pris ça où cela, Sandre ? » Moi, j' hausse les épaules. « Débloque pas, grande fille, c'est ta cousine Elise qui nous a prévenus par téléphone hier, comme quoi il a tombé de son tracteur dont au sujet duquel une roue y a éclaté l'cigarillos ! »

« Ma pauv' femme était siphonnée triple zéro. « Mais c'est des imagineries pures et simples, Sandre ! Tu perds la boule, ou quoi ? » Pour en avoir le cœur net, elle a lancé un coup de grelot chez son onc' en Normandie qu'il est fermier. Et c'est lui, Barnabé, qu'a décroché. Lui aussi prenait son cafiaulait. Il avait un morceau de lard gros comme ma main dans la clape, ce qui l'empêchait pas d'esprimer. « Alors, gros boudin, qu'il lui a fait. Comment va ton grand cul plein de bites ? » Parce que c'est un blagueur, Barnabé. Le bon vivant, toujours l'mot pour rire. Faut dire qu'avec c'qu'y s'enfile comme calva, y peut êt' optimiss ! Pour vous en r'venir à sa mort, j'l'avais rêvée d'fond en comb' au cours d'la noye. S'l'ment au matin, j'voulais pas en démord'. N'empêche qu'il vit de plus en plus et marche su' ses nonante ans, c'qu'est un bel âge pour son âge, non ? »

Il me regarde de ses yeux de goret bienveillant. Je lui souris.

— Il n'y a pas de sang, fais-je, le rideau n'est pas troué, pourtant Marie-Maud Lassale-Lathuile est morte la nuit dernière dans cette pièce.

Le Gros pousse un profond soupir et prend M. Blanc à témoin.

— C'est pas qu'il soye vraiment con, déclare-t-il en me désignant, mais y veut toujours avoir l'dernier mot !

LE ROUGE HAIT LE NOIR

« La preuve que tout cela a bien existé, me dis-je, c'est que Félicie a eu un rêve prémonitoire ! »

La sérénité apparente des lieux, loin d'accroître mon doute, le dissipe, ce qui est absurde ; mais l'absurdité est presque un langage chez moi. J'avance dans ma tête comme un campeur qui marche dans son sac de couchage : par petits bonds.

Je regarde la chambre coquette, confortable, presque luxueuse.

« Sana, mon chérubin, cette nuit, une dame assassinée gisait en travers de ce lit, les jambes pendantes. Une balle avait déchiqueté son cœur exquis, lequel battait un peu pour toi. J'ai emporté de son sang sur ma tempe. Je l'ai frotté avec un gant de toilette trempé d'eau froide et ce gant se trouve chez moi, portant encore les traces de l'opération. Si je le confie à un laboratoire d'analyses, il découvrira que le sang appartient au même groupe que celui de Marie-Maud. Je suis sain de corps et d'esprit. Je n'avais pas bu et mon rêve concernant le morpion Arsène n'est qu'un bout de cauchemar que la sinistre réalité a immédiatement dissipé.

Alors, moi, commissaire Tantonio, as de la Rousse, de réputation au moins nationale, je raisonne. Je me dis, sans barguigner (car il est toujours malaisé de se parler en barguinant) : « Tu veux faire disparaître un cadavre ensanglanté d'une chambre sans laisser de trace, que fais-tu ? » Réponse de l'interpellé : « Je le roule dans le tapis, comme cela s'est fait dans mille neuf cent soixante-dix-neuf films *parce qu'il n'y a rien d'autre à faire.*

« Et ensuite ? » insiste le commissaire de ses fesses.

« Ensuite, dit l'interpellé, *j'emporte toute la literie,* le lit compris ! » « Est-ce tout ? » que fait chier cet obstiné poulet de ses grosses deux. » « Que nenni : je change aussi les rideaux de la fenêtre ! » « Parfait. » Cette fois c'est l'interpellé qui s'adresse au commissaire si tant réputé que les culottes sont détrempées sitôt qu'il surgit : « Commissaire très illustre, lorsqu'on a apporté tant de modifications à une chambre, cela doit bien être perceptible par un quidam qui y a pris du bon temps durant plusieurs heures ? » « Si fait », ne peut pas manquer d'admettre le fameux flic. « Alors, perdreau débile et vaniteux, concentre tes souvenirs, puisque c'est toi, le forniqueur abject qui est venu tremper le biscuit céans. Regarde et compare ce qui *est* avec ce qui *fut !* »

« Là, le commissaire, ainsi pris aux parties, s'abîme dans le cloaque de sa mémoire visuelle. Dure expérience ! Car enfin, quand tu viens nuitamment chez une dame pour livrer de l'extase au forfait, orgasme compris, queue en main, que cette femme en pleine lubrification t'attend derrière sa porte, si peu vêtue qu'il suffit d'éternuer pour la débarrasser de ses ultimes pelures, que tu l'étreins à t'en disjoncter les omoplates, lui bouffes la gueule jusqu'à la glotte et lui glisses déjà coquette dans la touffe, tu n'es plus très apte à dresser l'état des lieux de sa chambre qu'éclaire chichement une lampe d'opaline à lumière rose ! »

— Bon, on se casse, moui ou merde ? grommeluche

Bérurier, j'ai les chailles et tes conneries commencent à m'cavaler su' la prostate !

— Casse-toi, Plein de cul ! je rebuffe, d'une voix zombiesque.

— Biscotte, ta pomme, tu restes encore ? T'attends quoi ? L' retour du cadav' ?

— Je t'en supplie, sois ailleurs, l'exhorté-je : je pense !

— Il pense ! rigole ce cerveau en ruine, s'adressant à Jérémie.

— Tu ne peux pas comprendre, assure M. Blanc.

Sa Majesté met sa lèvre inférieure en guidon de course pour nous bien marquer son mépris.

— Bon, du temps que vous pensez, moi je vais couler un bronze, déclare-t-il en dégrafant son futal pour gagner la salle de bains. Je préfère l'action.

Et, sans la moindre gêne, il profite de notre intrusion chez Lassale-Lathuile pour utiliser ses gogues.

Jérémie dépose sa personne près de la mienne, sur le plumard.

— Je crois savoir ce que tu envisages, Big Chief ! murmure-t-il.

Et, comme je dresse un sourcil pour questionner, il murmure :

— Un déménagement, non ?

J'acquiesce.

« *Pourquoi m'as-tu trahi, Lison ?*

Tu vois : j'sus venu quand mêmeu ! » brame à tue-tête le déféqueur sur son trône.

Ne puis me retenir de sourire à tant de félicité purement organique. Vivre son corps est un bienfait du ciel.

— Tu penses qu'on a pu changer le lit, le tapis, les rideaux et, bien entendu, embarquer le cadavre ?

— Pourquoi pas ?

— Crois-tu qu'on ait pris un tel risque de nuit ?

Voire au matin ? Ça fait du bruit, il faut une camionnette...

— Descends chez la concierge et demande-lui le nom et l'adresse de la personne qui fait le ménage ici.

Il se lève et sort sans bruit, avec une souplesse harmonieuse de panthère noire. Cher Jérémie ! Ma belle rencontre ! Si vibrant et pudique, si intelligent, si cultivé ! Un ancien balayeur !

A côté, le chieur Béru a provisoirement cessé de s'égosiller et n'émet plus que de brèves onomatopées dues à ses contractions abdominales.

« Les montants du lit étaient matelassés comme ceux-ci, songé-je, mais le matelassage était lisse et ne comportait pas de capitons en losanges.

Attends ! Est-ce que je me berlure ou pas ?

Je promène ma main sur la soie. Mon indécision est grande. J'ai eu un flash, mais déjà l'impression ressentie se dissipe. Je m'efforce de fixer le tapis. Celui-ci est blanc uni. L'autre ne tirait-il pas sur le rose ? A moins que cette coloration ne soit due à la fameuse lampe à la lumière adultérine ?

On roule le cadavre dans le tapis. On démonte le lit, on décroche les rideaux. On embarque le tout. L'escalier, le hall sonore. On ramène un autre tapis, un autre lit ! Non, il a raison, Blanc : ça ne joue pas ! On ne prend pas de pareils risques dans un immeuble cossu ! Et dans quel but, au fait ? Empêcher que ne soit connue et ne se propage la nouvelle de ce meurtre ?

« *Que ne t'ai-jeu connue, au temps de ta jeunesseu*
Dans un rêveu brûlant j'aurais pu t'emporrter »,
chante Béru, aux entrailles libérées, et donc disponible.

Je ne sais pas où il pêche ces chansonnettes, le versificateur d'élite. Ça doit remonter loin dans le patrimoine artistique de Saint-Locdu, son pays natal.

Il réapparaît en refermant l'encolure de sa braguette.

— Tu ne tires jamais la chasse après usage, Gros ? m'informé-je.

Il hausse les épaules et retourne accomplir la manœuvre omise en maugréant :

— Ces aristos qui pointillent sur tout, bordel ! Ah ! av'c eux, faut pas s'manquer, qu'aussitôt y vous reprendent ! Si y croivent qu'on en avait une, d'chasse, à la ferme ! Les chiches étaient dans une cabane au fond du jardin, et les noyes d'hiver, quand la cagate vous bichait, on bédolait dans des pots d'chamb' !

Il revient, m'agresse délibérément :

— Faut p't'êt' que j'vais me laver les pognes pour êt' conforme à Môssieur ?

— Je n'oserais jamais te demander un sacrifice aussi grand !

— C't'encore heureux. Où est le négro ?

Là, je m'emporte, sans m'être empaqueté :

— Tu nous cours, avec ton racisme primaire ! Pour qui te prends-tu, Sac à graisse ? Jérémie est plus clair que toi car il se lave, lui. Le vrai nègre, c'est tézigue, cradingue comme une poubelle !

Interloqué, il cherche un trait. N'en trouve pas.

— Bon, d'accord : c't'un blondinet, grince-t-il. Un sou neuf ! un Suédois ! N'en attendant, moi, je vais claper. Quand j'm'ai essoré la bosaille, n'aussitôt ensute, j'ai les crocs ! Si t'aurais b'soin d'moi pour élucider un aut' cauch'mar, j's'rai à la Maison Pébroquemuche en début d'aprème.

Il voudrait me gratifier d'un pet avant de partir, histoire de parapher sa rogne. Mais il a beau se pencher de côté et soulever la jambe droite, rien ne lui vient, pas même une obscure promesse, aussi est-ce un homme amoindri qui se retire.

Bon vent (1) !

Demeuré seul, je quitte la chambre afin de fouinasser

_____

(1) Si j'ose dire !

dans l'appartement. Je me sais par cœur, aussi inter-
prété-je mon obstination à m'attarder sur les lieux
comme la marque de mon instinct flicard. Un confus
quelque chose inidentifiable m'incite à occuper le
terrain. Je visite tour à tour, le living, puis le bureau,
l'autre chambre (dite d'amis) qui ne m'a pas l'air de
servir beaucoup ; pour finir je me rends dans la cuisine.
Tout est en ordre, impec. Pas le moindre ustensile qui
traîne. Ça sent le spray citronné. Dans l'office se trouve
une porte de service qui ne doit pas servir beaucoup car
elle est blindée, munie de verrous et de serrures de
sécurité dont les clés sont absentes. Sans doute
débouche-t-elle sur un escalier réservé aux fournisseurs
et au personnel de maison. Voilà que j'entreprends
cette méchante lourde, tirant les verrous et m'expli-
quant avec les serrures. Je fais toucher les deux épaules
à celle du haut et m'accroupis pour avoir une conversation sérieuse avec celle du bas.

C'est alors que je découvre un tout petit quelque
chose, insignifiant en apparence, mais qui me perplexite à mort. Il s'agit d'un brin de laine blanche de
trois ou quatre centimètres de long. Une aurore boréale
se lève dans mon âme. Brin de laine égale tapis, non ?
Et si les « déménageurs de la nuit » étaient passés par
là ? L'escadrin doit déboucher sur la petite rue perpen-
diculaire au quai où leurs macabres manœuvres risquaient moins d'attirer l'attention.

J'achève de débonder et la porte s'ouvre. L'escadrin
est en béton. Des appliques fonctionnelles l'éclairent
lorsqu'on actionne la minuterie. Une rampe sommaire,
en fer. Je dévale les deux étages. La porte du bas, vitrée
dans sa partie supérieure, mais pourvue d'une forte
grille est également fermée à clé. Inutile de fatiguer
mon petit sésame sur elle, je constate qu'elle débouche
sur le quai, à une vingtaine de mètres de la grande
porte. Donc, le problo reste entier, concernant les
risques de ce déménagement nocturne.

Vaguement dépité, je regagne le logis des Lassale-Lathuile. Jérémie est de retour et m'attend sagement dans une bergère du hall. Il s'est coiffé d'un écouteur de talkie-walkie qui aplatit sa tignasse crépue, et dodeline du chef au rythme de la musique. Rien de plus con à voir qu'un mec savourant des sons que tu ne perçois pas.

— C'est beau? hurlé-je.

Il se dégage les éventails à bengalis.

— Michael Jackson? je questionne en montrant son bousin.

— Non, la *Messe en ré* de Beethoven! Superbe! Il y a une profondeur, là-dedans, qui me noue les tripes.

Il replie gentiment son petit matériel de mélomane.

— Tu as eu les renseignements que je voulais? lui demandé-je.

— Oui, et davantage encore.

Je me laisse tomber à son côté. C'est curieux que nous soyons là, tous deux, assis dans l'entrée de ce logement, comme chez un médecin, à attendre notre tour.

— C'est la concierge qui assure le ménage, et c'est elle que tu as eue au téléphone, ce matin. Lorsqu'elle est montée, Mme Lassale-Lathuile n'était plus ici. Elle devait rejoindre son mari et partir avec lui pour l'Indonésie. Tout était prévu. Ses bagages se trouvaient déjà à la consigne de l'aéroport où il les avait emmenés, trois jours plus tôt, en allant prendre l'avion pour la province. Il avait ce petit voyage à faire avant d'entreprendre le grand. J'ai interrogé la gardienne à propos du couple. Il semble vivre assez librement. Lui paraît plus qu'à son aise financièrement, presque riche, et la bonne femme se retient d'insinuer qu'il doit se faire graisser la patte par quelques gros contribuables.

Je cherche à évoquer mon contrôleur. Froid, avec un regard courtois mais dénué de toute sympathie réelle. Je ne l'imagine pas en train de monnayer sa fonction. Il y a en lui un je ne sais quoi de franchement distant qui ne devait guère inciter aux proposes malhonnêtes. Une sorte d'hostilité sourde, spontanée. Il semblait mépriser son prochain. Ce qui est très méprisable !

— C'est tout ?

Mon brave bougne hoche la tête et son rire aubergine s'ourle de ratiches étincelantes, fourbies à l'Email Diamant.

— Comme la plupart des concierges, celle de cet immeuble est très diserte. En tout cas, pas raciste, ce qui est rare chez les gens modestes. Les nantis le sont aussi, et plus profondément, bien sûr, mais ils feignent de ne pas l'être. Nous n'avons, pauvres nègres, comme alliés sûrs que les intellectuels qui se battent pour nous, non par sympathie réelle, mais par vocation collective...

— Et après ce cours de philosophie, champion, tu vas me parler de quoi ?

— Lassale-Lathuile a presque toujours habité cette maison. Ses parents occupaient l'appartement contigu, sur le même palier.

Je lui prends la main, très simplement, entre les deux miennes, et ça se met à ressembler, nos trois paluches, à un gros sandwich au hamburger.

— Cher grand cœur qui paraît au discours que tu tiens, fais-je, tu ne vas pas me dire que l'appartement dont tu me parles est toujours à la disposition de Lassale-Lathuile ? Si oui, je vais me mettre à sangloter comme un Ecossais qui a perdu son porte-monnaie ou une vieille fille son pucelage.

— Alors pleure, ô mon chef admiré, car telle est la vérité. Ledit logement est libre depuis le décès de la chère vieille maman, en octobre de l'an passé. Lassale-Lathuile l'a conservé car il projetterait de quitter l'administration pour monter un cabinet de conseiller fiscal, ainsi que le font, me suis-je laissé dire, la plupart de ces gens qui, après avoir martyrisé le contribuable

pour un salaire modeste, lui apprennent à berner le fisc
moyennant des honoraires substantiels.

— Viens !

Il ne me demande pas où, l'ange sombre. Une fois de
plus, je vais forniquer avec deux serrures superposées ;
des serrures qui donnent à ceux qui les utilisent une
fallacieuse impression de sécurité, mais qui cèdent aux
instances de l'homme déterminé presque aussi rapidement qu'une femme mariée...

Et que je te crique.
Et que je te craque.
Et que je te croque !
Entrez, prince !

Le second appartement est la réplique du premier ;
en moins vaste. Il y a des housses sur les meubles, kif au
bon vieux temps. Ça fouette le renfermé et une épaisse
couche de poussière s'est déposée sur les surfaces
planes.

On se fait la check-list. Entrée ? R.a.s. ! Livinge ?
R.a.s. ! Cuisine ? R.a.s. ! Chambre (ici il n'y en a
qu'une) ? R.a.s. ! Des housses, et encore des housses
qui transforment les meubles, les sièges, le lit en
mobilier fantôme.

— Merdre ! ubué-je.

Ma bouffée d'allégresse se fait la malle. Moi qui
croyais déjà tenir la vérité !

— Tu ne remarques rien ? demande Jérémie.

— Non, quoi ?

— Il n'y a pas de tapis dans cette chambre.

Je constate, puis, las :

— Non, y a pas de tapis. C'est une chambre sans
tapis !

— Pas même une simple descente de lit !

— La moquette suffisait à la maman Lassale-
Lathuile, faut croire, elle devait avoir des goûts plus
modestes que son fils.

— Pourtant, il y en a eu un.

Il me montre une décoloration géométrique, en deçà du lit.

D'un geste brusque, j'arrache la housse couvrant le plumard. Le matelassage des panneaux est lisse. Il n'existe pas de couvre-lit, simplement les draps et les couvrantes pliés soigneusement sur le matelas. M. Blanc empare la couvrante et la déploie avec le geste tournant d'un marchand de carpettes exhibant sa camelote.

— Il y a du sang! annonce-t-il en montrant une tache en forme d'Italie (y compris la Sardaigne, mais sans la Sicile).

Je me penche.

— Exact.

Il continue ses investigations.

— Il y en a également sur le montant.

Et de désigner quelques minuscules étoiles.

— On a interverti les deux lits, fait-il, en empruntant les portes de service. Cela s'est probablement passé avant le jour et les « déménageurs » ne risquaient pas grand-chose.

— Le corps? demandé-je péremptoirement, comme si ce pauvre M. Blanc avait des comptes à me rendre.

— Ils l'auront embarqué dans le tapis, ça se fait beaucoup.

Je me rends dans la salle de bains attenante à la chambre. Ici, comme ailleurs, tout paraît tranquille, en ordre. Pourtant, un examen approfondi du lavabo nous permet de déceler d'infimes éclaboussures.

— Tu me crois, maintenant? demandé-je à Jérémie.

— Je t'ai toujours cru; une chose aussi énorme ne pouvait qu'être vraie.

— Les gens qui sont parvenus à faire place nette avaient un sacré sang-froid, non?

Au lieu de répondre, il retourne dans la chambre, va à la fenêtre pour ouvrir les rideaux.

— Il n'y en a plus qu'un à cette croisée, déclare Bamboula. Ils l'ont tiré un max pour que la chose ne saute pas aux yeux. L'autre, celui de l'autre chambre à travers lequel le meurtrier a tiré est parti en même temps que le tapis.

Je lui donne l'accolade.

— Désormais, je vais t'appeler Magloire, car tu es ma gloire, fiston. L'honneur de ma carrière sera de t'avoir découvert.

Il noircit, ce qui est la meilleure façon de rougir pour un Sénégalais.

— J'ai faim, répond-il, car il est pudique et les compliments le mettent en porte à faux avec ses pompes.

— Je t'invite à Saint-Cloud, m'man va nous faire un frichti classé monument historique.

— Je vous remercie de bien vouloir me parler, Excellence !

La voix est chaleureuse, enjouée.

— Je ne vois pas pourquoi je refuserais de parler au fameux commissaire San-Antonio ! rétorque l'ambassadeur. Vous êtes à Djakarta ?

Et moi qui m'entends lui répondre :

— Pas *encore !*

— Ce qui sous-entend que vous allez y venir ?

— Probablement.

— En ce cas, je vous retiens déjà pour un dîner à la résidence.

— C'est très aimable à vous, Excellence.

— En quoi puis-je vous être utile ?

— Eh bien, ce que j'ai à vous demander est très particulier. Mais le temps presse et, toutes réflexions faites, vous constituez mon unique recours.

— J'en suis flatté.

— Il y a présentement, dans le vol Paris-Djakarta, un fonctionnaire français accompagné d'une femme qu'il fait passer pour son épouse. L'homme en question se nomme Lucien Lassale-Lathuile.

— N'est-il pas aux Finances ?

— En effet.

— Je le connais. Nous étions à Louis-le-Grand ensemble, mais pas dans la même classe.

— Le hasard est miraculeux ! dis-je. Lassale-Lathuile va se poser à sept heures trente du matin, heure de Java. Disposeriez-vous, à l'ambassade, d'un collaborateur astucieux, capable de guetter votre ancien condisciple à son débarquement, de le repérer et de le suivre ? J'aimerais savoir où il descend et ce que seront ses activités en Indonésie. Sale besogne, n'est-ce pas, Excellence ?

Il éclate de rire.

— J'ai, à l'ambassade, un groupe de jeunes coopérants dont je ne sais trop que faire, et qui vont prendre un pied terrible à jouer au flic.

— Ils ne sont pas trop chiens fous ?

— Rassurez-vous : des gosses très bien, instruits, malins, pleins d'humour.

— Alors, c'est parfait. Je vais vous donner le signalement de Lassale-Lathuile.

— Inutile. Le directeur d'Air France pour l'Indonésie se fera un plaisir de nous le faire désigner au moment des formalités d'entrée. Quand pensez-vous venir, commissaire ?

— Par le prochain vol, Excellence. Je vais me renseigner.

— Vous avez un avion pour Djakarta dans trois jours.

— Je pense m'embarquer beaucoup plus vite, en passant par Londres ou Genève, voire Francfort ! Encore merci, et mes respects, Excellence.

Rondement mené.

— Notre ambassadeur pour l'Indonésie est un type très bien, annoncé-je.

Le Noirpiot boit une gorgée de café.

— Alors tu vas courser le veuf ?

— L'instinct du chien de chasse. Quelque chose me dit que tout ce circus cache quelque chose de capital. Lucien L.-L. ne va pas là-bas en vacances !

— Cependant, il y emmène sa maîtresse, du moins une fille qu'on peut soupçonner de l'être.

— N'importe. Ça pue le cramé, cette histoire ! Sa bonne femme froidement assassinée, en plein adultère, dont, aussitôt après, on déménage le cadavre. L'échange du mobilier pour redonner à la chambre du drame l'éclat du neuf ! Après quoi, mon vaillant contrôleur s'embarque pour l'Indonésie en compagnie d'une sœur qu'il emmène sous le nom de sa femme, voilà qui manque de simplicité.

Je prends un léger temps :

— Tu veux bien m'accompagner là-bas, grand primate ?

Du coup, c'est la rayonnance au néon sur la frite de Jérémie.

— Tu crois qu'on acceptera, au service des notes de frais ?

— Le Vieux signera tous les ordres de mission que je voudrai ! assuré-je.

Bon, alors je chope ma petite valdingue toujours prête pour les départs précipités, on passe chez les Blanc où Ramadé, la douce épouse, prépare celle de Jérémie (un superbe bagage en carton, aux coins renforcés plastique). La scène des adieux est sobre, d'une émouvance à se pisser dans le froc. On rabat enfin sur la Maison Poulardoche. Pendant que je m'occupe d'aller faire débloquer les fonds, Jérémie va potasser les horaires internationaux, histoire de combiner une cascade de vols propres à nous conduire à Djakarta dans les meilleurs des laids.

Lorsque je le retrouve, il a tout goupillé de première : en fin de soirée, un *flight* de la Singapore

Airlines nous emportera à Singapour où nous aurons une correspondance sur Garuda Indonesian Airways pour Djakarta.

Béru radine sur ces entrefesses. Il nous dit avoir mangé un cassoulet, nous le prouve en tirant une salve de pets qui ressemble à un discours de Le Pen, et ajoute que est-ce on a besoin d'lu ? Qu'autrement sinon, il irait rejoind' sa maîtresse (il tient au terme qu'il juge pompeux et qui le flatte donc) vu qu'elle a congé et qu'au lieu d'lu laisser correriger ses cayets, il va lu faire fumer les meules voire la sodomiser un brin, en camarade, pour peu qu'il existât quelque oléagineux chez elle permettant la délicate opération. Il est hilare, roteur, péteur, content de son ventre plein, de ses testicules débordants, de la vie que, merde, on n'a encore rien fait d'mieux !

Gouailleur, il pouffe :

— Et ta chère et tendre, t'as retrouvé son cadav', Sana ?

— Pas encore, fais-je, alors à défaut je vais retrouver son époux.

Il rembrunit :

— Où ce que ?

— En Indonésie.

— C'est dans la Cordelière des Gendres, ça (1) ?

— Presque : entre le grand-duché du Luxembourg et la Nouvelle-Calédonie.

— Mouais, j'vois.

Il désigne les horaires d'avions accumoncelés sur le burlingue de M. Blanc.

— Tu vas yeyaller tout seul ?

— Non, avec Jérémie !

---

(1) Nous supposons que Bérurier veut parler de la cordilière des Andes ; mais c'est là une estimation que nous ne garantissons pas. De toute façon, le lecteur n'en a rien à secouer.

L'Editeur.

Pour lors, c'est le cataclysme. Un typhon, phon, phon, les grosses marionnettes ! Il pourprit ! Une écume blanchâtre (quelle dégueulasserie, les mots en « âtre ») fleurit à ses commissures de police. Le regard devient gothique flamboyant, avec les ombres menaçantes du cyclone en gestation.

— C'est ben pour dire d'claquer l'aspine du contributionniste, bordel à cul de merde ! Môssieur prend ses cauchemars pour la réalité ! Un simp' rêve y suffit pour qu'y va partir à dache s'offrir les belles vies : palace avec bidet, saumon fumé-mayonnaise, massages taille-le-landais avec doigt dans l'ogne et gouzi-gouzi su' la tête d'nœud ! J'vois l'topo ! Au moind' songe biscornu, c'grand glandeur met les voiles ! Ah ! la conscience profefessionnelle, parlez-moi-z'en ! N'importe quel prétesque lu sont bons ! Ça s'relâche à mort !

« Mais j'laisserai pas passer ! Ça m'incombe, côté moral ! Si les mœurs devient indissolubles, j'ai un droit d'regard ! J'porte le pet en n'haut lieu. Le zef va s'mett' à souffler dans c'te taule d'enculés, j'y annonce ! On voira tomber des tronches ! Des sections va être prises, j'promets ! Quitte à c'qu' j'allasse causer au président d'la Raie publique. J'l'connais : poli, aimab', mais, av'c lu faut pas qu'on s'amuse à courir su' la bite de l'Etat ! Il intolère les déconnes dérapantes, l'président. Intégriste, c'est sa nature. Jamais t'entendras causer qu'il a bricolé sa feuille d'impôts ou enfouillé des plates-bandes (1).

« Lorsqu'il va êt' au parfum qu' les derniers d' la France sert à payer des voiliages d'noces aux fonctionnaires, ce cri ! Putain, quand il fait l'mauvais, ça serre les miches dans la lanterne haute (2), l'président. Ya yaïe, sa frime engoncée ! Y a plus d'lèvres, plus de

_____

(1) Tout porte à croire que Bérurier a employé plates-bandes pour prébendes.
(2) S'agirait-il de « Landerneau » ?

z'yeux, juste des traits noirs ! On direrait un sabot d'croupier ! Et quand un sabot d'croupier t'mate d'cette manière, t'as coquette qui r'croqueville, espère ! Elle bigorneaute à outrance ! J'cause d'voiliages d'noces parce qu'y faut pas m'prendre pour plus con qu'j'sus.

« Ça s'entrave gros comme une cathédrale qu'tu donnes dans la bagouze à molette av'c c'négus ! Tu l'fourres, inutile d'l'nier. Ou alors y te pompe av'c les spontex qui lui sert d'lèvres. Y t'lèche sous les burnes, j'vois pas autrement ! C't'engourement soudain pour l'chocolat, j'sus pas tombé d'la de la dernière pluie ! Que mister Bambouli t'pète l'fion à l'*Hôtel d'La Membrane Volage,* ça me laisse froid. C'est ton cul, t'as l'droit ! Encore qu'j'trouve dommage, un mec comme toi, d'tomber dans la bourrée négrote. Mais où j'en suis, c'est d't'voir assouvir en lapidant les fonds s'crets. C'est des abus qu'on peut pas admettrer. J'sus français, moi, m'sieur l'commissaire. D'la tronche aux pinceaux ! De père en fils et vice versa ! Déjà qu'la France ressemb' à un' vache hindoue ! C'est de ça qu'é crève, la pauv' bête : des zabus ! Les Français a découvert qu'on les gruge mais... »

J'interromps enfin :

— Ont découvert ! hurlé-je. Lorsqu'on joue les moralistes, il faut le faire dans un langage correct. On dit « les Français *ont* découvert ». Ont découvert. ONT ! ONT !

Il se tait. Sa mousse labiale, y en a gros comme un chou-fleur maintenant. Il laisse flotter son regard incandescent sur le bureau, puis, soudain, un sale sourire de marchand d'actions bidons lui vient.

— Quand on donne des l'çons de grammairage, mon pote, faut savoir où qu'on va.

Il me montre un titre dans *L'Evénement du Jeudi* étalé sur la table de Jérémie.

Je lis : « Les banquiers à découvert. »

Il le brame :

— Les banquiers à découvert! Tête de nœud! A découvert! A, A, A! Et pas *ONT*.

Epuisé, il rote avec désenchantement et marche à reculons jusqu'à la sortie. Avant de quitter la pièce, il soupire :

— J'sus pas méchant, les gars. Non, franch'ment, j'sus pas méchant, mais je voudrerais qu' vot' avion s'écrasasse comm' une merde. Y m'semb'... j'sais pas... qu'ça m'ferait du bien. Mouais, c'est ça : ça m'ferait du bien !

Et il part donner le meilleur de lui-même à sa muse.

EN UN CON BAS DOUTEUX

Je vais te dire : Djakarta, c'est un fantastique entre-lacs d'autoroutes ceinturant des îlots de gratte-ciel. Entre ceux-ci, il y a des maisonnette basses, déglin-guées et ravaudées, sortes de masures qui cependant ne créent pas un univers de bidonville. C'est pauvre, condamné, surpeuplé, mais digne. Une marée conti-nuelle de voitures déferle sur les larges voies qui sont superposées, qui décrivent des boucles, qui forment des montagnes russes, qui plongent dans des tunnels pour, dès leur sortie, jaillir à l'assaut du ciel. Ces gigantes-ques rubans routiers ôtent à Djakarta son caractère de ville. Il s'agit plutôt d'une formidable concentration humaine. La population et les bagnoles font, si je puis dire, bon ménage.

Les immenses artères se trouvent envahies par un grouillement d'enfants, vendeurs de n'importe quoi — journaux, friandises, billets de tombola, objets de pacotille en tout genre —, lesquels profitent des inces-sants ralentissements de la circulation pour proposer leurs humbles marchandises aux conducteurs. Le ciel pollué, noir et lourd, dégage une sale odeur de soufre et d'essence ; se mêlent à ces remugles ceux qui éma-nent des canaux fangeux sillonnant la vieille ville. Des bananiers étiques poussent anarchiquement au bord des routes, sur des talus galeux jonchés de « sous-détritus ». Par instants, la voie que tu suis débouche dans une zone ultramoderne où se dressent des immeubles vertigineux, neufs, pimpants, dont les mille fenêtres emprisonnent les nuages bas. Ces gratte-ciel abritent des hôtels ou des maisons de commerce fameuses, japonaises ou américaines.

Ce qui déroute dans cette capitale de six millions d'habitants c'est l'absence apparente de boutiques. Quand on y circule pour la première fois, on n'aperçoit aucun magasin. C'est que les petits commerces sont centralisés dans des blocs immenses, sortes de souks organisés où, sur dix ou douze étages, se succèdent des alvéoles affectées à une infinité d'artisanats ou de négoces. Les points de vente huppés se tiennent dans des maisons confortables, voire des villas, dont l'extérieur ne révèle rien de ce qui se négocie à l'intérieur. Pas de vitrines, ou rarement. Les *kaki-lima,* petits éventaires en plein air où l'on vend de la soupe, des brochettes de viande ou des beignets composent une sarabande bigarrée. *Kaki-lima* signifie « cinq pattes » ; on les appelle ainsi parce que chacune d'elles repose sur trois pieds ! Avec ceux du client, le compte y est.

— C'est chié ! soupire M. Blanc, penché en avant.

Ses lotos extra-mobiles captent un max d'images. Esprit curieux, il tient à emmagasiner le plus d'impressions possible, le Noirpiot. Sa tronche est une boîte à diapos.

Notre conducteur est chinois. Il baragouine un anglais sucré, ponctué de sourires. Aimablement, il nous signale les centres d'intérêt : hôtels, monuments, musées. D'incroyables autobus en haillons nous enveloppent des gaz bruns de leur échappement. Des mobylettes antédiluviennes où parviennent à se jucher deux ou trois personnes, sinuent dans le flot des voitures. Un peu partout, des transistors vociférants s'ajoutent au vacarme. D'immenses panneaux publicitaires, non imprimés mais peints (ici, chaque affiche est un original), dressent dans les carrefours des personnages gigantesques, brossés dans des tons criards et campés dans des attitudes puériles.

— Je ne voyais pas Java comme ça, dis-je.

Et de fredonner, le grand succès de Georgette Plana (que l'on avait surnommée « la divine ») :

A Java il était né, une poupée
Une poupée si jolie
Qu'on eût dit
Un bijou
Ou un joujou.

C'est beau, la chanson française. Ça va loin.

Je me couche sur Jérémie, notre driveur venant d'enquiller une boucle tellement prononcée qu'elle doit composer un « 8 ». On quitte ensuite la voie du trafic pour une allée calme, bordée de palmiers. Un poste d'entrée, avec une barrière rouge et blanche et un préposé en uniforme. Ce dernier nous laisse passer avec indifférence. Nous débouchons dans l'immense complexe du *Hilton :* des gratte-ciel plantés dans une zone de verdure agrémentée d'un lac artificiel.

Un gros portier en costume national nous délourde. Une nuée de bagagistes se précipite pour cramponner nos deux malheureuses valdingues. Je cigle le taxoche en dollars U.S., ce qui ne lui déplaît pas.

Dans l'entrée du *Hilton,* un orchestre de musicos indonésiens interprète un truc folichon, juste en tapant sur des espèces de cloches et autres instruments à percussion. Ils paraissent complètement écroulaga, se faisant chier comme des rats morts d'ennui derrière une malle. Et encore, il arrive que certains rats morts conservent dans leurs prunelles quelque lueur d'intérêt pour le monde qu'ils viennent de quitter. Les gonziers en question, eux, sont prodigieusement indifférents à tout et au reste. Ils frappent leurs cloches à la cong, avec des gestes harassés de mecs qui ne croient plus guère à ce qu'ils font, non plus qu'au devenir de l'homme. D'ailleurs il n'y a plus de « devenir » pour l'homme, seulement un « finir » et qui finit mal.

Nous nous repérons dans l'immensité et avisons la réception, à quelques encablures sur notre droite. Juste qu'on s'y pointe, un monsieur grand et mince, un tantisoit grisonnant des tempes, avec le nez pointu et le regard vif nous intercepte.

— Victor Delagrosse, ambassadeur de France, se présente-t-il. J'ai tenu à venir vous accueillir.

Vachement serviable, l'Excellence. On se congratule les phalanges par poignées.

— J'ai préféré vous mettre au courant personnellement. Inscrivez-vous, nous irons bavarder dans votre chambre.

Cinq minutes plus tard, nous voici dans une suite de deux cent cinquante mètres carrés (qui fourniraient des mètres cubes pour peu que tu les multiplies par la hauteur du plafond). Deux chambres, deux salles de bains, un vaste salon regorgeant de boissons et de denrées comestibles.

— Bien entendu, vous êtes les invités de la France, précise Delagrosse en constatant notre ahurissage.

Il se dépose dans un fauteuil.

— Votre homme est ici ! déclare l'ambasse.

— Au *Hilton ?* fais-je.

— Il se trouve dans la tour, tout comme vous, mais trois étages plus haut, précise notre hôte.

Il sort simultanément des lunettes fines, à monture métallique, et un papier de sa poche intérieure.

Il déplie les unes, en chausse son nez, puis l'autre et se met à le lire :

— La femme qui l'accompagne, description : un mètre soixante-dix, blonde, mince, jolie, yeux vert-gris, peu de poitrine, des jambes magnifiques. D'une très grande élégance. Lorsqu'ils sont arrivés à l'hôtel,

Lassale-Lathuile l'a fait inscrire comme étant son épouse Marie-Maud.

— Ce n'est pas elle ! coupé-je.

Delagrosse a un geste évasif, genre « c'est votre problème, pas le mien », et poursuit :

— Après s'être installé au *Hilton*, le couple a fait ce que font beaucoup de gens après dix-sept heures d'avion : il s'est couché et a dormi une dizaine d'heures d'affilée, terrassé par le décalage horaire, particulièrement pénible à surmonter dans le sens ouest-est. En fin d'après-midi, le même jour, Lassale-Lathuile et sa compagne ont affrété une voiture de louage avec chauffeur. Mes petits coopérants ont tenté de la suivre, mais à Djakarta, la circulation est si dense, la manière de conduire des Indonésiens si fantasque, qu'ils l'ont vite perdue. Toutefois, ils ont relevé le numéro de la plaque minéralogique, après quoi, ils sont revenus attendre à l'hôtel où les Lassale-Lathuile sont rentrés à une heure du matin. Ils se sont couchés et ont à nouveau dormi. Ce matin, ils ont reçu un visiteur sur le coup de dix heures. Un homme d'une quarantaine d'années, probablement chinois, vêtu d'un pantalon noir et d'un batik.

L'ambassadeur abaisse sa feuille.

— Il est indispensable que je vous précise ce qu'est le « batik ». Il s'agit de tissus imprimés de façon artisanale, selon un procédé très ancien. Si vous avez un peu de temps, je vous ferai visiter une fabrique. Les étoffes sont dessinées à la main. Les motifs en sont très tarabiscotés, très « décoratifs ». On leur fait subir des bains de couleur successifs. Des femmes recouvrent de cire chaude les parties du motif qui ne doivent pas prendre la couleur. Ensuite on...

Il s'interrompt et éclate de rire.

— Mais à quoi bon ce documentaire ! Sachez seulement que les chemises de batik sont presque une tenue nationale et qu'il est de bon ton d'en porter dans les soirées les plus « smart ». Donc, le Chinois qui s'est présenté ce matin chez Lassale-Lathuile en portait une. Il tenait un paquet assez volumineux sous son bras. Il ne l'avait plus en repartant, vingt minutes plus tard. L'un de mes petits gars a filé ce visiteur jusqu'à sa voiture qu'il avait garée dans le parking de l'hôtel. Et il en a également relevé le numéro minéralogique. Ce Chinois doit-être un homme fortuné car il roule dans une grosse Mercedes presque neuve de couleur vert bouteille.

L'Excellence se tait, replie son papier bleu frêle et le dépose sur la table basse.

— Je suis époustouflé, lui dis-je. Je ne me doutais pas que nos ambassades pouvaient fournir à la police française des collaborateurs d'une telle efficacité.

— Nous sommes en place pour *tout,* assure Delagrosse, pas seulement pour organiser des réceptions. Avez-vous encore besoin de mes troupes ? Surtout, n'hésitez pas, commissaire.

— Pensez-vous qu'il soit possible de déterminer les propriétaires des deux voitures dont on a relevé les numéros ? Vous avez des accointances avec ce qui constitue la préfecture de police à Djakarta ?

— Je vais me débrouiller. Rien d'autre ?

— Il me faudrait également une voiture avec un chauffeur très expérimenté ; d'après ce que j'ai pu voir, conduire dans cette ville c'est pas de la tarte.

— Je vais mettre à votre disposition l'un de mes deux chauffeurs de fonction, Kariff ; il est malin et parle convenablement le français.

Je proteste pour la forme : « Je ne voudrais pas abuser ; c'est trop ; je ne sais comment, nani nanère », paroles de San-Antonio sur une musique de Wolfgang Amadeus Mozart.

— Je ne vous invite pas à dîner ce soir, vous êtes trop fourbus. Vous allez dormir ?

— Non, dis-je, j'ai trop à faire.

Sans savoir réellement ce que j'ai à faire !

Nous raccompagnons son Excellence en bas. Il me présente ses deux petits coopérants si coopératifs. Des garçons bien de chez nous, qui se marrent en tranches de pastèque. Je leur exprime ma satisfaction.

— Votre bonhomme vient de descendre, me disent-ils ; il est en train de prendre le thé avec sa nana.

Ils me désignent un salon vitré. Effectivement, je renouche l'ami Lucien, près d'une colonne. Sa pétasse, ô pardon ! C'est pas du laissé-pour-compte, du lot à réclamer ! Une vraie couvrante de journal de mode. Décarpiller une nière de ce style, déjà c'est le pied géant assuré ! L'azur dans le kangourou ! Quand tu vois le dessus, t'imagines les dessous. Tout ce froufrou bordélique ! Un enveloppe-cul arachnéen, bordé de dentelle noire, j'espère ! La moulette délicate, très présente sous l'étoffe légère, avec sa mignonne frisure blonde, ses exquises lèvres faites pour l'amour (et non pour la moue). O Seigneur, que de joyaux, en ce bas monde ! Le pur régal permanent.

Je voyais l'autre jour, à la « Caméra cachée », Rich, le comédien qui s'approchait des dames, dans la rue, leur demandait poliment si elles voulaient bien aller tirer un petit coup avec lui. L'expression d'un de mes rêves. Des années et des années que j'ai écrit la chose, comme quoi fallait arrêter de bêcher, passer outre les simagrées. Y aller franco, quand la digue te biche. Tu vois une frangine qui te fait monter en asperge, tu lui proposes la botte, tout franchement, en camarade.

Ça m'est arrivé, d'ailleurs. J'en ai allongé, des sœurs, de cette manière très soudaine. Elles apercevaient mon chibre dans mes prunelles. Comprenaient que ça pouvait donner un moment exceptionnel. Cédaient sans rechignages hypocrites. Le grand embrasement sensoriel ! Feu occulte ! Feu au cul ! C'est pas nous qui avons inventé le jeu, mais le bon Dieu. Lui, espère, Il est d'accord. Mais y a l'armada pisse-froide, les guetteurs au trou! Les foutriques de toute nature, mal pensants, mal bandants, mal dans leur peau! Les cons de nature, quoi! Faits en matière conne, avec des idées torves, des préjugés déliquescents.

Moi, la gonzesse à Lassale-Lathuile, elle me flanque des secousses simiesques (comme dit Béru) dans le calbute. Les heures d'avion m'ont attisé la nervouze. Dix-sept plombes à trémousser dans un fauteuil, à somnoler, à bouffer des mets à la con, à picoler comme un perdu pour user ce long temps mort, ça te file une godance infernale. Le premier prose à portée, je tire un penalty!

— Belle femme, n'est-ce pas? sourit Delagrosse qui ne doit pas cracher sur une chatte, sauf pour faciliter la pénétration de son goumi fantasque.

— Après vous s'il en reste, je ricane.

On se prend congé, l'Excellence et nous.

— A bientôt!

— A très vite!

— Merci encore!

— Y a Pasqua!

Les deux petits coopérants peuvent s'évacuer également : si on a besoin d'un autre coup de main, on les préviendra! Notre beau monde se trisse. Jérémie bâille.

— T'as sommeil, Bronzé?

— J'attendrai la nuit d'ici! assure le Suédois en négatif.

— Bon, je monte dans la chambre du couple pour une exploration express. Leur piaule, c'est le 2062 ; si d'aventure tu les vois rabattre sur les ascenseurs après le thé, téléphone-moi depuis l'un des postes destinés aux communications intérieures, il y en a un peu partout.

En quelques secondes je parviens devant l'apparte de mon contrôleur. Manche que je suis! J'ai oublié que les

lourdes s'ouvrent avec des cartes magnétiques. Alors
là, je suis niqué ! Va falloir réviser mon sésame.
L'adapter aux circonstances modernes. Si je n'étais pas
brouillé avec Mathias, le damné Rouquemoute, promu
chef du labo, je lui demanderais de mettre au point un
bidule adéquat. Mais ce sale con, j'aimerais mieux
crever avec la gueule et l'oignon pleins de piments
rouges plutôt que de lui demander un service !

Juste que je vais renoncer, je perçois un glissement.
C'est un serveur qui renouvelle les fruits dans les
chambres. Il pousse un chariot aux roues caoutchou-
tées.

Je fais mine d'explorer mes vagues, puis je m'adresse
à lui en anglais :

— J'ai oublié ma fiche magnétique à l'intérieur, vous
pouvez m'ouvrir ?

Je lui montre rapidos la brème d'hôtel qui m'a été
remise, sans lui laisser le temps d'en lire le numéro.
Puis je tire un billet vert de mon gousset. Cinq dollars !
Je me fous pas de sa gueule !

Le gusman moule sa charrette fantôme et me dépone
la lourde avec une complaisance ponctuée d'un de ces
sourires dont les Asiatiques ont le secret.

Plouf ! Adios, Mister Lincoln ! Une tape complémen-
taire dans le dos du serveur (large d'une quinzaine de
centimètres) et je pénètre chez Lassale-Lathuile.

Son territoire est beaucoup plus restreint que le
mien, puisqu'il ne se compose que d'une entrée, d'une
grande chambre et d'une salle de bains.

Je vais droit aux tables de chevet ! Des médicaments,
de l'argent français (peu), des clés (également *made in*
France), des billets d'avion (leur retour pour Paris
prévu pour le 24, alors que nous sommes le 12). Deux
livres : *Orange amère,* de Didier Van Cauwelaert (de
l'Académie française par contumace), et *Le démon de
Minuit,* d'Hervé Bazin (de l'Académie Goncourt par

vocation), ce qui indique que les occupants du 2062 ont bon goût.

Sur ma lancée, je fonce à la penderie. La dame dispose d'une somptueuse garde-robe que je vais pas t'énumérer ici. Lucien, lui, a une fringuerie plus réduite, mais de bon ton (ou de bon thon, comme disent les morues).

Avisant leurs valoches empilées, je me hâte de les explorer, bien qu'elles soient censées être vides. Mais juste comme je déboucle la première, le bigophone retentit. Va falloir me remuer le fion : sûr et certain qu'ils se pointent, les deux tourtereaux. Un réflexe m'amène à décrocher. Je n'obtiens pas l'organe chaleureux de Jérémie, mais une voix de femme, probablement indonésienne, qui lance en nasillant (et en anglais, ce qui n'est pas incompatible) :

— Hello, Louchien ? (pour Lucien).

— *Yes ?*

— *I'm Loly !*

— Hello, Loly !

— Juste pour vous dire que votre voyage est arrangé : vous partirez un jour plus tôt.

— C'est-à-dire ?

— C'est-à-dire lundi prochain au lieu de mardi.

— O.K. !

— On vous a livré l'objet ?

— Ce matin, fais-je, très inspiré.

— Parfait. Je vous fais porter vos billets et la réservation d'hôtel.

— Magnifique !

— *So long !*

— A bientôt !

On raccroche.

Je retourne aux valises. La seconde me semble lourde.

Elle contient effectivement un gros paquet. Il a été défait, puis refait sommairement, sans qu'on renoue la

ficelle. Il contient une arbalète ancienne de toute
beauté, dont la ferrure est damasquinée et le fût taillé
dans un bois précieux sculpté sur les parties latérales.
La corde figure encore et me semble avoir été confectionnée avec du boyau de chat, comme le cordage des
bonnes raquettes.

Il me revient alors d'avoir aperçu une collection de
cette arme moyenâgeuse dans le salon des Lassale-
Lathuile, à Paris. Le hobby de mon cher contrôleur,
probable. A peine arrivé, il s'empresse d'acquérir une
pièce rare pour enrichir son petit musée. Est-ce là la
réaction d'un bonhomme qui a assassiné sa femme ?
Réponse : pas tellement. Avec l'arme, se trouve un
carquois (d'origine, lui aussi, je suppose) en cuir
ouvragé. Il contient encore deux flèches qu'il vaudrait
mieux ne pas prendre dans les miches, à voir leur pointe
effilée. Elles aussi sont en bois dur. Dur comme de
l'acier !

Je remets ce fourbi en place. La troisième valoche est
totalement vide.

Nouvelle sonnerie du bignouf. Je décroche.

— On vient ! annonce le Noirpiot !

Tu verrais ce petit nuage tournicotant que je laisse
derrière mes talons. Je largue la chambre, claque la
lourde, cavale plus loin que les ascenseurs, jusqu'à la
porte de secours.

M. Blanc, chose rarissime, est en plein gringue avec
une dame lorsque j'atterris dans le hall. Ils se tiennent
sagement assis sur une banquette et discutent en se
souriant, les yeux dans les yeux. Lui a sa main droite
posée sur le velours du siège et la dame sa main gauche.
J'enregistre l'aimable manège de leurs doigts en train
de faire connaissance. Adorable ! La personne du sexe
est ricaine. Elle a dépassé la cinquantaine sans crier
gare, ce qui ne l'empêche pas d'être roulée de *first*. Elle
a les cheveux bleus comme un paquet de gauloises

ordinaire, un rouge à lèvres mauve et du rose à joues violet foncé. L'ensemble est insolite, mais la dame étant sympa, on se porte acquéreur.

Etant homme de bonne tenue, je laisse ces tourtereaux à leur prise de contact et vais m'affaler dans un fauteuil proche. La fatigue du voyage me brûle les paupières. Je pense à la mousmé de Lassale-Lathuile : elle m'a court-juté la glanderie et, franchement, je me la tirerais avec fougue si l'occasion m'en était fournie. Je suppose que Jérémie est dans les mêmes dispositions physiques, c'est pourquoi il fait du contrecarre à sa douce Ramadé, lui d'un tempérament si fidèle.

Au bout d'un instant de marivaudage sur banquette, M. Blanc décide d'abandonner les figures imposées pour aller se livrer à des figures libres en lieu clos. Son gros regard en boules de billard m'interroge.

« Puis-je m'absenter une heure ? » demande-t-il.

« Et comment ! » lui répond le mien, tout aussi éloquent malgré l'assoupissement qui m'empare.

Alors, le Bronzé se lève, tend galamment son bras à la quinquagénaire et l'emporte en direction des ascenseurs.

Veinard ! Et veinarde ! Avec le chibraque que se coltine môssieur l'Assombri, elle risque de ne pas s'embêter, la mère ! Elle jouerait à saute-mouton avec l'obélisque de la Concorde, sa cramouillette ne prendrait pas davantage de risques !

Lorsqu'ils ont disparu, une profonde tristesse me point. Je décide que, si je n'ai pas l'opportunité de me dégorger le Marius, autant roupiller. Je sais que Lassale-Lathuile va quitter Djakarta lundi prochain. D'ici là il est peu probable qu'il entreprenne des trucs notoires. A vrai dire, je commence à regretter l'élan qui m'a incité à le courser jusqu'en Indonésie. Tout laisse à croire qu'il est ici en voyage de noces adultérines, si tu me passes l'expression (et si tu ne me la passes pas, je te la passe outre !). En fait, il se conduit en amoureux avec

la fausse Mme sa dame. Un peu de tourisme et beaucoup
d'hôtel ! Sait-il seulement qu'il est veuf ?

Je me braque sur la question, tout en me dessapant.
Elle est épineuse. Je finis par incliner pour le « oui ».
Selon sa concierge, Marie-Maud s'apprêtait à partir
pour l'Indonésie. Il aurait porté ses bagages à la
consigne au préalable (sans doute s'en est-il défait
autrement puisqu'il comptait emmener une autre
gerce), n'empêche que sa légitime croyait partir. Elle
pensait l'accompagner, mais lui *savait* qu'il n'en serait
rien ! Alors ?

C'est fameux de se zoner à poil dans un lit aux draps
nickels quand on est crouni ! Certes, le drap du dessus
ressemble un peu au chapiteau du cirque Bouglione, vu
mon état de santé suractivé. Le tricotin freine l'endor-
missement, mais je finis par sombrer (pavillon haut) en
rêvant que j'arpente l'allée centrale d'un harem,
laquelle est bordée de filles nues, agenouillées dos à
moi en attente (à héritage) de mon bon plaisir. C'est là
du songe surchoix qui ne s'obtient généralement que
par la prise de drogues hallucinogènes.

Je suis durement arraché à cette félicité par le
téléphone.

Un préposé au standard me demande si je suis bien
moi. Je réfléchis et lui réponds « qu'indéniablement ».
Rassuré, il me prie de ne pas quitter. Un organe
féminin, flûté, m'avertit qu'ici Mme Dingding Dong.
Elle vient me voir de la part de l'ambassadeur de
France ; elle se trouve en bas ; peut-elle monter ?
J'empresse de répondre qu'oui. Raccroche, saute du lit,
renonce à m'habiller (le temps imparti étant trop
court), me rabats sur un peignoir de bain blanc brodé
d'un « H » majuscule qui ressemble à un but de rugby,
me donne un coup de râteau juste à l'instant où l'on
sonne.

Mme Dingding Dong doit mesurer un mètre cin-
quante-deux grâce à ses talons hauts et à son chignon.

Ce qui ne l'empêche pas d'être mignonne tout plein. Peau très bistre, yeux à peine bridés, bouche charnue. Elle porte une robe jaune, légère, que tendent à la faire craquer deux loloches qu'Henri IV (ou Sully ?) aurait préférées à labourage et pâturage comme mamelles pour la France.

— Pardonnez-moi de vous recevoir dans cette tenue, fais-je, mais je m'apprêtais à prendre une douche lorsque vous vous êtes annoncée.

Elle assure en souriant que c'est très bien ainsi, et je la conduis au salon où elle opte pour un fauteuil qui la happe totalement, telle la gueule d'un requin femmivore.

— Puis-je vous offrir quelque chose ? m'enquiers-je.

— Un gin-tonic ! répond-elle, pas bégueule.

J'en prépare deux, particulièrement forts.

Elle remercie, y goûte et me demande si cela m'ennuierait d'y ajouter un peu d'angustura afin de le corser.

Je fais droit à sa requête, rajoute encore du gin et cette fois, elle est parée pour la jacte.

— Je suis traductrice, dit-elle et travaille pour le gouvernement. M. l'ambassadeur de France est devenu un ami. Il m'a confié les numéros de deux plaques minéralogiques et m'a priée d'identifier leurs propriétaires et de vous communiquer les résultats de mes recherches.

— Voulez-vous dire que vous avez déjà les renseignements souhaités ?

— Naturellement, puisque me voilà !

Un enchantement, cette petite bonne femme. Elle n'est que sourires et gazouillis. Ses nichemards m'obsèdent. Voilà que je reprends mon gourdin d'assassin à les contempler.

— Eh bien, mille bravos, madame Dong. Je vous écoute.

Elle ouvre son sac à main et en sort deux bristols où sont tracés des textes en caractères d'imprimerie.

— Cette note concerne un chauffeur de voiture de maître, annonce Dingding. Et celle-là, un antiquaire de Rhanguenn Tâbit. J'aurais pu vous communiquer ces informations par téléphone, mais j'ai des précisions d'ordre privé à vous fournir, à propos de l'antiquaire, et je redoute les indiscrétions.

Je jette un z'œil à la fiche de celui-ci :

— M. Chian Li ?

— En effet. Je préfère vous parler de lui en tête à...

Elle n'achève pas. Son regard coagule ! Faut dire que mon peignoir trop juste s'est ouvert à mon insu et ma cousine de Varsovie est en train de battre en neige les mesures d'une mazurka (de chopine, sinon de Chopin). Un tel spectacle la cloue (de girofle). Tu penses, dans ce patelin où les gonziers sont membrés comme des bengalis, mon guiseau féroce provoque des mouvements de foule ! Elle savait pas que ça existait en vrai, des zobs aussi vaniteux ! D'autant que, la manière qu'il s'agite, l'ami Tringluche, tu croirais un combat de coqs ! Il est partout à la fois, le frère !

Précipitamment, je tire un pan de mon peignoir sur le malandrin, en vain ! Il écarte le rideau de scène pour revenir saluer ! Cabot comme pas mes deux !

Je voudrais m'excuser, n'ose, ou *nose* (comme disent les Anglais). Et elle, cette gentille Asiate, hypnotisée, qu'arrive pas à reporter ses châsses à une date ultérieure.

Elle tente de déglutir pour se conjurer un peu la sidérance. Impossible. On est là, comme électrocutés, les deux. Faut que je fasse quelque chose ! Que j'aille la passer sous le robinet d'eau froide, manière de lui rappeler les convenances, Zézette ! Pas qu'elle dévergonde dans l'intempestif, merde ! L'homme qu'est pas cap' de contrôler sa bite, comment veux-tu qu'il dirige un pays ? Quoi ? Qu'est-ce que tu dis ? Que je n'ai pas de pays à diriger ? Ça change quoi au problème ? Que tu gères la France ou une assiettée de soupe, où est la différence ?

Je me rassemble un brin.

— Vous alliez me parler du sieur Chian Li, antiquaire ?

— Oui. Il est chinois.

— Chacun fait selon ses moyens, bredouillé-je, vu qu'elle vient de croiser les jambes, ce qui retrousse sa robe, ce qui dévoile le haut de ses cuisses, ce qui révèle qu'elle ne porte pas de culotte, ce que je trouve parfaitement seyant étant donné sa frisounette d'un noir bleuté de scarabée.

Comme elle articule plus, je m'approche d'elle.

— Vous savez que vous êtes belle, vous, dans votre genre, je lui dis-je, et que vous avez rudement bien fait de venir ? Je bénis son Excellence, l'ambassadeur de France, qui vous a adressée à moi.

Je ne sais pas si on se bécote dans ce pays. Peut-être qu'ils trouvent la chose non hygiénique ? En tout cas, on baise puisqu'il y a cent soixante-quinze millions de pégreleux en Indonésie, tous insulaires de pères et fils ! Je la saisis par la taille et la soulève comme une plume.

— Votre robe est infroissable, je parie ? demandé-je.

— Je ne sais pas.

— Nous allons vérifier. Dans la négative, nous en serons quittes pour la faire repasser par la femme de chambre.

Direction, *the bed*.

Ce que je redoute, c'est sa cage à serin, Ninette. Tu crois qu'il va pouvoir rentrer dans sa jolie tanière, mon iguane de braguette ? Je la devine étroite comme l'ouverture d'une boîte aux lettres ! Si je dois lui interpréter le palais de la défonce sans anesthésie, ça va être étincelant !

— Quoi d'autre à signaler, à propos de Mister Chian Li ? parviens-je à bredouiller.

Tout en soulevant sa robe pour lui carrer mon archet de feu dans le triangle des Bermudes.

— Il... a... la... réputation... d'être... un... agent... de... la... Chine popupoupolaire, balbutie-t-elle.

Puis elle se tait.

Vaincue.

Vingt culs !

L'Antonio est au boulot. Mistress Dingding Dong est si naine pour son âge que sa frimousse se perd dans le pelage de mon poitrail. Je n'ai que l'oreiller à me mettre sous la bouche. Duraille de chuchoter des folies à un sac de plumes ! Mon entreprise est délicate, voire périlleuse ! Ce que je regrette de ne pas avoir une burette d'huile sous la main, ou même un simple morceau de beurre ! Ça relève de la chirurgie, un coït avec cette pécore ! Elle ne s'est embourbé que des cure-dents jusqu'à présent, la petite traductrice ! Jamais je n'arriverai à mes fins, ni à son fond ! Ça s'appelle tourner autour du pot, une manœuvre pareille ! Quand je pousse trop fort, la voilà qu'oublie son français pour rameuter en bahasa indonesia, langue superbe qui ressemble à un air de xylophone interprété sur un couvercle de lessiveuse.

Alors je prends des temps. Je lui vote une petite minette menuette, façon *Hôtel des Glycines* à Levallois. Elle me repousse, biscotte, ça non plus ça ne se pratique pas à Java ! Faut savoir où elle veut en venir, bordel ! Quand on a une fente à peine capable de recevoir la rosette de la Légion d'honneur (et non celle de Lyon !) c'est vachement négatif de chipoter, moi je déclare. Qu'à la fin, irrité par ses protestances, j'éclate :

— Ecoute, môme, si tu rebiffes, je déclare forfait ! Faut savoir ce que tu veux. Un braque de ce diamètre, ça ne se déguste pas avec une paille, tu saisis ?

— Non, non! Trop fort! Trop fort! proteste la patiente.

Sa voix plaintive, étouffée par ma virile toison, est pathétique.

— Moi! crie-t-elle. Moi!

— Toi, quoi? C'est pas une chatte que tu as mais un chas d'aiguille.

Elle rampe hors de sous moi et me fait signe de me placer sur le dos. Compris! La chevauchée princière en forêt. La petite madame va essayer du trot angliche sur mon module à longue portée. Elle a raison si quand on opère soi-même, on contrôle mieux sa douleur. Je la laisse s'escrimer, la pauvrette.

Tu sais qu'elle m'émeut, cette minuscule pécore? Elle y va, à la verticale. Se crache sur les doigts pour faciliter le transit par un massage prélavable (comme dit le Mastar). Et puis elle twiste *again* sur mon périscope. Une courte halte! Ensuite, elle repart vaillamment à l'assaut du mont chauve, la *darling* chérie. J'ai l'impression qu'elle gagne un peu de terrain.

C'est fou, leur obstination farouche, ces Asiatiques! Leur volonté pas branlable. Petit à petit, l'oiseau fait son nid, comme disait ma grand-mère. A l'heure que je te mets sous presse, elle a dû engranger ses huit centimètres de cervelas truffé, Dingding! Elle gémit, mais persévère (perd ses verres, père sévère). Ce courage! Note que ma position de pacha est superbe, n'empêche que si elle s'était laissé grumer le trésor, le résultat eût été plus rapide! Mais tu connais les gonzesses, hein? Pas la peine de vouloir faire leur bonheur si elles ne sont pas partantes.

— Vrouaaaaah! hurle-t-elle tout à coup en abaissant son train d'atterrissage de dix bons centimètres.

Je suis arrivé à destination. Ça lui fait une impression cataclysmique, Dingding! Kif, Chazot s'asseyant enfin sur la tour Eiffel! Elle est venue, elle a vu, elle a vaincu! La notion de triomphe l'envahit (avec le reste), l'inonde (avant le reste) (1). Malgré un reliquat de souffrance, elle sourit. Ineffable (comme disait La Fontaine). L'enchantement! Je voudrais peindre ce beau visage de bronze où se dessine l'extase. J'intitulerais le chef-d'œuvre « Féerie indonésienne ». J'en demanderais un prix fou, mais je la vendrais pas. Cette môme, c'est un phénomène de volonté! L'énergie poussée au sublime! Dis donc, je voudrais pas être à sa place après la cérémonie d'ouverture! Le baume du révérend père Longan, elle peut s'en oindre copieux, médème! Se vaseliner les tréfonds *very well*!

Elle me couronne empereur de toutes les Asies (dans le métro) avec ses miches!

Emu, retourné, je ferme les yeux. Etat second? C'est primaire de le croire. Et pourtant! Voilà qu'un songe bizarre me rafale la pensarde. J'imagine qu'Arsène, le morpion est revenu. Il vadrouillait dans la sylve crépue de Dingding Dong, l'artiste. Reconnaissant ma propre broussaille, la charmante bête décide, ex abrupto, de réintégrer l'Europe. Alors il s'élance pour sauter d'un poil femelle à un poil mâle.

Comment s'y prend-il, ce minuscule con (à force d'y loger, on le devient, phénomène d'osmose!), voilà qu'il n'a pas remarqué que la production filiforme de l'épiderme de mistress Dong décrivait une boucle du genre nœud coulant! Son cou s'est engagé dans ladite. Il s'en avise trop tard! Le voilà pendu haut et court!

Il pousse un cri inarticulé, vu son pauvre corgnolon coincé. Un cri intense qui fait vibrer mon cervelet sur ses bases. Je sursaille! Mon héroïque partenaire est allongée sur moi, inerte, vaincue sans doute par l'intensité de son plaisir.

_____

(1) Tout de suite après, faudra que je te raconte un truc dégueulasse!

San-A.

— C'est bon, mon rayon de miel sauvage ? je lui distille à l'oreille.

Elle chuchote :

— Bouaffff...

Et puis encore, me raconte un mot tout en « e » muets.

— Tu n'as pas trop mal, ma fleur des tropiques ? Ma poupée javanaise ?

Elle répond rien, ne bouge pas, pèse de son faible poids sur mon ventre d'airain. Je lui caresse doucettement la nuque, puis le dos. Et alors mes *fingers* s'arrêtent sur un objet dur dressé à la verticale de Dingding Dong.

Je relève la tête. Mon corps fait comme du papier d'étain que tu froisses : il se contracte menu, se solidifie. Oh ! misère miséreuse ! La gonzesse a un ya planté entre les omoplates. Manche d'os, virole d'acier ! Jet de professionnel ! Silencieux ! La pièce est vide. Dans ma précipitance, j'avais omis de fermer la lourde du salon, mais je suis tranquille que le meurtrier s'est fait la toute belle paire !

Non, mais dis donc, c'est la fatalité ou quoi ? Un complot sauvage visant à me discréditer ? Est-ce qu'on va zinguer toutes les frangines qui coïtent avec moi ? Ça risque de refaire un Verdun ou un Hiroshima, dès lors ! Sans compter que ça se raconte, ces conneries ! Les frangines vont se dérouter en m'apercevant ! Me tenir en quarantaine ! Je suis bonnard pour la ceinture de chasteté, mécolle ! L'abstinence monastique ! Coquette au chômedu, c'est la fin d'une brillante personnalité. On va me surnommer : « Sana, la bite homicide » ! Ou « la queue fatale » !

D'en plus, l'horreur de la situation me surgit ! Je suis en train de niquer une morte ! Je nécrophilise sans le vouloir. Intolérable. D'une secousse je veux récupérer mon autonomie (la plus belle des autos !). Las, impossible de me dégainer de la nana. Son exiguïté et la contraction causée par son brutal trépas en font un véritable étau.

Me voilà coincé en elle tel un tomobiliste dans les ferrailleries de sa tire broyée à un passage à niveau. Qu'au grand jamais j'aurais seulement envisagé une chose aussi totalement atroce ! Y a lurette, une mésaventure de ce tonneau est arrivée à Béru (à Bruxelles, crois-je me rappeler), mais lui, c'était avec une dame vivante ! Oh ! Seigneur, venez à mon triste secours ! On ne va pas devoir découper la petite traductrice au chalumeau ! Sans compter que ma copine ziffolette risque d'être gravement lésée dans l'opération !

C'est pas soutenable, une situasse aussi follement morbide (mord bite). Ma raison va chavirer, comme disait la comtesse de Paris dans son livre à colorier (avec sous-titres royaux). Je vais mourir d'horreur, moi, je sens. Quand tu franchis les limites du tolérable, tu débouches dans le néant, faut bien, non ? Parce que le Paradis, pas question ! Tu me vois me pointer chez San Pedro avec cette dame autour du nœud ? La manière qu'il m'interpellerait, le barbu :

« — Qu'est-ce que vous avez là, Antoine, on ne vous a pas dit que les bagages à main étaient interdits quand on se présente au Ciel ?

« Comment ? Pardon ? Ah ! c'est Mme Dingding Dong de Djakarta, morte en baise, comme d'autres malheureuses en couches ! Et vous espérez que le Seigneur va vous tolérer dans Son Eden rutilant avec une pétasse au bout du paf ? Non, où vous croyez-vous donc, Antoine ? On fait paradis, ici, pas bordel ! »

Bien, m'exhorté-je. D'accord, tout ça est fou, inadmissible, pas racontable. Seulement il faut t'arracher, Antoine : maman t'attend. Pour commencer, dégoder à outrance. Tu piges ? C'est fait ? Oui, évidemment, tu ne peux pas goder triomphalement dans une dame défunte.

Je me tourne afin de prendre le dessus. Je tire, tire, à

m'en arracher le bas-bide, la biroute et ses générateurs. Je souffre mille et une morts (les mille miennes, plus celle de la fille). Rien ne se libère ! Putain ! Dans quel état vais-je retrouver Coquette après son voyage dans le concasseur !

Je pleure, non ? Approche voir un miroir de ma gueule ! Oui : je chiale vraiment ! On dirait un gamin ! Ça m'évoque la fois que j'avais sauté dans un trou des ponts et chaussées, profond de deux mètres, pour épater les copains, et qu'ils m'y ont abandonné, les charognes vivantes ! Ah ! l'humain, je m'en souviendrai. Tu parles d'une chierie verte !

— Excuse ! fait une voix.

Jérémie ! Il fait retour au bon moment. Me croit en train de calcer, ce qui est au quart vrai. S'apprête à refluer, discret.

— Jérémie ! lamenté-je, aide-moi !

— Très peu, vieux, je viens de donner ! méprend-il.

— Arrive, te dis-je !

Mon ton l'incite. Il se pointe. Quatre phrases pour lui narrer ce qu'il est à même de constater.

— Toi, alors ! bée Blanc.

— Quoi, moi ? Essence de macaque !

Là, il oublie ma fâcheuse posture pour sidérer.

— Chassez le naturel, il revient au galop ! fait-il. Tu peux gueuler après ton gros porc de Béru quand il me chambre ! T'es pire que lui. Lui, au moins, il a une excuse : il est con !

Sa tristesse me remue.

— Veuille considérer que j'ai une morte autour de la queue, grand primate !

— Qui est-ce qui l'a plantée, cette petite dame ?

— Je l'ignore : rien vu, rien entendu !

— On dirait que tu te spécialises dans le coït prémortem, non ?

Ça y est ! Ça commence déjà, la répute. J'entrevois les lendemains enchanteurs !

— Aide-moi au lieu de bavasser ! La rigidité va démarrer et...

L'effroi ! Indicible ! La panique noire ! Tout bascule ! M. Blanc s'agenouille sur le lit, près de « nous ». Son regard proéminent prédomine.

— Tu vas devoir m'excuser, fait-il.

J'ai à peine le temps de réaliser. Sa grosse main droite devient poing. Qui m'aligne. Ma tronche explose. Boum ! Au tas ! L'entonnoir ! Vertigineux. Je disparais par le petit bout !

Mon k.-o. ne dure pas longtemps. Juste une basculade dans le schwartz. Un aller retour, comme qui dix raies. Je reviens à moi, à eux. Des étincelles d'or tourniquent au plaftard. Mrs. Dingding Dong est allongée près de moi. Chaste, M. Blanc a rabattu sa belle robe jaune.

— Comment t'y es-tu pris ? demandé-je péniblement car j'ai le tiroir mandibulaire faussé par son parpaing.

— Tu étais resté en érection, malgré le drame, explique-t-il. Tu ne contrôlais plus le phénomène, donc il était indispensable que tu déconnectes ! Dont acte.

Je fonce à la salle de bains pour une douche ravageuse. Je me sens souillé de partout, jusqu'en mes profondeurs. Après des ablutions qui tenaient du décapage, je me sens davantage apte à affronter les chieries à venir.

M. Blanc a enveloppé la petite défunte dans un tapis de la chambre.

— Bon, murmuré-je-t-il, et à présent ?

Il hausse les épaules.

— Il va falloir évacuer cette personne, déclare Jérémie, car si la police se pointe, je nous vois mal barrés. On t'aurait découvert tel que tu étais lorsque je suis entré, votre triste position t'innocentait car tu ne pouvais pas, logiquement, poignarder cette fille pendant l'acte. Maintenant que vous voilà dissociés, plus rien ne te disculpe.

— Mais comment la sortir d'ici ?

— Une malle, non ?

— Que tout l'hôtel nous verra coltiner !

— Tu proposes mieux ?

En guise de réponse, je vais au bar et me sers un demi-verre de Régal Chivas. Je puise une poignée de glaçons dans le petit conteneur placé sur le bar, j'agite la potion magique avec mon index et j'avale d'un trait. Glaoup ! La vraie décharge électrique ! Le tube, l'œsophage, l'estom', rran ! au lance-flammes ! M. Blanc me guigne en coin.

— Ça a fait évoluer la situation ? questionne-t-il avec persiflerie.

— Si j'avais eu du lait de coco, je lui aurais donné la préférence, fais-je. Bon, je résume : il y a une fille poignardée dans notre suite. L'hôtel est truffé de gardes armés, avec des talkies-walkies, et il faut montrer patte blanche pour entrer et pour sortir... Garder la morte ici ne serait pas raisonnable, bien que l'air conditionné fonctionne à la perfection. Elle m'a demandé à la réception. Son absence inquiétera son entourage...

Tous les arguments m'arrivent à flots. Et tous sont terriblement négatifs et démoralisants.

— C'était bien, ton Américaine ? interrogé-je à brûle-parfums.

Messire l'endeuillé a un léger sursaut.

— Oui, oui, parfait, escamote-t-il, gêné.

Quand l'homme prude est assouvi, sa pudeur reprend le dessus. Le foutre évacué est remplacé par de la pudibonderie.

— Elle t'a essoré convenablement ?

— Je t'en prie, un peu de retenue, Antoine !

— Tu en as eu de la retenue pendant que tu lui défonçais le pot ?

— Comme si c'était le moment d'avoir ce genre de conversation !

— Il est toujours l'heure du cul pour un mâle digne de ce nom, Jérémie ! Si le Seigneur t'a doté d'un braque de vingt-deux centimètres, c'est pas pour que tu te le mettes sous le bras ! Elle se trouve seule à Djakarta, ta Ricaine ?

— Voyage d'étude ; elle est professeur de sciences humaines à l'université de Princeton.

— Décidément, mon équipe donne dans le corps enseignant, ricané-je ; déjà Béru qui fourre un prof' de français !

Il ne souligne pas la coïncidence, n'ayant rien à gagner d'une comparaison quelconque avec Alexandre-Benoît, et soupire.

— Elle repart tantôt. Elle venait de terminer ses valises.

Il rit :

— Je devrais plutôt dire « sa » valise ! Figure-toi qu'elle se trimbale une malle cabine Louis Vuitton de cinquante ans d'âge, qui ressemble à un appartement.

— A quelle heure s'envole-t-elle ?

— Dans deux heures.

Je saisis mon *dark* pote par les épaules.

— La voilà notre planche de salut, mec.

— Je ne comp...

Et puis si : il comprend. En hâte, au trot, dans une bourrasque de génie.

— Tu voudrais qu'on mette le corps de la fille dans son bagage ?

— Il y aurait gros à parier qu'il ne serait pas ouvert avant d'avoir atteint le domicile de ta frivole dans le New Jersey.

Comme Jérémie est très farceur de nature, un sourire en bois d'ébène, large de quarante-deux centimètres, illumine son visage.

— Ce serait rudement chié, ça, mon vieux ! Putain !

Pour être chié, ce serait chié ! Tu imagines sa gueule, à la prof' ?

Je tends une pincée de dollars au Noirpiot.

— Tu cours la chercher. Tu lui dis que tu tiens à lui offrir un souvenir. Tu t'arrangeras pour prendre la carte magnétique de sa turne et tu la laisseras tomber devant moi, dans le hall. Ensuite, chambre-la dans les boutiques de l'hôtel pendant trois quarts d'heure. Lorsque j'aurai fini le boulot, j'irai te restituer la brème en loucedé.

Il se met à compter les talbins pendant que je me saboule à une allure de dessin animé. Il continue de rigoler large. Le plus formide canular de sa vie !

Cette fois, la chance fait comme M. Blanc : elle me sourit.

En moins de vingt minutes, tout est réglé. J'ai tombé la veste et me suis passé une crème solaire jaune, dénichée dans la salle de bains. J'ai chargé le tapis sur mes épaules avec son contenu et me suis mis en route. Personne dans mon couloir. Personne dans l'ascenseur. Un couple de Japonais dans le couloir de la môme : M. et Mme Yasamotokadératé, de Tokyo (Maine-et-Loir).

Je leur dis « *Good evening* ». Ils s'inclinent, ce qui fait ballotter devant les couilles du Jap les seize appareils photo qu'il coltine.

Voilà la chambre de Mrs. Teacher. Sa malle cabine monumente dans l'entrée, avec ses étiquettes. Elle est fermée à clé, propre en ordre pour la décarrade, mais moi, tu sais le cas que je fais des serrures. Je développe le tapis. Saisit le petit cadavre raidouillard et le file parmi les effets de la Ricaine. Ça force un peu pour refermer, mais je parviens à assurer les merveilleuses ferrures de laiton. Cric, cric ! Emballé ! Bon voyage, *dear* Dingding Dong. J'eusse aimé vous emporter au septième ciel, mais il faudra vous contenter de celui qui sert de toit à notre insipide planète gaufrée (1).

Jérémie est en train d'offrir à sa brève conquête une boîte à pilules en écaille de tortue faite de plastique véritable. Des pilules, elle en aura besoin, la chérie, lorsqu'elle ouvrira sa malle !

Avec art et tact, je lui rends la carte magnétique. T'ai-je dit qu'en homme prévoyant, j'ai troqué le tapissuaire contre celui qui se trouvait dans la chambre de l'Américaine ? Astucieux, non ?

Vaguement rasséréné, je me hisse dans notre appartement.

Fourbu, il est, le commissaire. J'ai juste le temps de me servir un deuxième scotch avant d'affaler, les jambes allongées, dans mon fauteuil prédilecteur. Ce whisky-là je le déguste à petites gorgées. Maintenant que le gros du danger est passé, il s'agit de tirer du drame les conclusions qui s'imposent. Ma présence à Djak est donc connue et l'on cherche à me nuire. Il y a une constante dans les coups qui me sont portés. On bute les nanas que je tringle. C'est nouveau, non ? Note que ce sont les petites frivoles qui paient le plus chérot !

Au fait, elle était venue pour m'annoncer quoi, la gentille sans-culotte ? Oh ! oui : que Chian Li, l'antiquaire, passe pour être un agent de la Chine populaire. Que conclure de cette révélation ? Le Chinetoque est-il venu voir Lassale-Lathuile en qualité d'espion ou en qualité de marchand ?

Après tout, je pourrais lui demander, non ?

---

(1) Je sais : tu vas me demander « pourquoi gaufrée ? ». Je ne répondrai pas à cette sotte question, n'ayant aucune explication valable à fournir.

San-A.

VIOL DE NUIT

Un building gigantesque, brun, de type blockhaus, abritant des flopées de maisons de commerce japonouilles, américaines, palétuviennes et végétariennes, se dresse entre deux nœuds routiers où déferle un torrent de véhicules disparates, klaxonnant, brinque-ballant, ferraillant, tonitruant. Le magasin de l'honorable M. Chian Li se trouve au premier étage, sur une galerie intérieure qui traverse le block de parent pauvre ; qu'est-ce que je déconne ! Je voulais écrire : « de part en part ».

Sa boutique comprend trois longues vitrines dans lesquelles s'accumoncellent des choses pas croyables, mais de valeur. Un énorme garuda ancien trône parmi les pouilleries de luxe.

En Indonésie, le garuda est l'emblème du pays. Il s'agit d'un hibou délirant, pourvu de dents acérées (et à serrer), de jambes, de bras, d'ailes et d'une épouvantable bordèlerie : oreilles démesurées, couronne, yeux proéminents, jupette, que sais-je encore ! Un cauchemar machiavélique, enfanté par des artistes hallucinés. Ces gus-là, espère, devaient vachement tirer sur le bambou pour concevoir pareil bestiau !

Ça fait froid aux noix ! C'est lugubre ! Ça fout la diarrhée verte ! Ça guérit du hoquet sur radis et du hockey sur gazon. T'as davantage de frissons que la Beauce en automne, lorsque tu visionnes cette calamité. T'appelles ta mère ! Tu pries ! T'es couvert de bubons ! Tu te lances dans les tachycardies les plus paroxystiques. Tu deviens humble. Tu jures d'aller à Lourdes en rentrant. Tu te sens périssable. Putrescible ! T'as la peau des couilles qu'épluche. Les orteils qui se marchent les uns sur les autres. Les sphincters qu'en peuvent plus. La rétine qui fendille. Tu regardes à t'en gaver d'horreur, jusqu'à tant que tu chies dans ton froc ! Tu te mets en doute ! En boule ! Tu voudrais qu'on te signe une décharge comme quoi t'es pour rien dans cette monstrerie. Que c'est moins ta faute encore que le péché originel commis par ce salopard d'Adam ! Ah ! bouffer la pomme, le serpent, la minouche d'Eve, tout ce qu'on voudra, mais oublier cette indicibilité ! Ce soubresaut des enfers ! T'es prêt à marcher en limouille et nu-pieds jusqu'à dache pour aider à expier les tordus qu'ont atrocité de la sorte ! Qu'ont commis, perpétré, osé une démentiellerie aussi grave ! Le garuda ! Faut y aller voir pour oser y croire ! Merci pour le volatile ! J'aimerais mieux faire l'élevage du dragon vert (le plus vilain, çui qui crache des flammes et qui vote Front National).

Le garuda, je te répète, c'est l'emblème du patelin ! Pas étonnant que les pauvres mecs d'ici marnent douze heures par jour pour trois balles dans des conditions d'insalubrité garantie ! Les derniers tubars ! La chtouille endémique ! Le sida à prix de faveur ! Tu les trouves empilés comme anchois pommier dans des locaux de douze mètres carrés, à quinze ou vingt ! Poitringues, s'énucléant sur des besognes minutieuses. Recueillant les ultimes spasmes de machines à coudre antédiluviennes !

Moi, le grand garuda en bois doré du Mister Chian Li, j'en ai la glotte qui déshydrate comme morille en sachet ! Plus un poil de sec, l'Antonio. M. Blanc, habitué à des effrayances négroïdes, conserve mieux son calme. Il assure le dévisagement de sang-froid. Implacable. Il a dompté des reptiles, des rapaces, des scorpions. Le venimeux, c'est sa tasse de thé! Le dompteur qui file sa pipe dans la gueule du lion pour enfrémisser l'assistance, ça lui fait se claquer les cuisses, l'apôtre. Tout de même, il le mate d'un regard oblique, le garuda géant! Intimidé pour le moins par ce cauchemar peu croyable. Si éloigné des nôtres, à nous, Occidentaux ou Noirs.

L'Asie, je te jure, c'est un univers à elle toute seule. Elle nous bouffe déjà. Nous avalera entièrement un jour; bientôt! Péril jaune que causait grand-mère! On n'y peut rien. La loi du nombre! La force de l'intelligence pratique. Dans le cul, la balayette, toutes les autres peuplades! L'Europe? Tiens, fume! L'Afrique? Tiens, torche-toi! L'Amérique? *In the backside!* On sera gloutonné par les bridés! Economiquement c'est presque fait. Reste territorialement! Et puis enfin, spirituellement. Déjà que nous avons nos bonzes qui se branlent les couennes avec leurs crânes rasibus où ne subsiste qu'une couette. Les uns et les autres! On se convertira bouddhiste, confucianiste! On se passera la frite à la teinture d'iode, on se fera entailler les orbites. On bouffera tant tellement de riz qu'on pourra plus déféquer sans faire des mimiques simiesques. La marée montante, mes frères!

C'est pas la bombe H, non plus que le sida, le grand fléau de demain, mais ces trois quatre milliards d'Asiates qui nous déferleront contre. Alors, du coup, Russkoffs et Ricains pourront toujours se pogner le membre en évoquant leur guerre des étoiles! Même dans le Michelin, y aura plus d'étoiles. Que c'est à se demander s'il en restera dans les cieux. Tu verras qu'ils les conquerront aussi par la suite!

— On y va? finit par demander Jérémie, manière de rompre le phénomène d'hypnose.

Et il pousse la lourde.

Surgissant de l'ombre, t'as une fille ravissante, en robe noire, longue, ornée d'un joli dragon jaune. Elle tient un plateau garni de petites tasses de la main gauche, une théière de la droite. Avant toute chose, elle nous propose du thé.

Moi, le thé, c'est juste pour cuire les pruneaux que m'man me prépare « afin de me faire aller du corps ». Sinon, je déteste. C'est pas une boisson chrétienne, c'est moins que de l'eau chaude de bidet. Nous refusons, du geste et du sourire.

Un deuxième personnage est sorti de l'ombre : un jeune homme, très beau ; l'amant de la mère Duraz. Chinois à ne plus en pouvoir, fringué à l'européenne : costar gris sombre, limace blanche, cravetouze à rayures bleues. En anglais, il nous demande ce que nous souhaiterions voir.

Il est superbe, ce garçon. Racé, dégoulinant d'intelligence.

— Mister Chian Li, dis-je.

Il s'incline et disparaît après nous avoir priés d'attendre. Absence de brève durée. Il revient sur les talons d'un homme courtaud, chauve et gras, affublé de grosses lunettes aux verres plus épais qu'un matelas, sauf que tu verrais mieux à travers un matelas qu'à travers ses besicles. Son regard n'est plus que deux traits à l'encre de Chine qu'on aurait tracés sur du papier buvard. Il porte un complet fripé, en toile verdâtre, aux revers racornis, un polo de coton extrêmement douteux.

Il lève haut la tronche pour essayer de nous examiner par-dessous ses hublots. Il a ce sourire anxieux des gens très myopes lorsqu'ils rencontrent quelqu'un de nouveau.

— Que désirez-vous, messieurs ?

— Avoir une conversation privée avec vous, Mister Chian Li.

Il s'incline.

— Venez.

Son bureau est un capharnaüm plus bordélique que son magasin. Tu y trouves de tout : des caisses non ouvertes, des cartons débordants d'objets non identifiables à première vue, des classeurs métalliques, un gigantesque coffre-fort noir d'un modèle très ancien, des tableaux empilés contre les murs, des armes anciennes sur une table, et même des sièges chinois pour y déposer son cul.

On te casse toujours les couilles avec la légendaire politesse chinoise ; franchement, je trouve qu'il ne se met pas tellement en frais pour nous, ce vieux magot déplumé. Son sourire inquiet a disparu. Il reste muet, un peu rogue. Il est assis derrière un bureau dont les pieds en volutes m'angoissent presque autant que le garuda de la vitrine. Il était en train d'examiner un papier à l'aide d'une loupe à manche d'ivoire et, machinalement, se saisit de l'objet comme s'il entendait reprendre le cours de ses occupations.

C'est peut-être un peu glandu de notre part que de venir se fourrer dans la gueule du loup (si loup il y a) ? Mais je suis l'homme des actions délibérées. Quand un feu couvasse, je l'active avec un tisonnier.

— Mister Chian Li, attaqué-je, avez-vous parmi vos clients un Français du nom de Lucien Lassale-Lathuile ?

L'antiquaire a levé sa belle loupe pour regarder la lettre étalée sur son sous-main.

— Monsieur, fait-il, il est très indécent de me poser ce genre de question car je n'ai pas pour habitude de dévoiler les noms de mes clients. Auriez-vous une quelconque qualité qui vous permettrait de le faire ?

— Je suis un officier de police français et les autorités de mon pays s'intéressent au personnage dont je vous parle.

— Avez-vous pris contact avec celles de Djakarta ?

— Je n'en vois pas la nécessité.

— Elles seules ont cependant qualité pour intervenir auprès des citoyens de ce pays, affirme-t-il.

— N'êtes-vous pas chinois, Mister Chian Li ?

— En effet, mais je jouis d'un permis d'établissement qui m'assimile aux autres Indonésiens.

Ce qui fait le charme de ton Santantonio bien-aimé, c'est ses élans imprévisibles et incoercibles entièrement taillés dans la masse.

Quand on lui taquine les roupettes, Sana, il réagit, normal !

— Mister Chian Li, je suis venu à vous en toute bonne foi, persuadé que nous pouvions nous être mutuellement utiles. Vous ne faites pas que de l'antiquité et je ne fais pas que de la police, j'imaginais une sorte de coopération momentanée. Certaines rencontres sont parfois riches d'enseignements. Je crains m'être trompé, aussi allons-nous nous retirer sans plus insister. Toutefois, pour le cas où vous souhaiteriez une nouvelle rencontre, je vous informe que mon nom est San-Antonio et que je suis descendu au *Hilton,* comme M. Lassale-Lathuile !

Je me lève et m'incline profond, à croire que, des deux, c'est moi le Chinois.

Avant de quitter le magasin, Jérémie demande au beau jeune homme :

— Il vaut combien, le garuda, dans la vitrine ?

— Il n'est pas à vendre.

— Dommage, fait M. Blanc, je ne sais pas quel souvenir ramener à ma femme.

Le magasin, je te le redis pour ne pas me répéter, se trouve au premier étage du building. Depuis la galerie marchande, on aperçoit le trafic routier, à l'autre bout. La nuit est tombée et un large fleuve lumineux passe en grondant, au même niveau que nous. C'est terriblement impressionnant et t'en chopes plein les trompes !

— Je ne pourrais pas vivre dans cette ville, murmure

Jérémie. Elle est trop déshumanisée. J'aurais l'impression d'habiter sur une autoroute.

On se laisse dévaler par l'escalier mécanique. Une fois en bas, je m'arrête, perplexe.

— Tu penses au vieux crapaud ? demande mon pote.

Je louche sur ma tocante. Elle affirme vingt heures huit.

— Viens, fais-je en l'entraînant aux ascenseurs.

— Où allons-nous ?

— Bouffer. Regarde cette pancarte : il y a un restau coréen au dernier étage. Tu aimes la bouffe coréenne ?

— Connais pas.

— Tu ne peux pas rester dans cette ignorance.

L'établissement : classique, presque luxueux ; dans les rouges, les ors, les bouddhas.

On est pris en main par une maîtresse d'hôtel dont on aimerait faire sa maîtresse à l'hôtel. Ravissant sujet, moins plate de frite que la plupart des extrêmement Extrêmes-Orientales. Saboulée de soie fleurie. La robe fendue jusqu'à la taille et pas les cannes torses, pour une fois.

Je lui dis de nous servir un repas de fête, varié, abondant, délicat. Elle a un sourire rassurant avec ses jolies lèvres pourpres dessinées par Man Ray.

— Je ne pense pas que tu aies raison, me dit Jérémie d'une voix songeuse.

— A quel propos ?

Il décante :

— Tu nous fais manger dans l'immeuble pour, dans la soirée, pénétrer chez l'antiquaire afin d'explorer les lieux, n'est-ce pas ?

— Tu viens de gagner dix mille roupies, fais-je. En quoi ai-je tort de vouloir agir de la sorte ?

— Tu n'as pas vu le dispositif d'alarme dont est pourvue la boutique ? Il y a des signaux et des caméras partout.

— Ce qui prouve que ce Chian Li entend protéger des choses autrement plus précieuses que les pouilleries empilées dans son antre.

— En forçant la porte, tu vas déclencher un bousin de tous les diables !

Je souris à mon pote.

— Tu devrais jouer dans *Angélique et le Roi*, dis-je ; c'est toi qui ferais Angélique. Le système d'alarme dont tu parles est à la sécurité ce qu'une De Dion-Bouton est à la Formule I actuelle. Chez nous, même un savetier du Lot-et-Garonne n'en voudrait pas pour protéger son échoppe.

— Tu sauras le déjouer ?

— Je n'ai même pas besoin d'une caisse à outils : mon couteau suisse suffira.

On nous régale d'algues séchées, de crustacés au piment, de petits pâtés à je-ne-sais-trop-quoi, de tohu-bohu farcis, de saligos frits, plus une flopée d'autres choses indécises mais comestibles. Nous buvons et mangeons en silence. Rude journée ! Et qui n'est pas finie, malgré la fatigue qui nous amoindrit.

— Pourquoi es-tu venu parler de Lassale-Lathuile à cet antiquaire ? demande M. Blanc, exaspéré. Franchement, je ne saisis pas ta démarche.

— Confidence pour confidence, moi non plus, avoué-je. J'ai des périodes où, chez moi, l'intuition supplée la logique. En général, je m'en trouve bien car l'instinct est primordial pour un poulet. Un flic sans instinct, c'est une bite sans roustons, comme l'a si bien dit Mgr Lefèvre dans son homélie du mardi gras. Il m'est arrivé d'agir contre mon gré, certain que je commettais une connerie, mais la suite me prouvait que j'avais été bien inspiré.

— Eh bien, voilà une philosophie rassurante, digne de Bérurier, ironise le *blackman*. L'essentiel est que tu te sentes bien dans ta peau !

Nous traînassons à boire des alcools au goût de

merde macérée dans du purin et aromatisée à la feuille
de rose. J'attends que le restaurant se vide. Enfin, nous
déménageons après avoir octroyé un royal pourliche à
la maîtresse d'hôtel, laquelle se demande si elle doit
nous proposer une pipe sous la table en contrepartie.

Comme elle s'abstient de le faire, nous gagnons
l'ascenseur.

La galerie marchande du premier est vide, seulement
éclairée par le trafic routier tout proche. C'est un
kaléidoscope de clartés fulgurantes, un malaxage d'ombres, un festival de traînées lumineuses. Parfois, un
faisceau nous cueille, allonge nos deux silhouettes à
l'infini et nous laisse retomber dans une fraction
d'obscurité.

— Je suis curieux de suivre ta démonstration, chuchote M. Blanc, mains aux poches, bien décidé à me
laisser la pleine responsabilité des opérations.

L'énorme garuda de la vitrine paraît guetter mes
fesses et gestes avec acuité. Son long bec entrouvert
laisse voir une double rangée de petites dents acérées.
Tu sais que ça vous mordrait, cette saleté !

Je sors ma lampe-stylo pour examiner la porte. Un
casseur professionnel en pleurerait d'attendrissement.
La lourde est vitrée et, la nuit, on la protège d'une grille
maintenue par des crochets et fixée au moyen d'un
cadenas.

— Tout ce que je te demande, cher baron, c'est de
faire le vingt-deux à l'orée de l'escalier. S'il y a danger,
imite le cri du garuda, le soir, dans les rizières.

Confiant, je me mets au turf. Rien de sorcier. Pour
commencer, je découpe une ouverture à peu près
circulaire d'environ dix centimètres de diamètre à
travers les mailles de la grille. Cela fait, je tire de ma
trousse un minuscule plot aimanté, pourvu d'une boucle à laquelle j'attache un fil d'acier extra-mince, si
mince et si souple que tu peux en faire un peloton

comme s'il s'agissait d'une ficelle. Nanti de ce pendule, je coule ma main à travers le trou pratiqué dans la vitre (tu parles d'un système d'alarme, qui permet de découper un carreau sans gueuler aux petits pois!), et je laisse pendre le plot jusqu'à ce qu'il tombe sur le heurschmeurck de la sécurité. Au bout de deux infructueusités, il s'y plaque. Alors je lie l'autre extrémité du fil après la seconde partie de la grille, que je compte laisser en place.

Après l'ensuite de quoi, je me joue : du cadenas, de la grille, de la porte, et pénètre dans la boutique.

De jour, l'odeur de pouillerie asiatique ne m'avait pas fait asiatiquer comme maintenant. Rien de comparable avec nos remugles de brocante occidentaux. Le musc, l'ambre, le patchouli, que sais-je encore! T'as les narines qui foisonnent et renâclent. Ça fourvoie des picotis jusque dans ton cerveau, via les sinus et les cosinus. J'en éternue : tiens, atchoumus! Tu vois que c'est pas de la frime!

A pas de loup, tels les concerts du même nom, je gagne le bureau du Chinois. Qu'en y pénétrant, je glisse et m'affale sur mon dargeot! Fulmineur, je me relève ; mais, ce faisant, mes mains plongent dans de la glu ou je ne sais quoi de six mille airs.

Le local sans fenêtre est obscur comme l'intérieur d'une noix de coco avant que tu la brises (du soir). Vite! mon stylo-torche! L'homme d'action a besoin d'être assisté par des gadgets. Je promène le faisceau blanc-jour et ce qu'il me découvre me flanque une monstre gerbe!

C'est dans du sang que j'ai dérapé. Y en a épais commak sur le plancher. Le bureau en est plein, et je te signale deux morts à tribord : Chian Li et le beau jeune homme qui ferait mouiller la mère Duras. On leur a pas fait de cadeau. Le massacre de la Saint-Valentin! A découper en suivant les pointillés. Ces rafales qu'on leur a logées dans la santé, mon neveu! Verticalement pour l'antiquaire. Il a biché trois bastos dans le portrait, deux dans le cou, une tinée dans la poitrine et d'autres encore dans le baquet. Quant à son secrétaire, il a été plombé en « Z », par Zorro, peut-être ?

Ils ont largué tout leur raisin, les Chinois. Vidé les ballasts en grand, je te le dis !

Le vieux coffre noir est ouvert, béant. Ce qu'il contenait et qui n'intéressait pas le ou les meurtriers jonche le sol.

Je me dis qu'il est superflu de me livrer à une perquise. L'ambiance n'y est pas. Non plus que les choses dignes d'intérêt. Alors je m'évacue, mort de rogne. J'ai du sang partout, Mes grolles en sont crépies. Mon futal aussi, de même que le bas de ma veste. Quant à mes mains, tu croirais que je porte des gants de caoutchouc rouge. Oh ! la navrance ! Dans quelle béchamel me suis-je porté ! Et moi qui chiquais les mecs habités devant le négro, mes tirades sur cet instinct infaillible qui ceci-cela !

Je rejoins mon frère au visage pâle.

— Bravo, me dit-il, tu as su négocier le signal de première et je...

Puis il se tait because les lumières du réseau routier m'illuminant en flash et qu'il vient de me voir en entier.

— Putain, t'es chié ! fait-il en baissant le ton. Y en a, c'est les bains de foule, qu'ils aiment, mais toi c'est les bains de sang. Tu en as refroidi combien pour t'être mis dans un état pareil ?

— Le boulot était déjà fait !

Je lui relate. Il médite.

— Tu ne porterais pas la cerise, des fois ? émet le grand radis noir. Tu t'emplâtres des frangines, aussi sec elles sont abattues. Tu rends visite à des mecs et trois heures plus tard ils baignent dans leur sirop de groseille ! Je commence à avoir les flubes. Viens un peu dans la lumière, qu'on dresse le bilan !

J'avance sous un lampadaire à la clarté blafarde. Le diagnostic de Jérémie est implacable.

— T'es pas montrable ! s'exclame-t-il. On dirait que tu t'es roulé dans le sang ! Tes fringues, t'as plus qu'à les balancer aux ordures.

— Et je rentre à l'hôtel en slip en essayant de passer pour un marathonien qui s'est paumé depuis Séoul ?

Il hoche la tête.

— Le veston est foutu. Mais avec cette chaleur tu peux t'en passer ; on se singularise presque à en porter un ! Vide tes poches. Ensuite retire ton pantalon. On va le nettoyer au mieux en utilisant la veste comme torchon. Tu le remettras à l'envers pour que les taches soient moins visibles et nous regagnerons l'hôtel par une entrée secondaire. Il en existe une au fond de l'allée marchande. Pour ce qui est de tes mains de vampire, on va bien trouver une fontaine quelque part.

Serviable, il m'aide de son mieux à mettre à exécution son plan. Aussi, est-ce un homme à peu près correct qui rallie sa suite du *Hilton*.

Une fois à l'hôtel, je me dessape entièrement. J'ôte toutes les marques fixées à mes fringues, colle ces dernières dans un sac de plastique mis à la disposition des clients. Après quoi, l'obligeant M. Blanc s'en va les évacuer en un lieu secret.

Seul, je réfléchis à cette incroyable amphigouri. Les choses se sont développées de telle manière que je ne pige plus rien à rien. Le meurtre de Marie-Maud, à Pantruche, là, je peux comprendre, du moins forger des hypothèses plausibles. Mais celui de Dingding Dong me sidère. L'ambassadeur de France la contacte. Elle se procure les renseignements que je souhaitais obtenir, et vient me les communiquer à domicile. Quelqu'un l'a suivie qui la bousille pile au moment où elle parvenait à s'écarquiller suffisamment la moniche pour accueillir mon membre bienfaiteur. Je file alors chez l'antiquaire chinois afin de lui tirer les vers du nez à propos de

Lucien Lassale-Lathuile. Il m'éconduit. Et peu après ma visite, on le flingue ainsi que son assistant. Ça va où, ce travail ? M'est avis que je ne suis pas « personne à gratin » en Indonésie, comme dirait le Gros.

Le Gros ! J'ai des remords en pensant de quelle manière brutale je l'ai éconduit. Comme il doit être malheureux dans Paris, malgré sa maîtresse subjugueuse. C'est comme si j'avais fait du mal à une bête. Quand tu roues de coups un clébard, sans raison, il a les mêmes yeux éperdus que Béru ! Quelle heure est-il en France ? Six heures du matin environ. Je consulte la notice des téléphones internationaux et, bravement, compose le numéro de l'Infâme.

Faire amende honorable ! Il me faut décrocher son pardon pour que j'aie l'âme en paix.

La sonnerie titille une fois, deux fois, et puis, ô stupeur née de la nouveauté, une voix enregistrée se manifeste. Béru s'est fait poser un répondeur ! On n'arrête pas le progrès ! L'organe mâle, dont les graves sont patinés au beaujolais primeur, retentit :

« V's'êt' bien chez les Alexandre-Benoît Bérurier. Moi et ma dame, on n'est pas là vu qu'on a dû s'absenter. Au cas qu'v'aurez quéch'chose d'intéressant z'à dire, vous pouvez laisser un messager dès qu'vous entendrerez l'stop sonore. (Puis, dans un chuchotement :) Si y s'agirerait d'une dame dont à laquelle j'pense, pour un coup d'bite, soye discrète, ma poule, Berthe est tellement fumière ! »

Là-dessus, le « signal sonore » retentit.

— Ici Sana, Gros, murmuré-je. Je t'appelle depuis Djakarta, Puy-de-Dôme, pour te dire que tu resteras mon pote préféré jusqu'à la fin du monde ! *Ciao !*

L'ESPRIT D'ÉLOI

Des gargouillis stomacaux m'émanent, si fortement qu'ils ressemblent à une sonnerie téléphonique. Et tu vois comme la vie est poilante : ils finissent par en être une authentiques. A tâtons je décroche. Les rideaux de ma turne sont si étanches qu'aucun rai de lumière ne filtre. Je suis dans un grand cube noir, velouté.

— J'écoute ?

Le standardiste me prie de ne pas quitter et me passe l'ambassadeur de France. Voix chaleureuse de notre ami Victor Delagrosse.

— Je viens prendre de vos nouvelles, ami commissaire.

— C'est gentil.

— Tout baigne ? demande l'Excellence, paraphrasant mon propre parler.

J'ai envie de lui répondre : « Dans le sang ! » Mais soyons discret.

— Je me réveille, Excellence. Quelle heure est-il ?

— Dix heures vingt. Je n'ai pas pu vous appeler depuis avant-hier car j'ai reçu une délégation de...

— Comme cela, depuis avant-hier ? bée-je, étant un béeur chevronné.

Il part d'un très bel éclat de rire.

— Le coup classique, fait-il. Je parie que vous avez

dormi quelque trente-six heures d'affilée et, de ce fait, sauté une journée. C'est pas l'heure qu'il convient de me demander, mais le jour.

— Quel jour sommes-nous ?

— Dimanche.

Je penaude :

— En effet : j'ai donc dormi tout le samedi.

— Mes compliments : vous avez une vessie à toute épreuve ! plaisante Delagrosse.

Je réfléchis. J'ai dû me lever une fois ou deux pour accomplir une miction périlleuse ; mais j'étais à ce point ensuqué que j'ai dû laisser licebroquer zézette sans m'en apercevoir. Elle est assez grande pour sortir la nuit toute seule.

— Ça se passe bien, avec votre client ?

Là, j'en prends pour mon grade ! Curieuse façon d'enquêter sur un quidam, non ? Je roupille comme la Loire, au lieu de le filocher. L'ambassadeur doit se dire que ses petits coopérants se montraient autrement plus efficaces que l'as des as parisien ! Et comme il a raison.

— Il doit partir en voyage lundi, fais-je.

— Pour où ?

— Je l'ignore.

— Voulez-vous que je me renseigne ?

— Volontiers.

— A propos, ça s'est bien passé avec Mme Dong ?

Un éclair pour décider de ma conduite. Je peux chiquer l'étonné, prétendre ne l'avoir jamais vue ; seulement la réception de l'hôtel m'avait annoncé sa visite.

— Très bien.

— C'est une fille précieuse, un peu saute-au-paf quand il s'agit des Français. Elle est si éblouie par notre culture qu'elle est prête à faire toutes les expériences possibles avec nos compatriotes.

Tu veux parier qu'il se l'est pointée, l'embrassadeur ? Son ton coquinet le laisse sous-entendre. Il doit pas

rechigner pour dégrafer le décolleté de coquette, Delagrosse !

— Hélas, je n'ai pas eu l'occasion de profiter de son
engouement car je l'ai reçue entre deux portes ! ments-
je.

— Pour en revenir à mon ex-condisciple, je vais faire
opérer une enquête auprès des compagnies aériennes
indonésiennes, car je suppose qu'il se déplace à l'intérieur du pays !

— C'est gentil. Vous me mâchez la besogne.

— Je vous rappellerai dès que j'aurai du nouveau.
Amitiés !

Sur la réplique, la lumière éclate littéralement dans
ma chambre, et M. Blanc opère une entrée de théâtre.
Chemise en batik rouge sang avec des motifs représentant des fleurs bleues et des feuilles vertes.

— Tu sais combien de temps nous avons dormi ? me
demande Jérémie.

— Je viens de l'apprendre.

— Moi, un peu moins que toi car je suis debout
depuis une paire d'heures. Je me suis offert cette
chemise et j'en ai acheté une pour toi.

— La même, j'espère ? demandé-je dans un souffle.

— Pour toi, j'en ai pris une noire avec des motifs
jaunes.

— Tu me rassures.

— J'ai en outre une mauvaise nouvelle à t'annoncer.

— En dehors de la chemise ?

Il hausse les épaules :

— Lassale-Lathuile et sa souris ont quitté l'hôtel.

— Merde !

— Hier matin !

— Merde !

— Quelqu'un les attendait avec une voiture américaine.

— Je croyais qu'il ne devait partir que lundi...

— Ils ont dû modifier leur programme ; sans doute

cette brusque décision est-elle liée à la mort de Chian Li.

— Tu le penses ?

— Non : je l'envisage.

Il passe dans le salon et revient avec deux exemplaires du *Jakarta Post,* quotidien de langue anglaise distribué obligeamment par l'hôtel, et que les préposés glissent sous les portes tôt le matin.

Celui d'hier annonçait déjà l'assassinat de l'antiquaire chinois à la rubrique « Nouvelles de dernière heure ». Celui d'aujourd'hui « Numéro spécial du Dimanche », propose tout un fromage à la une. On voit les deux cadavres baignant dans leur sang. Le cliché est très percutant. On raconte comme quoi un visiteur nocturne a neutralisé le signal d'alarme. Ce qui rend la police perplexe, c'est que ce « quelqu'un » (suivez mon regard dans la glace !) est venu barboter dans le sang un certain temps après le double meurtre, car celui-ci commençait à se figer lorsque le mystérieux quelqu'un a gambadé dedans. En médaillon, une photo d'une de mes empreintes. J'espère que les draupers d'ici ne chiquent pas trop au Sherlock Holmes !

Je commande deux breakfasts très fastes : œufs frits, saucisses, *cheese*, marmelade, plus un pot de café grand comme ça.

Cornard ! Pantin ! Fantoche ! Tas de merde ! Je me qualifie encore d'autres épithètes moins flatteuses. Floué de bout en bout ! Ridiculisé. Malmené ! J'en meurs de honte ! Je suis un navet blanc ! Un navet creux ! Une bulle crevée ! Un pet malodorant ! Et puis non, pire encore : je ne suis plus rien. Du tout ! On bute Marie-Maud et on l'évacue ! On bute Mᵐᵉ Dong ! On bute Chian Li ! Lassale-Lathuile se casse ! Je reste en carafe avec mon Noirpiot. Observé, chahuté. On suit nos moindres déplacements à la jumelle. Baisé, l'Antoine. Encorné ! te répété-je.

M. Blanc clape en mutismant farouche. Pas fiérot non plus.

Pour un peu, on s'emporterait chez nous et on ne reparlerait jamais plus de tout cela à quiconque. Ce serait un accroc dans notre carrière. Qu'on stopperait et qu'on oublierait.

Le téléphone, à nouveau.

Déjà l'Excellence qui vient au rapport? Il prend à cœur son rôle d'auxiliaire, l'ambassadoche. L'auxiliaire être, c'est! Le roi des auxiliaires. Avoir, j'aime pas. Je préfère *je suis* à *j'ai*. Pourtant c'est plus contraignant, non? Avoir, ça réconforte, tandis qu'*être*, ça perturbe. Le mec qui *a* beaucoup a moins besoin *d'être*. Il peut mieux s'économiser. Je considère néanmoins qu'*être* est plus indispensable qu'*avoir*. Qu'importe ce que *j'ai*, si je ne *suis* pas! *Avoir été*, c'est mieux que d'*être eu*. En somme, le rêve, c'est *d'avoir* de quoi *être*!

Je dégoupille le turlu. C'est pour Mister Djérémi White. Je lui tends le cornet.

Il écoute, effare un peu. Rougit sous son hâle héréditaire.

— Oui? Oui? Oh! bonjour! Par exemple. Si je m'attendais...

Il obstrue le soupirail du combiné.

— Mon Américaine, chuchote-t-il, elle m'appelle des U.S.A.

Puis, dans l'appareil:

— Vous avez fait bon voyage?

Il esgourde, les baffles frémissantes comme un radar en action.

— Vraiment? Ça alors!

Le deuxième bigophone retentit au salon. J'y cours. Cette fois c'est bien l'ambassadeur.

— J'ai trouvé le lieu de destination de notre petit copain, me dit-il. Il se rend à Belharang, dans le sud du pays. La chose est d'autant plus surprenante que j'y vais aussi après-demain et je ne serai pas seul: une bonne partie du corps diplomatique de Djakarta s'y trouvera également pour assister au couronnement du nouveau sultan de Kelbo Salo.

Il m'explique que, bien que l'Indonésie soit une république il y subsiste plusieurs sultanats dont les souverains ont des fonctions de gouverneurs. Généralement, le droit d'aînesse perdure, mais il arrive que des princes héritiers soient jugés indignes de succéder à leur père, auquel cas un conseil de famille, fortement influencé par l'Etat, choisit parmi ses membres le nouveau souverain. Il y a eu du mou dans la corde à nœuds à Kelbo Salo, le fils aîné du sultan défunt étant un joyeux zozo s'intéressant davantage à ses Ferrari et aux putes qu'aux affaires de l'Etat. On devait donc l'écarter du pouvoir au bénéfice d'un sien cousin jugé plus apte à tenir la crémerie, mais sa mère, une sorte de Catherine de Médicis indonésienne a fait ce qu'il fallait pour qu'il soit nommé sultan nonobstant sa répute de bringueur. Et c'est donc cézigue-pâteux qui va être couronné mercredi prochain.

Tandis qu'il me donne ce cours de petite histoire javanaise, j'échafaude des bizarreries. Toujours l'instinct infaillible du mec! Quelque chose d'obscur mais d'insistant me persuade que le voyage de Lassale-Lathuile à Belharang est en rapport avec la cérémonie prévue.

— Ça doit être, intéressant, comme attraction, disje. Je vous remercie une fois de plus, Excellence!

De son côté, Jérémie Blanc a également raccroché.

Il est songeur au point que le *Penseur* de mon camarade Rodin ressemble au Président Bush, comparé à lui.

— Elle a des doutes au sujet du cadavre? m'enquiers-je.

— Elle ne saurait en avoir : on lui a volé sa malle cabine, ou du moins celle-ci s'est perdue. Elle l'a enregistrée à Djakarta mais ne l'a pas trouvée en arrivant aux States. Elle a déposé une réclamation et on lui a promis d'entreprendre des recherches...

— Voilà qui est peu banal, admets-je. Tout de suite, j'entrevois trois hypothèses. Primo, les autorités indonésiennes ont ouvert la malle, découvert le cadavre et donc retenu le tout. Secundo, le bagage a été, par erreur, chargé sur un autre vol, auquel cas on le retrouvera. Tertio, il a bel et bien été dérobé à l'aéroport, ce qui n'aurait rien de surprenant, une vieille malle de cette qualité ayant tout pour exciter les convoitises.

— Si la police avait trouvé le corps de la chère petite Dong, on aurait arrêté la propriétaire de la malle, objecte M. Blanc.

— Probable.

— Donc, elle se sera perdue ou on l'aura volée.

— Dans ces deux cas, voilà qui arrange foutrement nos bidons puisque cela retarde les conséquences d'une enquête susceptible de nous retomber sur le bec.

Je ne commente pas plus avant, ayant la bouche cousue par l'arrivée inopinée de deux messieurs. Ils sont entrés sans frapper, ce qui est peu conforme aux usages en vigueur dans les grands palaces internationaux.

Il me semble que ces survenants sont chinois à ne plus en pouvoir. Jeunes, l'un et l'autre, mais tous les Asiatiques au-dessous de quatre-vingt-cinq ans ressemblent à des gamins.

Ils ont des sourires plein d'urbanité (Béru dirait d'urbanisme), portent des batiks bariolés et des pantalons de toile blanche. L'un d'eux tient à la main un attaché-case extra-plat dont la fermeture comporte un système de sécurité à chiffres.

— Excusez-moi, leur lancé-je, je ne vous ai pas entendus sonner, sinon j'aurais passé une robe de chambre.

— Vous ne pouviez pas entendre, car nous n'avons pas sonné, déclare l'homme à l'attaché-case.

— Le bouton est trop haut pour vous ? je demande, faisant allusion à leur petite taille.

— Nous sommes discrets ! fait l'autre homme, sans relever l'impertinence.

— Voyez comme les coutumes diffèrent d'un continent à l'autre, messieurs. En Europe, c'est quand on pénètre chez les gens sans sonner qu'on est indiscret.

Mais je sais très bien que ce marivaudage ne débouchera sur rien de concret. Il s'agit, pour moi, d'un petit baroud mené en l'honneur de cet esprit français qui aura si tant tellement fait chier la planète que, désormais, on ne nous invite plus nulle part.

— Aurais-je l'audace de vous demander qui vous êtes et ce que vous nous voulez ? reprends-je.

— Nous appartenons à un service de police chargé de la surveillance du territoire, déclare le gars sans mallette.

Ouïe ! que ça fait mal. Cela dit, fallait s'y attendre. Tu ne jongles pas avec des gens assassinés sans encourir des désagréments du côté des roussins, n'importe le pays.

— Vous avez un papier quelconque sur lequel c'est écrit ? demandé-je avec une ingénuité qui ferait chialer le général Krazuki.

Le gus sort de sa poche de poitrine un carton barré des couleurs indonésiennes, où il est tracé des choses qu'il me faudrait dix ans de cours intensifs avant de pouvoir les lire.

—Très bien, admets-je de confiance. Et alors, messieurs ?

Le type me désigne le *Jakarta Post* étalé sur mon plumard.

— C'est à propos de ce double meurtre dans Rhanguenn Tâbit.

Plus innocent que moi, tu deviens Bernadette Soubiroute ! Je leur écarquille un regard à ce point candide qu'une jeune maman me filerait la boîte de Pampers de son chérubin sans que je le lui demande.

— Expliquez-vous, je vous prie, gazouillé-je.

— Nous savons que vous avez trempé dans cette affaire, reprend mon électrocuteur. Alors il a été décidé ceci : vous quittez le territoire indonésien aujourd'hui même, sinon nous vous arrêtons. C'est un marché qui vous est très favorable !

Tellement que j'incrédulise de me l'entendre proposer !

— Je ne comprends pas, gagné-je-du-temps.

Mais lui alors, ce genre de pauvreté, ce qu'il s'en tartine la prostate au beurre d'anchois, c'est rien de le dire !

— C'est pourtant très simple, qu'il obstine. Vous partez tout de suite ou bien vous restez toujours.

Et il a un rire très cordial, plein d'avenance. Son pote reste impa tu sais quoi ? Vide ! Impavide complet.

Ils sont absolument sûrs d'eux-mêmes, pas la peine d'interpréter la grande scène des protestations de Roger-la-Honte, ils n'aimeraient pas.

Tout de même, je hasarde :

— Je n'ai tué personne, messieurs. Je suis policier et...

— Nous le savons, c'est pourquoi nous vous laissons la possibilité de retourner chez vous, me coupe-t-il la parole. Préparez vos bagages, nous vous accompagnerons à l'aéroport où vous prendrez un vol pour Singapour.

Il mate sa tocante.

— Nous vous accordons vingt minutes pour vous préparer. Nous vous attendrons près des ascenseurs, en bas.

Il a un mouvement d'acquiescement, comme si c'était à lui que cet ultimatum serait adressé et qu'il l'accepte. Et puis les deux mecs tournent les talons. Leurs limouilles flamboient dans la grande clarté inondant la pièce. Je les suis jusqu'à la porte. Franchement, j'imaginais pas cette foirade misérable. Je cherche quelque chose à exprimer pour essayer d'enrayer la marche inexorable du destin, comme l'a écrit pas plus tard qu'hier Canuet dans son carnet intime. Mais je ne trouve rien, biscotte y a rien à trouver. Ils nous tiennent, ils commandent, force nous est de leur obéir.

Debout dans l'encadrement de la porte, je les regarde s'en aller. Ils marchent à pas menus mais rapides.

Les voici devant les ascenseurs. Ils appuient sur le bouton d'appel. A cet instant une locomotive haut le pied m'arrive dans le dos, me bouscule. C'est M. Blanc, lancé à toute vitesse qui s'engage dans le couloir en criant :

— Messieurs ! Hep ! messieurs ! Vous oubliez ça !

Ça, c'est l'attaché-case extra-plat à système chiffré. Mon *black* pote s'arrête, balance du droit et propulse la mallette en direction des deux gonziers. Tu dirais un athlète des J.O., Jéjé. Médaille d'or au lancement de l'attaché-case ! Va falloir lui contrôler la licebroque, des fois qu'il serait bourré d'amphétamines comme le pauvre Ben, à Séoul. Qu'en voilà un, pardon ! Ben le banni ! Pourtant, il l'a tout de même accompli, l'exploit, merde ! Drogue, pas drogue, tisonnier rougi dans le cul ou non ! Il avait pas de moteur dans le dos, ni d'ailes aux talons comme Mercure. C'est héroïquement con de se massacrer la santé pour gagner quelques centièmes de seconde ! Turpide et sublime à la fois. Le don de soi, quoi, cherche pas querelle. Jamaïquain dans sa tribu, fait pour la pauvreté, les rebuffades. Et qui s'en sort en courant comme un perdu qu'il est ! Héros qui redevient nègre pour un peu de pisse malveillante. C'est le retour à la case (de l'oncle Tom) départ ! Le temps du malheur retrouvé !

Je t'en reviens donc à ce *big* lancer de Jérémie.

Qu'est-ce y lu prend, ce grand orang ? En voilà des manières ! Pour lors les deux niakoués vont revenir au rififi, nous encastrer facile. Panier salade, pompe dans les meules, la lyre !

Mais que ouichtre ! Ces vilains se mettent à courir dans la direction contraire. Jérémie se rabat en arrière et se jette sur moi. On tombe sur la moquette de belle et haute laine, pas encore fauchée de la saison. Juste comme, pouahoummmm ! Déflagration monumentale ! Le souffle nous roussit les poils du cul. On reste sourdingues à ne plus pouvoir marcher sans l'aide d'une canne blanche ! Meurtris, nous sommes, avec des dégoulinances plein la tronche. On a le bulbe qui tourne liquide.

Un affreux silence succède : celui des catastrophes. Toujours ce temps mort après un coup d'apocalypse. Le blanc intégral ! Et brusquement, ça mugit, gronde, effervesce. Des fracas causés par l'onde de choc. Des cris (de plus en plus), des piétinements. Les portes des appartements occupés s'ouvrent. Du monde paraît.

Tu materais le couloir ! Hiroshima, mon amour ! Les ascenseurs sont éventrés, y a de la ferraille tout azimut. Un cratère dans le plancher, un autre dans le plafond ! Le tapis crame. Les deux gus en batiks déchiquetés, juste propres à confectionner du pâté de campagne pour cannibales (paraît qu'il en subsiste à Bornéo).

On s'approche, avec tout le monde. Des gens coincés dans les cabines, plusieurs étages au-dessus ou au-dessous, hurlent à la mort. Un Anglais opportun actionne un extincteur sur le début d'incendie. Une mère se sauve dans l'escalier avec sa petite fille dans ses bras. Deux amoureux nus ne songent pas à se vêtir et la zézette du garçon fait non de la tête. Y a une très vieillarde cacochyme qui sonde le couloir au sonotone en demandant si c'est un serveur qui a lâché son plateau ou quoi et qu'est-ce.

— Tu n'as rien ? demande M. Blanc.

— Non, et toi ?

Il me désigne son mollet ensanglanté.

— Un éclat de quelque chose, je vais aller désinfecter ça.

Nous regagnons notre suite, lui en clopinant, moi en réfléchissant, ce qui est beaucoup plus fatigant.

— Bien entendu, ricane Jérémie, tu vas t'enfiler un grand verre de whisky ?

Ma parole, ça vous fouaillerait l'honneur, cette noirerie !

— J'ai l'impression que nous revenons de loin. Comment as-tu réalisé qu'on nous piégeait ? demandé-je.

— Pendant que tu discutais avec son copain, le type à l'attaché-case n'arrêtait pas de manipuler les chiffres de sa fermeture. Il n'agissait pas machinalement, mais avec une grande attention, au contraire. Au moment où ils sont partis, il a glissé très adroitement la mallette derrière un fauteuil. Un vrai prestidigitateur. Si je n'avais pas été en éveil, je ne me serais aperçu de rien. Le grand Majax n'aurait pas fait mieux !

— Si, dis-je, il aurait fait mieux et donc tu n'aurais rien vu.

Il va au bar, prépare un Chivas bien tassé. L'énorme mygale noire qui lui sert de main farfouille dans le récipient à glaçons et fait grêler dur dans le verre. Ensuite, il me le présente :

— Tiens, bois ; tu en meurs d'envie.

Alors, je bois. Quand le pur malt est tiré, hein ?

— Ces deux mecs n'étaient pas de la police, dis-je, car je doute que même en Indonésie les flics usent de telles méthodes.

— Je crois que nous ferions bien de nous mettre à l'abri, note M. Blanc ; le temps se couvre.

— Bonne remarque, fils.

— On devrait se loquer et partir sans tam-tam ni trompette et surtout sans prévenir la réception. On abandonnerait nos bagages et, d'ici un jour ou deux, on demanderait à l'ambassadeur de France de venir régler notre note.

— Beau programme, et nous irions où ?

— A voir !

— C'est tout vu, sentencié-je.

Comprenant que j'ai envie de le faire languir, il s'offre le luxe de ne pas insister.

— Eh bien, c'est parfait, dit-il.

J'établis en vitesse notre nouvelle constitution. Article premier : ne plus être suivis. Or, il est évident que l'on nous observe à la loupe depuis notre débarquement à Djak. Aussi, profitons-nous de l'effervescence (de térébenthine) du couloir pour nous évacuer par l'escadrin de service. D'ailleurs, les ascenseurs sont nazes pour l'instant. Y a du pompelard et du poulaga plein partout. C'est velouté, comme évacuation. La majorité des clilles se cassent par l'escalier principal, tandis que nous deux, modestes, on démarche par la voie des blanchisseurs. Pas un greffier ! Tout le trèpe est mobilisé par l'événement.

On débouche dans une grande cour buanderesque, qui sent la lessive, le limon, l'Asie, plus des miasmes marécageux. Ça fouette depuis les éventaires à bouffe extérieurs où la merde est sous-jacente. Ça que je reproche à leur tortore indonésique : elle dégage des fragrances de jasmin et des remugles de colombins. Sans doute pour cela qu'ils l'épicent à outrance ! Faut que la gueule te fume pour pas que tes papilles s'attardent sur ces inconvénients.

Au bout de la cour, y a un parking pour le personnel. S'y trouve un méli-mélo impossible de pétrolettes, de vélos, de bagnoles en haillons. On franchit le terre-plein. A son extrémité, une barrière déglinguée offre une brèche parce que les usagers la franchissent pour la déguiser en raccourci. Nous itou. On escalade un fort talus jonché de tout, sauf de l'espérance. Boîtes de bière et de Coca, papiers souillés par les culs ayant produit l'excrément qui les accompagne (un étron convenable ne se déplace jamais sans papiers), chiffons à bout d'usage, capotes plus ou moins anglaises, détentrices d'une jeunesse qui ne deviendra jamais délinquante, paquets de cigarettes vides, que sais-je encore. On grimpe la pente à brutes (ou abrupte quand c'est moi qui l'escalade, merci), et nous enjambons de Bayonne la glissière de sécurité qui la borde. Le flot du trafic nous bondit devant ; mille fauves écumants, haletants et vociférants. Deux jeunes filles sur un Solex épave se marrent en me voyant leur faire le signe du stoppeur de fond. Mais, tout de suite derrière elles, voilà un gonzier au volant d'une camionnette jaune poussin. Lui, il s'arrête, au risque de se faire défoncr le pont.

On grimpe en voltige sur « le » siège vacant, à son côté.

— Où allez-vous ? nous demande-t-il probablement en indonésien moderne.

— *And you ?* réponds-je.

— Au Bloc M.

— Nous aussi.

— Vous me donnerez deux cents roupies ?

— Non, dis-je, je vous en donnerai cinq cents.

Il éclate de rire. Cézigo, il est tout menu, archisimiesque. Sa tête de nœud triangulaire disparaît sous une casquette à longue visière.

Il nous regarde en chanfrein, se marre du négro assis sur mes genoux.

— Vous êtes mariés ? il demande.

— Nous faisons notre voyage de noces, confirmé-je.

Son hilarité redouble.

— Vous voulez que je vous montre une fabrique de batiks ? opportune-t-il, flairant une bonne main à affurer.

— Non, dis-je, nous n'avons pas besoin de chemises, mais d'une auto. Vous savez où je pourrais en acheter une de confiance et d'occasion ?

— Une auto comment ?

— Avec quatre roues, un moteur et un volant.

Il opine, songeur.

— La mienne, ça vous irait ? Vous pouvez mettre beaucoup de bagages derrière et elle n'a que quatre cent dix mille kilomètres au compteur.

Dès lors, je considère son tas de tôle avec un regard qui, lui, est neuf. Cet os est tellement délabré qu'il semble au bout du rouleau. Le tableau de bord n'est plus qu'une niche béante bourrée de fils enchevêtrés. Il y a des trous dans le plancher, dus à la rouille. Il manque la vitre côté passager et le cerclo du volant a été merveilleusement renforcé avec du chatterton.

— Vous en demandez combien ?

— Cent mille roupies ? risque le téméraire.

Je me livre à un rapide calcul. Si je ne me goure pas, cette somme doit représenter environ cinq cents francs français.

— Disons cinquante mille et n'en parlons plus, contre-proposé-je.

— D'accord !

Je lui tends des fafs dans les tons violacés, passablement graisseux.

Il les rafle avec une prestesse de macaque accaparant une cacahuète, se range sur le bas-côté de la strasse et saute de son siège.

— *Good-bye !* nous lance-t-il.

J'ai rarement traité une affaire aussi rapidement. Je me glisse sur le siège encore chaud et enclenche la première, ce qui n'est pas une mince affaire ; faut s'y reprendre à plusieurs fois, bien cadrer et pousser fort. La guimbarde décarre, soubresautante, brimballante, perdant un peu de ses entrailles métalliques au gré des cahots.

En tout cas, bien malins seraient ceux qui nous repéreraient à bord d'un tel véhicule !

Le lendemain, la camionnette efflanquée atteint Belharang. La route a été pleine d'agréments. L'Indonésie, c'est *very nice*. Moi, ce dont j'aime surtout, comme dirait Béru, ce sont les nombreux cours d'eaux qui se succèdent, sinuant dans une nature sauvage, au fond de gorges rocheuses bordées d'une végétation luxuriante. L'eau en est d'un vert profond, frangée d'écume, comme faut pas oublier de dire dans les bonnes compos francs.

Depuis les ponts que nous traversons, on aperçoit une population qui s'ébat dans l'onde ou qui vient y laver du linge sale en famille, voire même y pêcher. On longe des volcans culminant à des chiées de mètres, c'est te dire ! Des temples, dont celui de Bydôn-Vil à Saligo, fameux pour ses récitals de cornemuses à pédale. Les agglomérations se suivent, avec leurs pauvres maisons alignées le long de la route, dont beaucoup sont des échoppes miséreuses où l'on vend des produits d'épicerie, des onguents au foutre de crapaud, des harnais pour tortues, des beignets de testicules de papillons et bien d'autres denrées dont tu trouveras la liste complète sur la table de ma salle à manger (j'ai posé un pot de chambre dessus pour qu'elle ne s'envole pas).

J'admire les rizières superposées, irriguées grâce à des tuyaux en bambou où des femmes coiffées d'un classique chapeau chinois, conique, en paille, sont courbées sur le riz amer. Des hommes labourent préhistoriquement, à l'aide de charrues de bois tirées par des buffles à la gibbosité dodelinante. Nous doublons des charrettes à âne, des vélos disloqués, des pétrolettes fumantes, des chiens errants, des poulets téméraires.

La circulation reste dense, où qu'on se rende : tant

de gens peuplent cet archipel ! L'homme grouille ici comme l'asticot sur la charogne.

Mais donc ayant enfilé les kilomètres sur le fil de notre compteur (encore valide malgré son cinquième tour de piste), nous atteignons cette ville de Belharang, objet de notre curiosité.

C'est une cité importante, avec un quartier relativement neuf, un palais du gouverneur en forme de « U », et une infinité de maisons basses. Les rues sont la proie des vélos-pousse-pousse. Ils semblent être, ici, le principal moyen de locomotion. Il en est de toutes les couleurs, avec, peints sur leur carénage de bois ou de tôle : des dragons, des garudas hirsutes, des danseuses peu vêtues, des poissons monstrueux, des araignées géantes, le portrait de Marilyn, celui d'Einstein tirant la langue, ceux de Charlot, de Le Pen (à jouir), d'Elizabeth II, de Rambo, du chandelier Vouestalman, de Superman, de Stef de Monac, de Lili Pute, de Canuet, de mon cul, du tien, de Tarzan, et de la reine Babiole de Belle-Chique.

— Tu espères retrouver Lassale-Lathuile dans cette fourmilière ? demande Jérémie.

— Il va bien falloir. Cela dit, la chose n'a rien de compliqué car les hôtels, ici, ne doivent pas être très nombreux. Affrétons chacun un vélo-taxi et partageons-nous la besogne. Rendez-vous à la camionnette.

Mais au bout de deux heures investigatrices, nous nous retrouvons bredouilles.

— Il a dû descendre sous un faux nom ou chez un particulier, émet M. Blanc.

Sa suggestion ne me convainc pas. J'imagine mal mon contrôleur accueilli par des autochtones, et il n'est pas homme à utiliser des papiers d'emprunt !

— En route ! fais-je.

— Pour où ?

— Le sultanat de Kelbo Salo où vont avoir lieu les fêtes du couronnement !

— Tu espères l'y trouver ?

— Je le renifle !

Et bon, nous voilà partis en ferraillant sur une route rectiligne à travers des rizières, des étangs géométriques où grouillent des canards d'élevage et des forêts embaumant l'eucalyptus (odeur franchement dégueulasse à vrai dire, puisqu'elle évoque pour moi l'appartement de ma tante Pernichet, à demi impotente, qui n'en finissait pas de mourir, mais qui conservait assez de forces pour me glisser une piécette lorsque j'allais lui rendre visite ; je ne lui demandais pas d'autres preuves de sa vitalité).

— Tu crois qu'il va assister à ces fêtes du couronnement ? murmure le tout-noir.

— Ce voyage tombant pile au moment des cérémonies ne peut être une coïncidence.

— Il est plutôt bizarre, ton contrôleur, non ?

— De plus en plus.

M. Blanc, forgé à mon excellente école (t'occupe pas de mes chevilles, je porte des bandes molletières de papa qui fut chasseur alpin), croit opportun de résumer :

— Il fait un court voyage en France avant de partir pour l'Indonésie. Pendant cette absence, on tue sa femme et on fait disparaître le corps.

— Exact ! C'est mon *Boléro* de Ravel à moi aussi.

— Il s'envole en compagnie d'une femme blonde qu'il fait passer pour son épouse.

— Textuel !

— En arrivant, il se met en cheville avec un antiquaire chinois dont l'officine passe pour être le P.C. d'un réseau d'espionnage, et fait l'emplette d'une arbalète.

— Juste !

— Nous nous pointons alors dans son hôtel où l'on refroidit une fille que tu venais de baiser.

— Incomplètement !

— Nous nous mettons à la recherche de l'antiquaire, lequel refuse de casser le moindre mot sur Lassale-Lathuile.

— En effet !

— Trois heures après notre visite, tu découvres le Chinois trucidé, ainsi que son principal collaborateur.

— De profundis !

— Nous apprenons, à notre retour, que ton mysté-rieux contrôleur et sa souris sont partis prématurément de l'hôtel.

— Vrai !

— Alors un couple de faux policiers nous rend visite et s'arrange pour déposer une mallette piégée dans notre appartement.

— J'en frémis !

— Mais je déjoue leur ruse et c'est eux qui dérouil-lent.

— Amen.

Un silence.

Si je puis dire, car la camionnette avance pratique-ment sur les coudes en traînant ses pattes de derrière. Nous conduira-t-elle jusqu'à ce fabuleux sultanat de Kelbo Salo où doivent s'opérer des féeries javanaises ?

Le radiateur fume. Les bielles cliquettent ! Les soupapes caquettent ! Le reliquat de la carrosserie s'émiette. Mais la superbe mécanique, héroïque, vail-lante malgré son hémorragie d'huile et d'eau, finit par nous amener (à vingt à l'heure) dans ce sultanat d'Emile et une nuits. A vrai dire, sa frontière est théorique et tu y pénètres sans t'en apercevoir.

Kelbo Salo, si elle n'avait pas de sultan, ressemble-rait à Saint-André-le-Gaz (Isère). Seulement, il y a le palais, immense, malgré qu'il ne comporte pas d'étage. Ça décrit des « H », des « U », des « Y » sur un immense terre-plein agrémenté de massifs, de pelouses et d'arbres rares. Non loin, se dresse le temple de Tankilyora Déshôm, pareil à un formidable gâteau gris, peuplé de bouddhas de pierre aux multiples attitudes. Un qui parviendrait à tourner autour de l'édifice à toute pompe croirait voir un dessin animé !

Le lieu étant hautement touristique, des hôtels se sont construits dans les parages. Dieu merci, on les a fait rampants pour ne pas déflorer la beauté du panorama. L'agglomération ressemble à Belharang, en petit. Elle foisonne de magasins où l'on vend des saloperies-souvenirs *made in* Taïwan : le palais du sultan peint sur écharpe ou éventail, le temple-encrier, la colonne de Sang Tiag en godemiché, et puis des portraits, réalisés en ailes de papillons, de Tronch' Delâr, le défunt sultan, ceux de Bézaphon, le nouveau ; celui qui boit quotidiennement le sang de trois pigeons pour avoir la queue raide et qui rectifie les stropiats sur les routes au volant de ses Ferrari dont on a peint les portières à ses armes.

Un vrai bazar, Kelbo Salo ! Légèrement Tivoli Park, dans le genre ! Des restaus à n'en plus finir : indonésiens, chinois, italiens, coréens. Des étals en plein air. Beignets, beignets ! La friture est l'opium du peuple. Une fois frit, tout devient comestible. Fais frire tes chaussettes, ta capote anglaise de la nuit, ta Swatch, ton porte-monnaie, et tu t'apercevras qu'ils sont mangeables. Le miracle ! Les famines nombreuses conjurées par l'huile bouillante !

Juste comme on atteint ce pays surprenant, notre camionnette rend l'âme. Genre infarctus, si tu vois. Le moteur a une intense crispation. Il émet une plainte d'arrachement. Et puis il déclare forfait.

— C'est quoi, comme marque ? demande calmement M. Blanc.

Bonne question ! A laquelle je ne saurais répondre.

Elle n'a plus d'identité, cette carcasse. C'est de l'épave non identifiable.

— Je raconterai partout que c'était une Peugeot, fais-je, gagné par un élan patriotique. D'ailleurs, qui sait si ça n'en est pas une pour être capable d'un pareil exploit ?

Je croise mes bras sur ce qui subsistait du volant.

— Eh bien, voilà, fais-je. Après la Croisière Jaune de Citroën, il fallait vivre cette épopée.

— D'autant que la récompense était au bout ! ricana Jérémie.

— Pardon !

— Regarde là-bas, à droite, dans ce restaurant, la table au ras du trottoir.

Je regarde. Vois.

Mon âme s'élève à toute vibure jusqu'au Seigneur qui n'a plus qu'à la cueillir entre le pouce et l'index.

Lassale-Lathuile et sa blonde amie sont en train de bouffer un plat de truman kapok en se regardant dans le blanc des œufs. Il lui caresse le dos de la dextre du bout de sa senestre.

Ainsi donc, mon pressentiment était fondé (et même fondé de pouvoir !) : le couple est bien venu s'installer au sultanat de Kelbo Salo ! Ô joie étincelante du triomphe, comme tu nous réchauffes bien l'âme et sais galvaniser notre énergie !

— *The foot !* balbutié-je.

— Que décide le grand chef blanc ? demande Jérémie.

Je mate alentour, avise un petit hôtel sur ma gauche.

— Je vais aller retenir une chambre double à l'hôtel *Pôv Kong ;* toi tu resteras en planque et tu filocheras nos tourtereaux quand ils quitteront le restau. Comme Lassale-Lathuile me connaît, il n'est pas pensable que j'accomplisse le boulot.

Je quitte la camionnette pour toujours, vu qu'elle est définitivement *out* et moi pas

Le *Pôv Kong* n'est pas le *Hilton*. Tant sans faute. La réception ? Une grande salle peinte en rouge et vert, avec un bar, un juke-box, des tables en bois verni, une banque constellée d'affiches touristiques et l'inévitable garuda de service sur un socle. Quelques marionnettes hideuses accrochées au mur et voilà !

Derrière la banque, un gonzier boit de la bière en boîte sous les pales harassées d'un ventilateur. C'est un petit crevard couleur merde d'hépatique, qui croit porter la barbe parce qu'il a laissé pousser sept poils à son menton (je les ai comptés). Curieux comme ils sont généralement imberbes, les Asiatiques. Le système pileux naze en plein. Leurs poitrines mâles, juste un ou deux filaments comme ceux que t'abandonnes dans ton bidet à chacune de tes blablutions.

Lui, ses sept poiluchards lui confèrent une personnalité. Il se prend pour Confucius. Mais moi, je trouve cette maigre végétation plutôt débectante. Je la découvrirais dans mon potage au poulet, je gerberais instantanément !

Je lui explique que j'aimerais une chambre à deux lits. Il boit une gorgée de bibine et me rote un grand coup dans les naseaux.

— Après vous s'il en reste ! lui dis-je.

Il m'explique alors qu'une chambre à deux pieux, oui, d'accord, mais pour cette nuit seulement et qu'il faudra déménager demain, biscotte tout l'hôtel est loué pour la fête du couronnement.

Tu me connais ? Ni une ni deux, l'Antoine.

Je tire un bifton de cinquante dollars et l'étale sous son nez.

— Vous avez déjà vu un machin comme ça ?

— Sur la couverture d'un livre de Sulitzer, il répond. Mais dans la réalité, jamais.

— Vous seriez chiche de convertir cette coupure en roupies de sansonnet ?

— Non, mais en roupies indonésiennes, certaine-
ment.

— Si vous pouvez me laisser la chambre demain
encore, ce billet est à vous.

Il hoche la tête, feuillette son grand livre. Puis,
prenant une bonne décision, il biffe une ligne dans ses
réservations.

— C'est comment, votre nom ?

Je le lui dis et il l'inscrit au-dessus de la rature.

Je dépose alors la photo du général Grant sur son
sous-main. Le caméléon met davantage de temps à
gober un insecte que lui a enfouiller le talbin. Avec ce
viatique, il va pouvoir : faire opérer sa vieille mère de
la vésicule biliaire, marier sa jeune sœur, s'offrir une
mobe, repeindre son appartement, se faire sucer par les
putes du coinceteau, acheter des actions Bouygues et
s'associer avec le patron de l'hôtel.

La question du logement étant réglée, je vais me
reposer un brin en attendant des nouvelles du noiraud.

Du point de vue sanitaire, j'ai vu mieux. La douche
coule goutte à goutte, ce qui te contraint à un séjour
prolongé sous son pommeau de zinc qui ressemble à
une fleur de tournesol dépétalée. Une savonnette de la
dimension d'un caramel, mousse miséreusement sur ma
peau irritée par le fatigant voyage. Le rideau de
plastique ne tient plus que par un seul anneau et pend
de la tringle comme un drapeau de reddition au bout de
son bâton. Pour me rincer, tu parles d'un jeu de
patience ! Agacé, je décide de me rabattre sur le
lavabo.

Juste que je déquille du bac, j'aperçois une silhouette
dans la chambre, dont j'avais laissé la porte entrouverte
puisqu'elle ne comporte pas de serrure. Sur l'instant, je
me dis qu'il doit s'agir de la femme de chambre. Mais
que ferait-elle dans une pièce qui ne comporte que deux
lits bas, une table, une chaise et une armoire murale ?

Mes sens en alerte, comme on écrit toujours dans ces romans d'action qui foutent de l'urticaire aux critiques dits littéraires, je m'approche en tapis noir pour en savoir davantage sur les Indonésiens qui bougent.

Et sais-tu ce dont j'aperçois ?

Ecoute, je veux bien t'y dire, mais tu vas te tapoter la barbichette comme quoi je te bourre la caisse. Sceptique à ton point, y a qu'une fosse d'aisance ! Et encore, elle a un petit « c » de moins !

Mais moi, la vérité prime tout ! Libre à toi de ne pas me croire, Magloire. Je vais mon train et c'est pas un enfoiré de ta basse espèce qui me détournera le cours de la sincérité. Je pars du principe que l'homme qui dit vrai finit toujours par triompher.

Alors, bon, ouvre tes baffles en grand.

Dans ma pauvre chambre de pauvre hôtel, vient de s'introduire un mec vêtu d'un jean et d'un T-shirt blanc. Il tient à la main une petite cage grillagée à l'intérieur de laquelle se trémoussent deux petits reptiles brunâtres. L'homme est ganté. Il sort de sa poche arrière, une petite bombinette du genre spray et l'actionne sur la cage. Les deux serpents ne tardent pas à s'immobiliser. Alors, l'étrange visiteur soulève un coin du drap, au pied du lit, ouvre la cage, coule sa paluche dedans afin de cueillir l'un des reptiles et le glisse à l'intérieur de mon pucier. Il rajuste le drap, passe au second plumard et renouvelle l'opération. Sympa ! Je te parie tes génitoires contre mon stylo Bic que les deux serpenteaux appartiennent à une espèce venimeuse et que si je m'étais zoné avec un tel locataire, j'aurais pris le T.G.V. pour Nécropole City.

Une mort pareille, faut être vicéloque !

N'écoutant que ma rogne, j'écarte davantage la porte et bondis sur le mec qui vient tout juste de se redresser. Il chope ma boule sur sa nuque et ça le plonge instantanément dans les extases. Le voici affalé en travers du plumard. Pour lui faire le bon poids, je le retourne et lui cloque au bouc un taquet haute fidélité qui le câble sur le néant. Son pif a explosé et sa figure fait maintenant songer, soit au drapeau japonais, soit à Mme Thatcher sur la chaise d'examen de son gynécologue.

N'ayant pas de liens à dispose (comme il n'existe pas de rideaux aux fenêtres, je ne peux en prélever les cordons), je le dépouille de son T-shirt, lacère celui-ci et en tire de quoi lui ligoter étroitement les poignets dans le dos. Cela fait, je me rinçotte enfin à la faible dégoulinette du lavabo et me refringue. Quand je pense que si la douche avait fonctionné normalement, je n'en serais pas sorti prématurément et donc n'aurais pas aperçu l'homme aux reptiles, j'en ai des fourmis dans la moelle pépinière.

Usant du verre à dents (oui : il y en a un !), je verse de la flotte sur la bouille de mon visiteur. C'est un procédé de réanimation simple, peu coûteux et infaillible.

Très vite, l'intrus soulève ses paupières et pose sur ma pomme un regard oblique, pareil à deux traits à l'encre de Chine (encre câline, encre d'amour).

— Je n'ai pas cogné trop fort ? lui demandé-je.

Il reste sans réaction.

— Vous parlez anglais ?

Mutisme.

J'avise un sac en plastique, près de la porte, qui, probable, lui a servi à transporter la cage des serpents. Je m'en empare et en coiffe l'homme jusqu'aux épaules.

— Je vais le fermer autour de votre cou, préviens-je. Si vous voulez que je vous en débarrasse, il faudra me le demander ; mais en anglais, car je ne parle pas votre langue. Et si vous ne parlez pas l'anglais, apprenez-le d'urgence.

La paroi du sac se gonfle et s'aplatit, comme la vessie d'un appareil respiratoire. Très rapidos, le gars étouffe.

Il se trémousse, mais comme il a les bras entravés et que je suis assis sur ses maigres jambes, ça ne tire pas à conséquence.

Au bout de peu, il me demande de le délivrer. En indonésien pour commencer mais, comme je ne bronche pas, il se rabat sur le dialecte de William (1).

L'ayant contraint à avouer sa culture, je le dessaque. Son asiatisme prononcé l'empêche de rubiconder, toutefois il paraît sérieusement incommodé par ce début d'asphyxie. Quand sa respiration a retrouvé une vitesse de croisière qui le rend apte à une conversation, je lui pose différentes questions groupées qu'on pourrait résumer par : « Qui vous envoie et pourquoi veut-on absolument mettre fin à mes jours glorieux ? »

Là, mutisme. En anglais, certes, mais mutisme tout de même !

— Qu'à cela ne tienne, lui dis-je.

Et je déboutonne son falzoche, histoire de le dépiauter. Il porte un slip lamentable, de couleur jaunasse (par précaution) et plus troué qu'un ennemi d'Al Capone.

Il doit un moment se demander si j'entends le sodomiser, mais je m'empresse de le rassurer.

— Au dodo, l'ami !

Lors, j'ouvre le haut du lit et entreprends d'y loger ce vilain mecton. Mon flegme, mon esprit de décision, mon mutisme, lui en imposent.

— Non ! fait-il.

— Oh ! que si ! rétorqué-je.

— Je vais parler ! il promet.

— Alors vite ! je lui fais.

— J'appartiens au Suey Sing Tong ! il révèle.

— Ça consiste en quoi ? avouéjemonignorancé-je.

— Une société secrète chinoise, explique-t-il.

— Mais vous n'êtes pas chinois ? m'étonné-je.

(1) Shakespeare, évidemment.

5

— Je travaille tout de même pour le Suey Sing Tong, qu'il insiste.

— Et alors ? l'incitéjapoursuivré-je.

— Le Suey Sing Tong a décidé de vous mettre à mort, fait le salopard.

— Pourquoi ? incompréhensé-je.

— Il a ses raisons, analyse le coquin. Et je ne les connais pas.

— Comment m'avez-vous trouvé ? curieusé-je.

— Le Suey Sing Tong savait que vous alliez arriver ici et vous y avez été attendu, m'élucidelemystère-t-il.

— Vous vous étiez préparé avec vos gentils serpents ? crois-je opportun de plaisanter.

— En effet, reconnaît ce démoniaque personnage.

— Vous étiez combien à m'attendre ? m'enquiers-je.

— Je l'ignore, j'ai été prévenu que vous arriviez à l'hôtel *Pôv Kong* et que je devais agir immédiatement, explique-t-il.

— Quel est votre nom ? lui demandé-je-t-il.

— E' Loi, briève l'homme.

— Adresse ? jeté-je.

— Marché aux Oiseaux de Kelbo Salo, me renseigne-t-il.

Moi, ça commence à me faire frissonner des claouis, cette historiette. Les sociétés secrètes chinoises, merci bien : j'en ai entendu causer ; paraît qu'avec elles sur le paletot, t'as peu de chance de vivre aussi vieux que le Mikado (d'anniversaire). Sachant que mon arête de mort est signée, je peux réciter mon acte de contradiction (ou de construction).

Mais enfin, pour l'instant, je suis toujours sur mes pattes de derrière, hein ? Et c'est primordial.

— Je vais délier vos poignets et vous récupérerez vos serpents, l'ami, enjoins-je.

Je lui montre la cage.

Ses liens de fortune tombent. Avec précaution, il

rabat le drap et la couvrante du plumard. Le reptile brun commence à s'agiter. L'homme avance sa main droite toujours gantée et le cueille derrière la tête. V'là le serpentin qui fouette l'avant-bras du gus avec sa queue. Tenant l'horrible bête à bout de bras, il l'approche de la cage ouverte mais, pile au moment de l'y couler, il a une volte brutale et me propulse le serpent à travers la gueule. L'Antonio, tu le sais par cœur, non ? Tu parles que cette feinte à Jules, je m'en gaffais gros comme ta connerie.

Pile qu'il a son geste homicide, je bondis de côté. Le conseiller privé de la mère Eve frappe le mur et tombe au sol. Double bond sanantoniesque : à droite pour mettre un coup de talon sur la tronche du reptile, puis à gauche pour filer mon poing dans la mâchoire à E' Loi. Les deux sont groggy. J'achève le petit serpent avec une rage décuplée par la trouille. N'ensuite, j'ouvre avec précaution le deuxième plumard et j'y fourre mon petit dresseur inanimé. Cela perpétré, je le borde avec précaution, place l'unique chaise face au lit et attends.

Les k.-o. ne sont jamais longs, ou alors ils débouchent sur la méchante commotion cérébrale, mais ce n'est pas le cas précisément.

Le zigoto bat des ramasse-miettes. Il mate le plaftard, puis son regard panoramique jusqu'à moi. Je lui adresse un bon sourire.

— Remettez-vous, E' Loi, vous avez tout votre temps, lui dis-je gentiment.

Sa pensarde envapée se rebranche sur le groupe électrogène de secours. Ses idées repartent doucettement. Et puis il réalise enfin où il se trouve et a un sursaut terrifiant. L'homme bondit hors du lit. Ce faisant, il entraîne avec soi le deuxième serpent qui vient de planter ses chailles dans le mollet maigrichon du bonhomme.

Il s'aperçoit du cadeau et alors, c'est l'épouvante glacée, le renoncement éperdu. E' Loi sait qu'il est déjà rectifié. Il reste debout entre les deux plumards, les yeux exorbités sur cette espèce de lanière sombre accrochée à sa jambe. Puis ses lèvres se retroussent, son regard s'éteint, il glisse lentement le long de lui-même et meurt sur le tapis de raphia.

L'esprit d'E' Loi vient de s'envoler !

GUÈRE ÉPAIS

Après avoir carbonisé le deuxième serpent, je replace les reptiles dans leur cage et me prends à réfléchir. Que faire de ce nouveau cadavre qui m'échoit ?

La lumière se fait toujours dans mon cerveau. Curieux comme un rêveur de mon espèce est capable de se montrer pragmatique à l'occasion. Mes délirades les plus fumeuses finissent inexorablement par déboucher sur du concret.

Ainsi, tandis que je mate le petit corps convulsé, une image me vient, un paysage pour être précis, celui que j'ai aperçu par la fenêtre de ma salle de bains, à savoir un champ en friche s'étendant à l'arrière du motel. Je me dis qu'il me suffira de passer le cadavre d'E' Loi par la fenêtre, après lui avoir remis son pantalon, puis de contourner le bungalow pour l'aller récupérer et le traîner dans le champ. Je l'abandonnerai dans les hautes herbes, non sans avoir ressorti les serpents de la cage pour les placer sur lui. Ainsi, comme il est défunté d'une morsure venimeuse, les choses paraîtront-elles claires à ceux qui le découvriront dans cette posture.

Content de moi, j'entreprends de rhabiller le gonzier et le traîne d'ores et déjà dans l'humble salle d'eau. Ne me reste plus que d'attendre Jérémie d'abord, la nuit ensuite, afin d'agir le plus confortablement possible.

Une belle et forte période méditative succède, qui me fait passer par des phases contradictoires. Tantôt je suis abattu à la perspective d'être condamné et harcelé par cette société secrète chinoise, le Suey Sing Tong, tantôt j'éprouve des élans galvanisateurs en constatant que la providence veille et que je me sors régulièrement des sacs d'embrouilles fomentés contre moi. Courage et vigilance ! Foi en soi et en son bon droit ! Bayard des temps nouveaux, je triompherai.

Vaincu (ou vingt cons, je ne suis pas sectaire), je glisse dans une somnolence qui finit par devenir du vrai sommeil en bonne et due forme. C'est l'arrivée de M. Blanc qui m'en extrait.

Il relourde et dit en s'écroulant sur la chaise :

— Je suis exténué ; j'ai besoin d'une bonne douche.

— Exact, admets-je, tu sens la litière de lion que l'on n'a pas changée depuis huit jours.

Il hausse les épaules.

— Faudra qu'un jour je t'emmène passer des vacances à Jébobola, mon village natal, qu'on te fasse un peu chier, mes potes et moi avec ta blancheur Persil et ton odeur Cadum.

— Du nouveau, fils du fleuve ?

— Le couple infernal est descendu à l'hôtel *Tâpatouvû* qui est le plus luxueux du patelin.

— Le plus luxueux ou le moins dégueulasse ? demandé-je en suivant le cheminement d'un gros insecte noir au plafond.

— Mais avant de s'y rendre, dit Jérémie, Lassale-Lathuile s'est livré à une opération assez étrange. Il a gravi toutes les marches du temple de Tankilyora Deshôm, situé en face du palais, pendant que sa bonne femme l'attendait, au pied de l'édifice, un livre à la main. Il est monté jusqu'au gros bouddha de pierre qui termine la construction. Celui-ci est creux et ton contrôleur s'est glissé à l'intérieur.

— Je suppose que tous les touristes doivent avoir cette réaction ?

— C'est probable, mais je me demande si tous y restent une demi-heure.

— Il est resté une demi-heure dans ce bouddha creux ?

— Pour le moins. Sa gonzesse lisait patiemment en l'attendant.

— Il serait intéressant de voir à quoi ressemble ledit bouddha.

— Je m'y suis rendu. Cent quarante-quatre marches, je te recommande l'exercice !

— Et alors ?

— Alors, rien. Zéro. C'est vide, il n'y a que des papiers de chewing-gum ou de cigarettes. J'ai même déniché une capote anglaise racornie et un tube de rouge à lèvres écrasé, c'est tout.

— Qu'est-il allé fabriquer dans la statue ?

— Observer le palais, probable, car la vue y est imprenable.

— Il avait un appareil photo ?

— Tiens, oui, en effet.

— Il a dû s'offrir son petit reportage ; l'endroit se présente comment ?

— Cela forme une énorme cloche. A vrai dire, l'on peut se tenir entre la statue et les parois de la cloche de pierre qui sont ajourées.

— Et après la visite au bouddha ?

— Ils ont fait quelques emplettes dans la rue marchande, ensuite ils ont regagné leur hôtel.

— Quel genre d'emplettes ?

— Un grand couffin d'osier et des cartes postales. Bon, je me paie une douche, j'en rêve depuis des heures.

Moi, farceur comme tu me sais, je le laisse faire. Il se

dessape entièrement et pénètre dans la salle d'eau. Je m'attends à l'entendre glapir et à le voir réapparaître en vitesse, mais point. Le bruit de batteuse de la douche retentit. Tiens, il a plus de chance que moi car l'on entend couler de l'eau en abondance : la pression a dû revenir. M. Blanc chante. Ça fait un peu mélopée car c'est un truc des rives du fleuve Sénégal. Quand il réapparaît, ruisselant, beau comme un dauphin, mais plus noir qu'un dauphin, essuyant son corps athlétique avec une serviette déchiquetée grande comme un mouchoir de boche, il me demande, enjoué :

— C'est qui, le petit bonhomme mort ?

Sans s'émouvoir, l'artiste. Comment qu'il m'a bité avec son flegme, le Britiche chocolat.

Je lui raconte l'anecdote et la manière dont j'envisage de me séparer de ce client inattendu. Il approuve.

— Tu as raison. Mais, franchement, elle n'est pas de tout repos ton enquête. Le jour où tu es allé tirer la femme de ce contrôleur, tu aurais mieux fait de t'embourber ta bonne espagnole (il est au courant pour Maria). On va bien finir par se faire aligner, à force !

— Prenons les devants, soupiré-je. La meilleure défense, c'est l'attaque !

C'est vachement clitoresque (Béru dixit), le marché aux zoziaux. Imagine des venelles bordées de cages de bois et de cahutes, au sol fangeux, grouillant d'une populace en effervescence. Sur un demi-hectare, des volières rudimentaires où se trouvent rassemblées des centaines d'espèces de vertébrés ovipares couverts de plumes, à respiration pulmonaire, à sang chaud, dont les membres postérieurs servent à la marche et les membres antérieurs au vol. On trouve de tout, que dis-je, TOUT ! Des coqs de combat, des garudas (vivants), des pigeons teints en violet, des perroquets muets, des bengalis, des oisons, des dindes blanches, des canaris, des flamants, des corbeaux, des aigles, des perncoptères, des souïmangas, des toucans, des tout-cons, des épeiches (à la traîne), des cygnes chanteurs, des chœto-cerques bourdons, des épimaques superbes, des ticho-dromes, des macareux, des grands tétras, des autruches, des pingouins, des hirondelles, des tourte-relles, des grands-ducs, et jusqu'à l'aigle du drapeau ricain avec son air si con.

Les oiseaux sont en forte majorité, mais on y découvre également des chatons, des chiots, des singes, des agneaux, des cabris, des fourmiliers, des agnosti-ques, des tubars, des chtouillés, des grimaldi, des épisodiques, des concaves, des souris blanches, des rats musqués, des rats musclés, des écureuils, des porcs, des cochons, des pourceaux, des gorets, des cochons d'Inde, des hamsters Grimblat, et des criquets destinés à nourrir une majorité des zoziaux à vendre. L'endroit pue la fiente, la sanie, la plume, le grenier à grain, la ménagerie livrée à elle-même et la populace négligée.

Nous sommes sollicités par les vendeurs qui nous proposent leur camelote vivante avec une fiévreuse insistance.

Des gaziers furtifs suggèrent de nous organiser des combats de coqs de trois minutes pour cinq dollars. Les volatiles, couverts de plaies et de plaques, attendent sous des claies d'osier. Mais nous deux, M. Blanc et messire Bibi, on refuse ces sanguinolentes distractions. On va, de marchand en marchand, demander où habite un dénommé E' Loi. Personne ne semble le connaître. Peut-être prononcé-je mal son nom ? Pourtant je repro-duis fidèlement les deux syllabes que l'homme aux serpents m'a lancées.

L'homme aux serpents !

Trait de lumière ! Dès lors, au lieu de réclamer E' Loi, je demande s'il existe dans ce monde animalier un marchand de serpents. Une petite femme rachiti-que, couchée sur des sacs, près des poulets étiques qu'elle vend, nous indique le chemin à suivre pour trouver le logis de l'un des rares marchands de reptiles de ce singulier marché.

Sans trop d'encombres, nous finissons par découvrir une cabane de planches, peinte en vert, aussi déglinguée que les autres constructions. Un vieux mec se tient assis devant la porte, en train de manger un bol de riz qu'accompagnent des denrées nauséabondes. Manque de pot, il ne parle pas l'anglais.

— Laisse-moi faire, intervient Jérémie.

Voilà mon pote qui s'accroupit devant le vieillard, et commence à lui esquisser des mimiques ponctuées d'onomatopées. Le dabe paraît entraver le discours. Lui aussi pousse des cris brefs et fait des gestes avec ses baguettes.

— Tu peux me traduire, grand ?

— Il nous propose de visiter sa collection de reptiles à l'intérieur pendant qu'il finit de bouffer. Prière de ne pas toucher car il y a des clients venimeux.

— Il connaît E' Loi ?

— Il dit que c'est son fils, mais qu'il n'est pas encore rentré.

— Donc, nous avons frappé à la bonne porte. Il va falloir trouver un véritable interprète car je doute que tu puisses communiquer avec lui quand on abordera le chapitre des subtilités.

— Quelles sont-elles ? s'enquiert Jérémie avec hauteur.

— Eh bien j'aimerais savoir pour qui travaille E'Loi et où l'on peut trouver ses employeurs. Logique, non ?

— Je vais le lui demander.

Nouvelle séance de morse, de grimaces et de sons gutturaux.

— C'est quoi, ton dialecte ? m'intéressé-je.

— Celui qu'on emploie en Afrique pour communiquer avec des individus isolés dans la brousse.

La séance se poursuit, bizarre autant qu'étrange. Le

vieillard continue de tortorer sa pitance calamiteuse.
S'interrompant pour répondre brièvement à M. Blanc.

J'attends patiemment, intéressé par cet échange du
premier degré (et de l'âge du feu).

— Il dit que son fils ne lui parle pas de ses
occupations, résume Jérémie.

Je pénètre dans la boutique et des frissons me
viennent de partout à la vue de tous ces reptiles
rassemblés derrière des grillages plus ou moins bien
ajustés. Depuis le boa jusqu'à l'orvet, tu disposes d'une
gamme variée. Mais ce qui m'intéresse, c'est de découvrir, dans l'une des cages des bestioles identiques à
celles dont E' Loi a garni nos puciers.

— Comment se fait-il que les marchands que nous
interrogions prétendaient ne pas connaître le fils du
vénérable bonhomme ? remarqué-je. Les deux hommes
doivent être réputés étant donné qu'ils sont à peu près
les seuls à faire commerce de serpents ?

— Tu oublies que nous sommes des étrangers et
qu'E' Loi faisait partie d'une société secrète. La chose
doit se savoir par ici et les gars ferment leurs gueules.
Nous avons eu raison de nous adresser à une femme,
moins méfiante, donc moins prudente.

— Tu penses que l'ancêtre est sincère lorsqu'il
prétend ignorer les activités de son garçon ?

— Mes couilles, oui ! répond M. Blanc qui, décidément, se dévergonde à mon contact.

Et puis bon, que je te fasse rire. A l'instant où nous
nous apprêtons à vider les lieux, voilà deux types qui se
pointent. Des Chinetoques. Ils portent des blousons de
toile et des jeans. L'un d'eux est chauve comme l'œuf
de Christophe Colomb, le deuxième a des lunettes et un
pétard à silencieux en guise de parapluie. Il en dirige le
canon bricolé dans notre direction, prêt à composter le
premier de nous deux qui ferait un geste téméraire.

Le vieux rentre, portant son bol vidé de nourriture. Il
ne regarde personne et passe dans la partie logement de

sa cagna. Espèce de bonze pourri ! Il nous a eus, l'ancêtre, avec ses airs absents.

— Que nous voulez-vous ? demandé-je aux joyeux arrivants.

Comme si je l'ignorais, ce qu'ils veulent ! Nous buter, tout simplement, puisque notre mort a été décidée par le Suey Sing Tong. Vont-ils le faire ici ? *That is the question.* La mienne reste sans réponse.

Le chauve va rejoindre pépère dans son gourbi et ils se mettent à parlementer.

Moi, je décide que nous devons jouer notre va-tout.

— C'est notre argent que vous voulez ? insisté-je, chiquant les naïfs. J'ai un millier de dollars sur moi et suis prêt à vous les remettre. Tenez !

Et je coule ma main dans ma poche pour cramponner la liasse de talbins qui s'y trouve. Je la sors vivement et la jette aux pieds du flingueur.

Il est dérouté par ce geste, hésite. L'espace d'un éclair, il décide que c'est bon à enfouiller, mille dollars, en dehors de son acolyte. Alors il se baisse, sans cesser de nous braquer, mais il va bien falloir qu'il jette un regard sur les piastres avant de ramasser la liasse, histoire de la situer. Ça se joue à la fraction de seconde. Jérémie est plus rapide que ma pomme. Juste que le gars opère ce fameux regard, il bondit et lui shoote un coup de tatane à la mâchoire. Le mec tire mais la balle fait voler la terre battue de la boutique. Pour ma part, je saute à pieds joints sur la main qui tient l'arme. Ça craque.

Le chauve réapparaît. Il porte la paluche à l'intérieur de son blouson. M. Blanc a déjà attrapé une cage bourrée de reptiles et la lui fracasse sur le dôme. Son crâne ovoïde passe à travers le grillage et les serpents, intéressés, s'entortillent autour de sa frite. Le gazier se met à couiner comme un rat jaune qui vient de se coincer la queue dans un mixer.

J'ai ramassé le pétard du premier tagoniste. Le gus

s'est redressé d'une détente souple, malgré sa main droite écrasée et me porte une clé chinoise au visage : deux doigts en fourche. Dans les carreaux ! Salaud ! Je suis aveugle ! Je braque le manchon d'acier du silencieux au creux de son bide au jugé, et j'en libère deux qui lui font exploser les entrailles, ça se met à puer les chiottes qu'on vidange.

Jérémie s'est précipité dans l'arrière-échoppe, il a ceinturé le marchand de serpents et me l'amène. Moi, penché en avant, je pleure tout ce qui s'ensuit, des larmes de sang, tant tellement qu'il a failli m'énucléer, Chou Far-Ci. Ça me brûle dans les orbites jusqu'au rectum (de Savoie).

— Il t'a crevé les lotos ? demande M. Blanc.

— J'en ai peur ; je n'y vois plus rien et ça me fait un mal infernal.

— Montre ?

Je laisse tomber mes mains. Il regarde.

— Attends, je m'occupe du grand dabe et je te soigne. Je vais te faire le pudu duku comme on le pratique dans mon village.

J'attends. Je ressens des élancements dans mon crâne. Il y a des zébrures incandescentes qui me fulgurent la tronche. Et de chialer à perdre haleine, bordel !

Un fracas retentit.

— Que se passe-t-il, Jérémie ? imploré-je.

— Le chauve qui déclare forfait. Les serpents viennent de lui régler son compte.

Deuxième fracas.

— Et ça, c'est quoi, grand ?

— Je viens de foutre le vieux k.-o. pour être tranquille.

Je l'entends farfouiller, à côté. Il s'affaire, remue de la vaisselle, fait couler de l'eau. Puis revient s'occuper de mes pauvres yeux.

— Lève la tête !

Je.

— Ça va te faire mal, mais c'est radical.

Il soulève l'une de mes paupières et me colle sur la rétine quelque chose de gluant. Pas joyce ! Pareil pour l'autre mirette. Je geins.

— Ne touche plus et reste cinq minutes tranquille, Sana.

— C'est quoi, ta charognerie ?

— Un onguent rapidement fait avec de l'huile, un jaune d'œuf et de l'urine.

Je sursaute.

— Mais, bonté céleste, la pisse constitue votre panacée, à vous autres, les bougnes ! Y en a dans toutes vos décoctions !

— N'empêche qu'on guérit, mon pote ! Te faut considérer la finalité des choses. Dans cinq minutes, tu te rinceras l'œil et tu auras recouvré la vue !

Ainsi fut fait.

Un peu trouble et cuisante, vacillante aussi, la réalité sinistre m'est bientôt rendue. Je vois les deux Chinois morts. Plus des reptiles que Jérémie a écrasés parce qu'ils se barraient de leur cage disloquée. Sans parler de pépère toujours groggy car M. Blanc possède une droite à côté de laquelle celle de Cassius Clay n'était bonne qu'à donner des chiquenaudes.

Beau temps pour les calliphores (1). Maintenant c'est Verdun entre le Suey Sing Tong et nous ! On leur a offert, en trois séances, une espèce de massacre de la Saint-Valentin, aux Chinetoques ! Franchement et en toute objectivité, je nous donne pas une chance sur cent trilliards de ramener nos abattis à Pantruche autrement qu'en cercueils plombés. Ils nous cernent. Ils nous possèdent !

— On fait quoi ? s'inquiète Jérémie.

Et moi :

_____
(1) Calliphores : mouches à viande.

— Le facteur chance n'est guère épais, en ce qui nous concerne, mon pauvre Noirpiot.

Il hausse les épaules. Ça, il le savait, merci. Alors de répéter sa question :

— On fait quoi ?

— On reste ici ! lui dis-je. Du moins pour l'instant.

LES SOURIS ET DES ZOBS

Derrière la case du snack-shop, l'est une courette pestilentielle où s'entasse un fourbi effrayant. D'abord, y a les chiches, et ça, comme bouquet d'Orient, tu peux pas rêver mieux ! Un trou plein de merde avec un bout de tôle devant. Puis un poulailler branlant où s'entassent des volailles étiques et déplumées. Ensuite un tas de fumier nauséabond. Et puis des ferrailleries tellement rouillées et mutilées qu'on ne peut plus reconnaître leurs origines.

Jérémie et moi, nous allons jeter sur le tas de fumier les deux carcasses qu'on recouvre ensuite de plaques de tôle. Puis on s'installe dans la masure du vieux, lequel est ligoté dans un coin noir et un peu bâillonné de surcroît.

Nous décidons de rester placardés chez monsieur pour y attendre des temps meilleurs et d'organiser un tour de garde afin de n'être point pris au tu sais quoi ? Dépourvu !

Son logis se compose d'une pièce commune, sale, miséreuse, sans eau courante, où les ustensiles de cuisine et le mobilier sont si rudimentaires qu'on aimerait y foutre le feu afin de repartir de zéro. Ladite pièce comporte un renfoncement où s'alignent trois lits en planches recouverts de nattes de raphia et de couvertures grises. La vermine doit s'en donner à cœur joie !

On trouve du riz à l'eau dans un chaudron, des œufs dans un panier et on se confectionne un frugal repas destiné à colmater nos brèches les plus criardes.

Il fait nuit lorsque nous avons achevé de claper, car il n'y a presque pas de crépuscule dans cet admirable pays et le jour le cède à l'obscurité en moins de rien.

— Je vais prendre le premier tour de veille, annoncé-je, essaie d'en écraser un peu pendant ce temps.

Jérémie ne se le fait pas confirmer par lettre recommandée avec accusé de déception. Qu'aussitôt, voilà sa grande carcasse sombre allongée sur l'un des lits-bat-flanc. L'obscurité se fait dans le recoin car il a fermé ses yeux, ce qui revient à éteindre les deux phares d'une bagnole ! Cher brave ami à la souple démarche, aux cheveux à ressort, au pif en éteignoir de cierges, aux lèvres en forme de gants de boxe joints pour une supplique. Dors, vaillant compagnon ! Dors, mon bel animal de la chère Afrique !

Le vieux maugrée derrière son bâillon enfoncé profond dans sa cavité buccale vu qu'il a laissé son râtelier au vestiaire. J'espère qu'il va bientôt roupiller, lui aussi. La présence des serpents m'incommode. Tu parles d'une compagnie ! Avec les reptiles, si t'as pas la vocation, t'as plus que la ressource de serrer les miches.

Notre situation inconfortable me lancine la nénette. Traqués, réduits, acculés, terrés, guettés ! Ils vont nous finir à la mitraillette, je sens venir. Ça m'a l'air vachement puissant et ramifié, ce Suey Sing Tong. Que pouvons-nous entreprendre pour nous tirer de ce bourbier ? Dans une île et si loin de tout ! A qui demander de l'aide ? À l'ambassadeur de France ? Il ne peut se permettre davantage qu'il n'a fait, dans sa position. Alors ?

Je cesse de cogiter car quelqu'un toque à la porte de

la boutique, laquelle est maintenue fermée par une traverse de bois tout comme les coffres de la Banque de France. Je me coule dans l'échoppe et vais risquer un œil par une fente. J'aperçois une jeune fille indonésienne menue et que le clerc de lune (dont il faut tirer la chose) (1) nimbe d'une lumière opportune. Jolie, ne dirait-on pas ?

Je mate soigneusement, pour si des fois elle représentait l'appât d'un piège à con, mais tout paraît calmos alentour. Bon, je délourde.

Elle entre en murmurant (en gazouillant devrais-je écrire si je n'étais pas aussi rustre) une phrase assez joyeuse de ton. Mais elle m'aperçoit et se chèvre (2).

— *Klug wang moa l'po !* fait-elle, effarouchée.

— Vous oseriez me répéter ça en anglais, en français, en italien, en espagnol, en serbo-croate, en luxembourgeois, en belge ou un monégasque ? lui souris-je.

Elle rassemble quelques brindilles d'anglais que, néanmoins, je vais te traduire dans le français le plus pur, pas qu'tu te fasses chier la bite dans les supposes paralysantes.

— Qui êtes-vous et que faites-vous chez mon père ?

Ça, elle questionne.

— Je suis un compagnon de votre frère E'loi, impudé-je.

Ça la rassure. Je rajuste la pièce de bois et nous pénétrons dans le logis où vacille la courte flamme d'un quinquet.

Illico, elle entrave son dabe ligoté et regimbe.

— *Kestang korfé Dukong ?* elle s'oublie à protester.

_____

(1) On parle sans cesse de tirer la chose au clerc.
(2) San-A. a probablement voulu dire qu'elle se cabre. Ce con écrit tellement vite !

La Directrice littéreuse.

— Pas de panique à bord, môme ! C'est une affaire d'hommes. Restez tranquille et tout se passera bien.

Tu sais qu'un quinquet n'a jamais suffi à éclairer chez Cartier un soir de Noël, n'empêche (comme dirait Melba) que, quand y a plein de nuit autour, il fait son boulot. Moi, cette petite flamme dansante, symbole (mettons six bols pour faire un compte rond) de vie, me permet de mesurer l'extraordinaire beauté de la jouvencelle. Quelle grâce ! Que de charmes ! Ce corps aérien, avec ses longues cuisses minces, ces seins menus mais fermes, ce regard en contravention (1), cette petite figure d'ange jaune aux merveilleuses pommettes ! Je m'en ressens d'emblée pour ce ravissant moustique. Elle porte une robe noire, fourreau, qui colle à son corps jusqu'aux fesses, qu'à partir de là elle est fendue sur les côtés et c'est bandant, ma pauvre dusèche, mais bandant à t'en faire éclater la fermeture Eclair du bénoche. Bandant au point que la poche de ton slip kangourou ressemble à une jardinière dans laquelle on aurait planté un baobab.

— Où est mon frère ? elle demande.

— Le Suey Sing Tong s'occupe de lui : il n'a pas été correct.

Là, changement à vue ! Elle vieillit de huit jours, la poulette ! Ses traits se creusent, ses paupières s'amandisent, ses lèvres juteuses s'écartent sur un cri muet qui doit être de toute beauté.

— On lui fait du mal ? blablutie-t-elle.

— Peut-être pas, évasié-je.

— Et à nous, on va nous en faire ? s'inquiète la douce enfant en désignant son géniteur.

— Il n'y a pas de raison.

— Et alors, quoi vous faire ici ? elle poursuit.

_____

(1) Là, San-A. a voulu dire en amende ; mais faut pas qui croive que je vais lui corriger les fotes !

La Directeuse littérale.

Et là je te l'écris dans son style histoire que tu te rendes marquis (1) du parler de mademoiselle.

— Nous attendons des instructions.

Je pose ma main incoercible sur son épaule morganatique. Geste chaste, provisoirement. Besoin d'un bref contact. Cette gosse, j'aimerais la plaquer contre moi, soulever son capot et lui glisser langoureusement mon oncle Benjamin entre les cuissettes, juste pour dire, en camarades, manière que ça fasse plus intime, les deux. Quitte, ensuite, à renvisager les choses pour une meilleure utilisation de nos attributs personnels.

Je plonge mes yeux dans les siens, en attendant mieux. Tu sais que je la chavire, cette gamine ? Sans forfanterie ! Elle est subjuguée (comme un pinson). Mon regard si intense, ma main si chaude sur sa peau ! Elle en perd le fil de ses questions, cependant compréhensibles.

Je vais secouer Jérémie, lequel ronfle à tire-moi-larigot.

— C'est à toi, grand, voilà quatre heures que tu en concasses ! le bluffé-je.

Il se dresse comme le puma réveillé en sursaut par une bonne odeur de choucroute.

— O.K. ! O.K. ! fait-il en bâillant et se fourbissant les antibrouillards. J'ai l'impression que je viens juste de m'endormir. Qui est cette fille ?

— Celle de la maison.

— Je ne l'ai pas entendue arriver.

— Rien de détonnant, de la manière que tu roupillais. Gaffe-toi du vieux, pas qu'il nous joue un air de sa façon.

J'enlace la taille de la petite fleur de loto et l'entraîne sur une couche vacante. Est-ce ma séduction naturelle

---

(1) Sûrement pour « que tu te rendes comte ».

Lady Rectrice.

ou la peur, toujours Estelle que la miss subit ma volonté sans réagir.

Tu sais que j'ai l'air pas trop mal parti pour Carambol City ? Y a de la volupté pas loin, mec ! Je la renifle depuis la meurtrière de mon futal. Mais tu vas voir comme la vie est salopiote. Qu'une joie t'amène une chiasse, immanquable ! Au lieu de me réjouir de cette félicité probable, voilà qu'elle me pose problo. Je me demande comme quoi je vais lui grumer la craquette ou non, la gosseline. Tu n'ignores pas combien j'adore cette pratique avantageuse. Seulement je m'inquiète de savoir si elle étincelle du frigouni, mam'zelle. Elle le sait, qu'une jeune fille convenable doit toujours avoir le vecteur performant ? Les produits de consommation courante, s'ils sont pas frais du jour, ils te coupent l'appétit ! Ça me tourmente la grosse veine bleue. L'Indonésie, c'est pas la terre promise des frères Jacob et Delafon qui placent l'amour propre entre la baignoire et le lavabo.

Pourtant, à première narine, elle sent le *clean*, la frangine. Ses fringues ne fouettent pas la harde. Je me mets à lui bisouiller le cou. Et tu sais que ça paraît lui plaire vachement ? J'ignore si elle s'est déjà laissé enchevêtrer, Ninette, vu qu'il est coton de situer l'âge de ces gerces graciles. Elles peuvent t'annoncer douze piges comme quarante !

Je lui dégoupille sa robe. Le décarpillage n'est pas fastoche biscotte la manière dont elle est ajustée. C'est un peu le jeu des sept erreurs ; mais pour que l'Antonio s'avoue vaincu dans la circonstance, faudrait un typhon de force 9 sur l'échelle de Beaufort. Elle est si coopérative que ça en devient fastoche.

Oh ! les adorables petits roberts ! Des calottes d'enfants de chœur ! Les cabochons en sont superbes et délectables (de nuit). Tu verrais ce travail de menteuse ! Six cents tours minute ! Elle en roucoule d'aise, l'exquise ! Moi, une nière à qui je bricole les embouts,

je la laisse jamais en rade de la seconde loloche et lui
frétille l'autre à la mano, pas qu'elle roule sur une seule
jante.

Lui ayant porté le comble aux émois mammaires
(dites-moi, ma mère), je décide de jouer mon va-tout
sur son triangle de panne. Heureuse surprise, c'est aussi
exquis qu'un esquimau Gervais praliné-pistache. On va
pouvoir donner à cette aimable partenaire la pleine
mesure d'un talent qui n'est plus à célébrer. Je la
commence en finesse par le caméléon taquin, n'ensuite
je poursuis avec l'hymne à la veuve clito pour, aussitôt
après, lui administrer les lapages roses de la rousse. Un
bonheur ! Grandiose comme le *Chant des Partisans !*

Mais voici qu'il m'arrive un point féroce dans le
dossard. Brutal ! J'en ai le souffle interrompu. Et c'est
pas dans cette reproduction (à l'échelle d'un million-
nième) de la forêt amazonienne que je vais récupérer
ma respiration. A demi asphyxié, je me désenfouis la
frite de sa chaglounette. Et je pige. Maman ! Au
secours ! Il ne s'agit pas d'un point mais d'un coup de
lingue. La garce a chopé un couteau (sous notre
paillasse, je présume) et vient de m'en plonger la lame
dans le dos. Elle s'apprête à récidiver. Mais je bondis
en avant et mon os qui pue (comme dit Béru) percute la
pointe de son adorable menton, la mettant *out.*

— Jérémie ! gérémié-je.

Ma voix fêlée l'alerte. Il arrive.

— Putain ! résumelasituation-t-il. Putain d'elle !

Il cramponne le quinquet, l'approche du lit et ouvre
en grand les siens.

— Charogne ! Alors là, le Seigneur a fait quelque
chose pour toi ! assure mon sublime équipier.

Il regarde encore, palpant le pourtour de la blessure.

— C'est l'omoplate qui a dérouillé, déclare-t-il. Elle
t'a ouvert la viande sur dix centimètres au moins : on
voit l'os !

— Je pressens que tu as encore me pisser dessus, soupiré-je.

Il élude :

— Je vais te préparer un toubo glavio. J'espère qu'il y a du citron, de la pomme de terre et du piment dans ce gourbi de merde ; pour la fiente de coq, je n'aurai qu'à me rendre dans le poulailler, dehors.

Pendant qu'il s'affaire (à repasser), je récupère le poignard de la gueuse, rougi de mon sang français si noble et courageux. Ma perfide séductrice est toujours dans le sirop. Son coup de saccagne me fait horriblement mal. Première fois qu'une frangine m'aligne avec un surin pendant que je lui récite les paroles de la tyrolienne à étage.

Pétasse, va ! Elle aurait pu prendre son fade avant de massacrer son groumeur de bigorneau ! Je suis là à lui préparer le grand festin sensoriel, selon les préceptes de Brillat-Savarin, et la conne cherche à me planter ! Elle avait une occase unique de prendre son peton à la menteuse, l'idiote ! Car je te parie le petit chose des frères Troigros contre le gros du Petit-Chose qu'ils ne font pas minette, les Indonésiens. Musulmans comme ils sont, ça m'étonnerait ! Croquer une chatte, ça doit les effarer d'y penser !

Le marchand de serpents, il possède un rouleau de fil de fer pour reglinguer ses cages branlantes ; il me sert à saucissonner ma meurtrière par défaut, et aussi son daron, du temps que j'y suis. Ces Asiates, il s'agit de s'en gaffer comme de la grêle, mon vieux.

Epuisé par mon effort, je me ventre sur le lit voisin et ferme les yeux. J'ai le crâne en sueur et la douleur que j'éprouve est si intense qu'elle me flanque mal au cœur. Dure veillée, mon pote.

M. Blanc s'active à touiller des mélanges libidineux.

— Allez, un peu de courage ! fait-il en s'agenouillant.

Et de déchirer ma chemise trouée pour accroître sa

liberté de manœuvre. Ensuite, il m'oint le dos de sa recette africaine et là, je chante, crois-moi ! Si j'en crève pas, de ses mixtures dégueulasses, c'est que j'ai la vie dure ! Le tétanos, connaît pas, ce moricaud !

— Evidemment, il faudrait pouvoir recoudre la plaie, déplore-t-il, ça te laissera sûrement un bourrelet.

— Tant que ça n'affectera pas mon physique de théâtre, je me ferai une raison !

Il essuie ses doigts embistouillés à la robe de la fille.

— T'es un fieffé fumier, me dit-il. Contrairement à ce que tu as prétendu, tu m'as réveillé au bout de vingt minutes !

— Pardon, le démon de la viande me tenaillait mais dors, pour moi c'est une chose qui n'est pas près de m'arriver avec le mal que j'endure.

Il ne se le fait pas tonitruer deux fois et s'allonge auprès de la môme.

Je pense à ma Félicie, à notre maison de Saint-Cloud, si douillette, à Toinet-la-délure, qui met de la vie bordélique plein notre tanière. Et puis je songe également à Apollon-Jules, l'enfant des Bérurier qui séjourne davantage chez nous que chez ses indignes parents. Me sens en manque de mon univers familier. Si un jour je regagne notre logis, en priorité je calcerai Maria, la bonne dont l'existence s'est arrêtée à l'heure San-Antonio et qui ne vit plus que pour les furtives promesses et les rarissimes caresses que je lui consens. Elle l'aura, son coup de verge somptueux, l'Ibérique. La grande ramonée de saison dans les galoches ! Sitôt que ma vieille ira au marka ! Je me le promets solennellement. Faut pas torturer les ancillaires, c'est mesquin. Puisqu'elle raffole de mes coups de bite, je lui en fournirai, Miss Poilauxpattes. Des fignolés, impétueux ! Des en levrette, histoire de bien lui bassiner le fourreau. Je veux qu'elle clame sa joie de vivre en espago, Maria !

Des cris de volaille me font dérailler. Ce ne sont pas exactement des cris, plutôt des sortes d'exclamations comme les poulets en ont quand ils redoutent un danger. Je souffle la flamme du quinquet, j'assure la pétoire à silencieux du Chinois de naguère dans ma poche et je m'accroupis devant la porte vitrée donnant sur la courette, porte à laquelle il manque un carreau.

C'est pas pour du beurre que les poulardins font ce ramage. Quelque chose les effraie. Un carnassier du genre renard ? Ça m'étonnerait. L'œil réduit aux aguets, je sonde l'endroit innommable, avec son tas de fumier, son accumulation de détritus, son sol boueux.

J'attends, certain qu'il va se passer quelque chose. Va-t-on escalader la haute palissade séparant l'endroit de la cour voisine ? J'ai beau regarder, je ne vois rien de suspect. Le clair de lune crache épais. Une lumière d'un blanc sinistre donne aux objets des ombres vénéneuses. Ce maigre et pauvre horizon comporte je ne sais quoi de menaçant.

Dans le poulailler, la volaillerie continue de paniquer. Je penche pour un rat en chasse. Doit y avoir de sérieux gaspards dans ce marché aux oiseaux, avec tous ces grains entreposés, toute cette sanie, cette paille pourrie, cette purulence.

Et voilà que je réprime un haut-le-corps, à cause de ma blessure. La lourde du poulailler vient de s'ouvrir, de l'intérieur ! Un mec courbé en avant sort, bientôt suivi de deux autres. Je pige pourquoi ça ramdamait chez les volatiles : les survenants sont entrés dans le poulailler depuis l'extérieur, en arrachant les planches. A l'abri de cette rudimentaire volière, ils l'ont eue belle de surveiller les lieux. Comme j'ai éteint la lumière, ils ont décidé d'intervenir, car c'est pour nous qu'ils sont laguches, les drôlets ! N'en doute pas ! Ne voyant pas réapparaître leurs deux tueurs hier soir, ils ont compris qu'on les avait neutralisés et ils ont dépêché la souris pour nous seringuer à la langoureuse. Maintenant, ils viennent pour contrôler ou terminer le boulot.

— Jérémie ! appelé-je.

Mais l'autre pomme, exténué, ronfle comme un métinge d'aviation. Si je remue ou gueule, je donnerai l'alerte à ces trois vilains, lesquels sont à moins de cinq mètres de moi. Celui qui avance en tête tient une mitraillette braquée contre la cabane. A la première alerte, il va balancer la purée, et ce ne sont pas les frêles murs de planches qui nous protégeront.

Suis-je en état de légitime défense, Antoine ? Tu penses que oui ? Vu les manifestations précédentes du Suey Sing Tong, c'est patent !

Epatant !

Si j'en avais le temps, je téléphonerais néanmoins à mon avocat, mais y a pas le téléphone.

Je serre les dents afin de surmonter ma douleur. Combien reste-t-il de pralines dans le magasin du pistolet ? Au moins trois, non ? Les deux de naguère ne se sont pas pointés avec quelques dragées dans le tiroir de leur arquebuse, ils ont dû faire le plein avant de partir en croisière.

Je vise l'homme à la mitraillette. Du gâteau. Seulement, sitôt que je l'aurai plombé, je devrai neutraliser les deux autres avant qu'ils réagissent.

Tchlouf !

Le bruit est imperceptible. Le mitrailleur fait encore un pas avec sa balle en plein front, puis s'écroule. Je crois que ses potes n'ont pas encore eu le temps de réaliser. Je fulgure une deuxième bastos dans la figure de celui de droite. Il a un cri suraigu. Reste-t-il encore une prune dans la corbeille à fruits ? Je presse la détente ! Mes couilles ! Ça, tu ne vas pas prétendre le contraire, mais je l'avais reniflé ! L'instinct ! Y a que ça, je tue les autres à te le répéter.

Le troisième mec a compris enfin et, au lieu de donner l'assaut, il fonce au poulailler pour se tailler et, accessoirement aller quérir des renforts. Mais il s'arrête en cours de route et tombe à genoux dans la gadoue.

Une défaillance ? Un trébuchage ?

Non : Jérémie !

Le Négus se tient à mon côté, incliné en avant, le bras encore tendu tel celui du lanceur de javelot. Ce n'est pas une lance qu'il vient de propulser, mais le poignard de la petite gueusette au minouchet délectable.

Et c'est un crack en la matière, M. Blanc ; je lui ignorais ce don. La lame s'est enfoncée dans la nuque du fuyard, au creux, tu sais ? Là que les dames te font des bisous. Son mouvement ascendant me donne à croire qu'elle a perforé le cerveau.

Nous voici donc, une fois de plus, maîtres de la situation. Allons continuer de gagner à tout coup ?

— Ils sont tenaces, ces branques, grommelle mon *dark friend*.

— Nous aussi ! réponds-je, les dents serrées.

Faut que je te dise, Elise : j'ai envie de revoir la mère avant de mourir. La mienne, ma Félicie d'amour.

Un coup de saveur à gauche : rien. Un autre à droite. Là, ça jute, car j'aperçois une tire à l'arrêt devant un poteau supportant un écheval (pluriel : des écheveaux) de câbles électriques, plus un accumoncellement de compteurs rudimentaires, improtégés des tempéries. Quelques poules nuiteuses mais perdues sont sorties par la brèche ménagée par les trois lascars et dodelinent dans la venelle, intimidées par le clair de lune, incapables d'aller plus loin.

La tire que je viens de renoucher, une guinde japonouille, bien entendu, semble vide. Je m'en approche, suivi de Jérémie. A première vulve, ma silhouette ne doit pas être reconnaissable car j'ai modifié mon look pour la circonstance. Je porte un blouson de nylon n'ayant rien de commun avec ceux que fabrique mon ami Zilli, à Lyon. (Les plus beaux du monde (1) en peau de vison, de cerf, de d'astrakan, de zibeline, de chenille processionnaire, de zébu, de zébi, en pot de beaujolais, en peau de grenouille, de testicule de moine tibétain, de hareng, d'autruche, de vache, de contractuel, de pêche et de limace rouge. Une féerie ! Zilli travaille pour la peau comme d'autres pour le salut de leur âme. Il vêt les stars, les princes, les pédés, les pédégés et même les humbles santantonios perdus dans les froidures.) Que donc, c'est pas chez mon ami Alain que j'ai pêché celui que j'arbore présentement, mais dans la cambuse aux serpents. N'ensuite, je me suis allongé les yeux au bouchon brûlé, jauni le teint au pistil de lys (il en poussait une touffe dans la fétide courette) et coiffé d'un authentique chapeau chinois, en paille, conique, si bien qu'en marchant vite et la tête inclinée, onc ne saurait découvrir mes origines aussi occidentales que les anciennes Pyrénées (lesquelles furent également orientables).

La voiture est vide. Je touche le capot : tiède. Donc c'est bien celle des étroits lanciers du Bengale.

La clé de contact est au tableau. J'adresse un geste à Jérémie.

En route !

Et sais-tu ce que fait ce grand dépendeur de noix de coco ? Il boucle sa ceinture !

Pas bileux le moindre, Jéjé. Paré pour de nouveaux épisodes fluorescents.

Ma pomme, je perplexite vachetement, derrière le volant de la Kamasutra 2 litres 8. Où aller ? Devons-nous profiter du véhicule pour retourner à Djakarta et ·sauter dans un avion ? Ce serait la sagesse même. Probablement notre ultime chance de salut. Ne me sentant pas le droit de décider du destin de M. Blanc, je

---

(1) Publicité gratuite. San-Antonio ne se vend que dans les librairies et les grandes surfaces !

lui expose mon dilemme, comme quoi il nous reste probablement une dernièrissime possibilité de nous tirer de ce bourbier, et elle ne se représentera probablement jamais.

Il bâille, puis murmure d'un ton ensommeillé :

— Avec cette bagnole, il nous faudrait combien de temps pour regagner Djakarta ?

— Une dizaine d'heures, en roulant à fond la caisse.

— Et tu te figures que pendant dix plombes, l'Organisation va se faire cuire une soupe en attendant que leurs trois boy-scouts lui envoient des cartes postales ? Ces gens nous baiseraient bien avant qu'on n'arrive et, de toute manière, ils nous attendraient à l'aéroport.

— Alors on reste ?

— Planque la bagnole dans un coin désert, qu'on puisse y finir la nuit en roupillant un peu ; je suis en manque, moi !

Et me voilà à rouler maraude, style vieux G7 d'autrefois piloté par un archiduc ruskoff.

Les venelles merdiques et obscures, c'est pas ce qui manque dans ce pays, à croire qu'ils en font l'élevage. Je finis par enquiller la guinde dans une bouche noire où je circule sans phares, juste à la clarté lunaire qui parcimonise entre des masures (comme dirait Bruno, l'homme au *Gold Seven*).

Au bout de ce boyau, t'as une espèce de hangar de bambou désaffecté. Je stoppe la chignole tout au fond, coupe les gaz. Mais ça continue de ronfler. Autoallumage ? Non : c'est plus le moteur, mais M. Blanc.

J'entreprends alors l'exploration du véhicule. Dans la boîte à gants, je trouve un carnet d'entretien passablement graisseux établi au nom d'une certaine Zoboku Company, import-export à Belharang. N'après quoi, je vais ouvrir le coffiot. Un bric-à-brac m'attend. Des bottes, des outils, une caissette de bois contenant des grenades offensives et un revolver de cow-bois au barillet mahousse comme la roue avant d'un rouleau compresseur. Je le passe sous mon blouson après m'être assuré qu'il y a du monde dans le magasin, me saisis itou d'un tournevis de forte dimension car il est bon d'avoir à disposition des objets de première nécessité lorsqu'on part à la guerre. Je m'apprête à rejoindre mon copinet lorsque je vois se pointer le faisceau dansant d'une lampe de poche. Derrière lui se déplace une silhouette que je parierais féminine si les paris étaient ouverts. Ma main se pose sur la crosse du flingue.

Une voix de gonzesse me lance une phrase de laquelle je ne comprends que le point d'interrogation qui la termine. Alors je vais à la rencontre de l'arrivante.

— Vous spikez anglais ? lui demandé-je.

— Ce serait malheureux, je suis native de Liverpool, me répond (et chaussée)-t-elle.

Ça y est, on opère notre jonction, ce qui me permet de constater une femme d'une légère quarantaine, en robe de chambre de soie verte. Blonde, des taches de son, un regard clair, l'air fatigué de la personne qui ne devrait pas s'accorder un whisky de plus quand elle en a déjà éclusé cinq. Un peu soufflée du cou, si tu vois le topo ? Et la dernière fois qu'elle a été chez le coiffeur c'était pour le mariage de ce grand mec débile qui régnera peut-être un jour sous la référence de Charles III.

Elle me barbouille la frime de la pointe de son pinceau (lumineux).

— Mais vous êtes occidental ! fait-elle.

— Dans les grandes lignes, oui.

— Pourquoi ce déguisement ?

— Je reviens d'une soirée travestie.

— Et vous rentrez dans le temple du quartier ?

— Ah ! c'est un temple, ce machin ?

— Vous devriez déménager car s'il se trouve un

autre insomniaque dans le coin, il risque de vous occasionner des ennuis. Un temple, ici, c'est sacré.

— Vous habitez ce coin pourri ? questionné-je incharitablement.

— Oui, mais il est moins pourri que vous semblez le croire.

— Je peux me permettre de vous demander comment une ravissante (je charge) Anglaise peut demeurer dans cet endroit moins merdique que je le crois ?

— J'ai épousé l'unique médecin de la région, un homme formidable.

— Compliment.

— Il est mort l'an dernier.

— Condoléances.

— Comme je me suite faite à la vie d'ici, j'y suis restée.

— Chapeau !

— Et vous ?

— Moi, quoi ?

— Qu'est-ce que vous faites à Kelbo Salo ?

— Tourisme.

Je l'entends rigoler dans la pénombre. Elle éteint sa lampe dont la pile commence à prendre de la gîte.

— Et vous trouvez ici des gens qui organisent des dîners constumés ? J'aimerais bien les connaître. Les soirées sont un peu moroses dans ce bled.

Un temps.

— Vous êtes à l'hôtel ? elle me fait.

— Non, ments-je.

— Vous êtes où, alors ?

— Dans le temple de ce quartier moins épouvantable que je ne le suppose.

— Pas d'endroit où dormir ?

— Cette voiture. Regardez, j'ai un copain qui est en train d'y faire sa nuit.

Elle mate.

— Il me semblait bien avoir aperçu quelqu'un à l'intérieur. Il est noir ?

— Entièrement ; mais propre : pas de caviar entre les doigts de pied, comme dit mon ami Aznavour.

— Vous connaissez Charles Aznavour ?

— Vous étiez à la maternelle que je l'accompagnais déjà.

— Au piano ?

— Non, au bistrot. Mais nous ne sommes pas alcoolos, lui et moi, vous savez.

— J'ai tous ses disques !

— Je me doutais bien qu'il faut une potion magique pour pouvoir vivre complètement dans ce pays !

Elle rallume sa loupiote pour mater dans la Kamasutra 2 litres 8.

— Il est drôlement baraqué, votre copain.

— Quand on est noir, c'est la moindre des choses.

— Et si vous finissiez la nuit chez moi ?

— Vous feriez ça ?

— Venez !

J'*open the door* et secoue M. Blanc.

— Dégorge-toi de ce tas de boue, mec. On va dans le monde.

Il actionne son commutateur interne et nous prend conscience. Au bout d'un rien il murmure :

— C'est qui, cette femme ?

— Une Anglaise. Mais comme t'as fait ni Waterloo, ni les Malouines, t'as aucune raison de le lui reprocher.

Il sort, salue la personne avec un rire qui ressemble à la façade du Parthénon qu'on aurait peinte en blanc.

— La voiture, avertit l'Anglaise au peignoir, vous ne pouvez la laisser dans ce temple.

— Si, fais-je. Je crois que je peux pour l'excellente raison qu'elle n'est pas à moi.

Son toubib créchait dans une maison de parpaings assez simplette, cubique, avec un bout de véranda en verre cathédrale jaune. La partie professionnelle se situait à droite de l'entrée et la partie habitation à gauche. La veuvasse se sert de l'ancienne salle d'auscultation comme salon-bibliothèque, après y avoir installé des étagères de bambou chargées de bouquins anglais. Il reste encore, incorporé au mobilier, l'ancien fauteuil d'examen, avec « accoudoirs pour les jambes », comme dit Béru, lequel permettait au défunt d'avoir une vue plongeante sur ses patientes. Qu'on l'eût gratifié de quelques coussins et de la position verticale corrige peu sa destination initiale et il ressemble à un trône bizarre pour reine de sabat érotique.

Notre hôtesse, Mrs. Kalsong-Long (la plaque du toubib figure encore sur la porte), nous fait s'asseoir, comme on dit puis dans les vieilles familles de la noblesse française.

— Whisky ? demande-t-elle.

— Pas d'alcool pour moi, l'en prie Jérémie.

— Et pour vous si, je parie ? qu'elle me demande en saisissant mon paquet de couilles d'une main sûre.

— Moi, j'accepte tout ce qu'on m'offre, l'en avisé-je.

Je me dis que, grâce à cette Britannique en manque, je vais pouvoir conjurer le malaise glandulaire consécutif aux fantaisies de la fille du marchand de *snakes*. Tiens, à propos : le deuxième remède de Jérémie a également fait merveille car le dos ne me chicane plus.

Elle lâche mes trois livres de bas morceaux pour servir deux scotches carabinés. Puis elle dit à Fleur de tunnel d'aller voir dans le frigo de la cuisine si un jus de fruit quelconque le tente.

— Fais le grand tour pour revenir, demandé-je à mon négro spirituel, j'ai des projets.

— J'ai cru le comprendre, assure l'exquis garçon.

La mère Kalsong-Long dénoue la ceinture de sa robe des champs et laisse glisser le vêtement à ses pieds. Elle est tellement nue dessous qu'en comparaison une pièce de cinq francs ressemblerait à un chat angora.

— Vous êtes capable de baiser debout ? me demande-t-elle en adoptant la posture émouvante du « Y » renversé. Car, ajoute-elle je ne fais jamais l'amour autrement.

Je lui assure que c'est toujours dans cette position que je prodigue mes faveurs à Elizabeth II et à Mrs. Thatcher, écluse mon glass et m'approche de la demanderesse, plein de bonnes intentions, certes, mais avec des timidités malencontreuses consécutives à sa précipitation catégorique. Elle pallie ma nonchalance par quelques manœuvres onanistes, toujours en vogue dans la *gentry*. Ponctue celles-ci de rudes imprécations fouetteuses de sang, dont la plus courtoise est : « Tu vas me la mettre, ta grosse bite de salaud ! », crié sur un ton comminatoire auquel l'archevêque de Canterbury soi-même ne résisterait pas. Etant homme de bonne (et belle) composition (française), je ne tarde pas à devenir opérationnel et les produits de la ferme que je lui propose me valent une exclamation qui peut passer pour admirative.

Madame a raison de coïter à la verticale, son centre d'hébergement spacieux et confortable se prêtant admirablement à une telle prouesse. M'ayant acquis, elle quitte le sol d'une détente pour nouer ses jambes autour de mon bassin, avec grâce et souplesse.

— Marche ! Marche ! m'exhorte-t-elle.

Et me voilà en train de défiler dans le salon, avec la ridicule impression d'apprendre à jouer de l'hélicon basse. Me faudrait une marche militaire, genre *Le Pont de la rivière Kwaï*. Mémère, toujours est-elle ça lui procure des monstres sensations, la manière qu'elle déclame en anglais ! T'entendrais ce ramdam, l'aminche. Pas du pour rire ! La sérénade indonésienne version anglaise, payant ! Elle me lacère (tiens, faudra que j'aille bouffer chez Lasserre) ! Me déchiquéquette la chemise avec ses dents, parfois m'administre des coups de boule dans le thorax, la frappadingue ! L'amour, ça lui déclenche une sacrée crise.

— Tue-moi ! qu'elle bieurle.

Allons bon, voilà du nouveau ! Moi, une femme m'adresse une supplique de ce genre, je lui réponds même pas.

Comme la situation se prolonge, elle crie :

— *I want the negro ! I want the negro !*

Voilà qui est déjà plus raisonnable.

— Jérémie ! hélé-je.

Il finit par se pointer. Flegmatique, il déclare en nous regardant défiler :

— Vous êtes chiés, tous les deux !

La veuve tend une main vers lui en écartant et refermant ses doigts sporadiquement et vice versailles.

— *Come, boy ! Come !*

— Madame souhaite poursuivre la route avec toi, traduis-je ; elle pratique le coït-relais.

Mais elle pige assez le français pour protester :

— Non ! Les deux ! Je veux les deux !

Je réfléchis à la proposition. Il est de fait que, dans la position où se trouve Mistress Kalsong-Long, il lui serait possible d'accueillir le manche à gigot de M. Blanc sans pour autant renoncer au mien. Mais Jérémie ne l'entend pas de cette oreille.

— C'est une truie en chaleur, cette bonne femme. Elle doit passer ses nuits à biberonner, tout en surveillant l'extérieur et elle se précipite sur tout ce qui bronche.

— Je réclame un temps mort ! fais-je à l'aimable Anglaise en la propulsant dans un fauteuil ; c'est prévu dans les conventions syndicales.

J'en peux plus, moi. Mort de fatigue, blessé, vidé !

La salope se met alors à nous invectiver bassement, nous traitant d'impuissants, de lopettes, de castrats, de sodomisés, de voyous, hiboux (garudas), cailloux,

genoux (mais pas de choux, terme jugé trop affectueux).

Elle nous montre la porte en hurlant qu'on doit se
barrer dare-dare, sinon elle va appeler la police et nous
faire condamner pour viol ; n'étant pas à un contresens
près. Elle nous déclare « couilles-molles », « déban-
deurs », « dépravés ».

De guère lasse, elle s'interprète « Je m'adore » à la
mandoline frisée. Prend un confortable panard qui
l'épuise et s'endort dans son fauteuil. J'éteins la
lumière, m'installe sur l'ex-table d'auscultation (mais
en chien de fusil), et finis par l'imiter. En ce qui
concerne Jérémie, il est retourné aux questsches depuis
un moment déjà.

(RÈGLEMENTS DE) COMPTES
DES MILLE ET UNE NUITS

Elle réveille mieux qu'elle n'endort, Gwendoline (c'est son prénom). J'adore me faire zorber le grec à mon petit lever ! Et tu vois comme elle est hôtesse émérite : du temps que j'en concasse encore malgré les chants des coqs, elle m'extrapole le Nestor et me le - turlute, comme dans la flûte à six schtroumpfs. A jeun, elle est revigorée, plus du tout virago. M'est avis que son veuvage l'incite à la chopine, Mistress. Et qu'à force de gonfler les doses, elle s'embarque pour les cirrhoses mondaines. Pour l'heure, la chair le dispute encore au biberon, mais, inexorablement, le jour viendra où le second prendra le pas sur les frivolités, et la pauvre Anglaise se shootera au Black and White jour et nuit !

Là, elle me gouzille le nerveux de manière plutôt gloutonne, ce qui est rare pour la ressortissante d'un pays qui ne saurait manger du turbot sans couvert à poisson. Je me laisse haler et, en peu de temps, ma gentille maîtresse de maison cesse d'être à jeun.

Elle nous prépare alors des œufs au bacon et du café noir. Tandis que nous clapons, elle demande :

— Vous avez des ennuis, je suppose ?

Et moi, franc-jeu :

— Avez-vous entendu parler du Suey Sing Tong, Gwendoline ?

Là, elle interrompt sa mastication, mais comme elle n'est pas vitrier, ça ne tire pas à conséquence.

— Mon Dieu, ne me dites pas que c'est avec cette organisation que vous avez des problèmes ! s'écrie-t-elle.

— Hélas !

Elle se signe en haut et à droite.

— Le Seigneur ait pitié de vous, balbutie-t-elle. Je ne vais pas pouvoir vous garder davantage.

— Il n'est pas question que nous nous incrustions, ma belle amie. Je vais seulement vous demander un ultime service.

Egarée, elle me regarde, sans me voir dans toute ma splendeur, ce qui est dommage.

— Un service ?

— Rassurez-vous, il est sans danger. Je voudrais que vous alliez nous quérir un vélo-pousse-pousse, car c'est un mode de locomotion discret qui, ici, passe inaperçu.

— Oui, oui, tout de suite, s'empresse la brave veuve.

Elle enfile une jupe de toile blanche, un chemisier, et la voilà partie.

— Tu ne crains pas qu'elle nous trahisse ? demande Jérémie en vidant la bouteille de ketchup sur ses œufs trop frits.

— Et l'honneur britannique, qu'en fais-tu ? objecté-je.

Fectivement, Gwendoline se ramène à bord d'un véhicule flamboyant, dans les teintes orangées, vertes et bleues, sur la calandre et le toit duquel on a peint des danseuses sur fond de jungle. L'engin est pédalé par un jeune gars rigolard qui se trimbale les mollets de Bernard Hinault.

Nous prenons discrètement congé de la friponne, après moult remerciements ponctués d'effusions assez poussées, (jusque dans sa culotte).

— Le palais du sultan ! enjoins-je.

— Tout le monde y va ! annonce le gusman en se dressant sur ses pédales tandis qu'on se blottit sous le dais du véhicule.

Ces mecs, ils fonctionnent à l'énergie. L'avenir sera à eux, sois tranquille ! Acharnés à ce point, y a que les fourmis ! Ce qu'il faut comme huile de muscle pour transporter cent cinquante kilogrammes de viande avec un pousse-pousse à pédales, je te dis que ça !

Mais le petit mec, accrocheur comme un morpion (je pense à toi, Arsène), se moque de la charge et des dénivellations. Il enroule lentement, lance peu à peu son bolide et finit par atteindre une bonne vitesse de croisière. La journée du couronnement s'annonce belle. Soleil à Giono, la nature étincelle, les oiseaux chantent ; c'est la liesse populaire qui commence. Déjà, malgré l'heure matinale, la circulation est dense. Un flux de voitures (à moteur plein de chevaux et à chevaux pleins de gaz), de *bécaks*, de piétons, fonce en direction de la sultanerie.

Lorsque nous y parvenons, l'esplanade qui s'étend devant le palais est noire de monde (ce qui est manière de parler car tous les assistants sont habillés de couleurs vives). Devant l'immense portail doré à la feuille, on a étalé un kilomètre carré de tapis. Sur ces tapis est dressé un trône en argent massif (l'argent est l'une des richesses du pays), lequel trône est flanqué de fauteuils opulents, mais néanmoins plus modestes.

Et puis, après un espace libre, des rangées de sièges recouverts de velours pourpre ont été aménagées, attendant les fesses des invités de marque : envoyés du gouvernement, corps diplomatique, dignitaires en tout genre.

Déjà, des soldats de la garde privée du sultan commencent à assurer le service d'ordre. De lourds cordons rouges (Mumm) maintenus par des pieds de cuivre, ceinturent la partie de l'esplanade réservée aux

cérémonies et aux danses. Les gardes veillent à ce que
cette frêle barrière soit respectée. Elle l'est spontané-
ment par les autochtones, certes, mais tu connais les
touristes, Evariste ? Fouille-merde, ces gueux ! Toujours à suivre leur Nikon fureteur pour capter un max
de diapos qui, par la suite, feront chier les aminches
pendant les longues soirées d'hiver. Un touriste avec
Nikon au cou, il se croit investi, possesseur d'un laissez-
passer infaillible ; inexpugnable d'avoir cette cloche à
vache en bandoulière, le con ! Qu'on le refoule, ça
l'étonne, l'indigne. Sa boîte noire sur le burlingue le
rend invincible ; que plus son téléobjectif est long, plus
il se sent divinisé.

Le pousse-pousseur nous stoppe à l'orée de la
populace, vu qu'il n'a pas le droit de rouler plus avant.
Il me réclame une somme que je n'ai pas la patience de
convertir en vraie monnaie ; je lui en remets le dixième
et il baise mes genoux de reconnaissance.

Moi, la seule chose tracassante, disons-le, c'est
M. Blanc. Noir à ce point, il passe aussi inaperçu
qu'une mouche dans un bol de riz, le Sénégaloche. Ici,
les gens sombres pullulent, certes, mais des tout
noircicauds, y en a pratiquement pas. C'est le rayon des
citrons, pas celui des radis noirs. Alors on risque d'être
retapissés, fatal. Moi, avec mon reliquat de pistil et
mon bitos pointu, je me fonds dans la multitude ; mais
Jéjé, bernique.

— T'en fais pas, murmure-t-il, ayant surpris mon
regard critique.

— Quoi donc ?

— Attends-moi au temple et réserve-moi une place
sur les marches !

Il disparaît. Comme il l'a implicitement conseillé, je
me dirige vers le temple qui fait face au palais. Des
grappes humaines le transforment déjà en une treille
bigarrée. Toutefois, il reste encore pas mal de surface

disponible. Je choisis un emplacement permettant d'avoir une vue d'ensemble et y installe mon bivouac.

Je guigne à z'œils perdus les environs, m'attendant à voir surgir Lassale-Lathuile et sa rombiasse. S'ils sont venus à Kelbo Salo, c'est fatalement pour mater les fêtes du couronnement, me dis pas le contraire, Hilaire. Fréquemment, je lève la tête en direction de l'énorme cloche de pierre recelant le bouddha qui coiffe l'édifice, m'attendant à y voir déboucher mon surprenant contrôleur, mais je ne distingue rien.

Voilà soudain un gaillard qui prétend s'asseoir contre moi.

— La place est retenue ! lui dis-je dans les différents dialectes exigés aux épreuves du bac.

— Je sais, merci ! répond en français M. Blanc !

Car c'est lui ! Passablement modifié !

— Où as-tu trouvé ce fond de teint, Frégoli ?

— Tu n'aperçois pas ces baraques foraines, là-bas ? Nous sommes passés devant en venant ici. Un type vendait des petits avions de fer blanc qu'il doit fabriquer soi-même et il avait la gueule peinturlurée. Pour un dollar, il m'a prêté ses fards. Me voici arlequin, et non plus nègre, mon pote ! J'attire l'attention, donc je passe inaperçu !

— Bravo ! complimenté-je.

— Du temps que j'y étais, j'ai même acheté deux boîtes de bière ; on devrait les boire pendant qu'elles sont encore tièdes.

On gorgeonne dans la chaleur croissante. Pas un pouce d'ombre ! Le soleil fait face et celle du temple s'étend loin derrière nous.

La foule croît et se multiplie. Il en surgit de partout. Tu dirais une inondation humaine.

Et puis voilà les officiels en grandes tenues et chamarrures, médaillés complet, galonnés ; avec leurs gonzesses fanfreluchées. Ça enfle, moutonne, s'épaissit. L'esplanade est un gigantesque toast qu'on tartine de caviar. Bientôt, on ne voit plus, du sol, que la partie recouverte de tapis s'étendant entre les sièges des invités et le trône. Le brouhaha monte à nous en casser les couilles et les oreilles. Dans cette langue indonésienne, je te le recommande. On dirait des grelots agités !

Soudain, à l'intérieur du palais, retentit un immense carillon de cloches. Dans les graves ! Ça te résonne au creux du bide et te fêle les tympans. On devrait jamais se déplacer sans ses coton-tiges, manière d'étancher le raisin qui te sourd des portugaises dans de pareils cas.

Des musicos somptueusement vêtus de soie orange débouchent en jouant de leurs bizarres instruments : cloches, tambours, troncs de bambou évidés, flûtes, casseroles et je ne sais quoi encore ! L'allure est lente, donc majestueuse. Ils se pointent sur le vaste terre-plein et s'accroupissent sans cesser de musiquer. Leur succède un cortège à cheval (tous les chevaux sont blancs) composé d'officiers de la garde. Il vient se placer sur les côtés, en demi-cercle.

Paraît alors un palanquin où a pris place la princesse Tadégaz, mère du sultan, ainsi que ses deux sœurs Karamé-Lolé et Karamé-Lmoû. Des larbins les aident à descendre et les conduisent à leurs fauteuils. Un second paltoquet (comme dit Béru pour palanquin) se présente, ayant à son bord le sultan Bon-Kasa, l'oncle du souverain à couronner et le jeune Dû-Rang, son demi-frère que l'ancien souverain a eu avec une garde-barrière de Ser-Gy-Ponh-Toiz.

La famille sultane en place, voici venir Bézaphon II, le nouveau sultan à couronner. Contrairement à ce qu'on pouvait attendre, il est au volant d'une Ferrari Testa Rossa rouge aux portières frappées des armes du jeune monarque. Il gare le véhicule derrière son trône et se présente à la populace en délire, viril, sportif, dans son uniforme d'amiral d'aviation bleu roi à épaulettes d'or et revers rouge framboise. Il ne porte qu'une seule décoration, mais de taille, puisqu'il s'agit de l'écusson Ferrari représentant le fameux cheval noir, cabré sur fond jaune. La plaque pourrait servir de bouclier car elle est, à l'origine, un panonceau offert à Sa Majesté par le concessionaire de Djakarta.

Ayant de cette façon courageuse établi son modernisme, le sultan va saluer sa mère, puis escalade les quelques degrés centigrades du trône où il prend place, d'une allure dégagée, croisant les jambes et nouant ses mains sur ses genoux. Il doit être âgé d'une trentaine d'années, mais il a déjà beaucoup servi, les valdingues qu'il se trimbale sous les lotos en témoignent.

Deux ravissantes filles, chichement vêtues de trois étoiles chargées de masquer un minimum de leur chatte et de leurs seins, se tiennent de part et d'autre du trône. L'une en brandissant une ombrelle à long manche, l'autre en agitant un éventail en plumes d'Autriche.

Le nouveau monarque (qui a plus d'une corde à mon arc) désunit alors ses mains et les expédie chacune en reconnaissance sur les miches exquises des deux grâces, que même, d'où je me tiens, je crois bien qu'il leur carre en loucedé le médius dans la moniche, ce qui est d'une grande mansuétude pour un sultan, faut reconnaître. Tu trouves pas ? Si ? Ah bon !

Dès lors, la musique s'amplifie encore. Des danseuses surgissent, dans des voiles vaporeux, puis des danseurs, et tous se mettent à gambiller comme des cons, en tenant leurs pieds dans l'alignement de leurs bras écartés. Ils accomplissent des bonds, tout en conservant les jambes fléchies, leurs mains, en ailerons de pingouin, rivées à leurs épaules. Leur tête dodelinante leur donne des attitudes de polichinelles (soyez poli, Chinel !). Moi, j'ai jamais été un fan des ballets, mais je préfère néanmoins la Danse du Cygne (de Zorro) à cette galopinade farfadingue. Mais enfin, hein ? C'est pas ma pomme qu'on couronne.

Après le numéro, la musique cesse et un grand

silence solennel s'étend sur l'assistance. Des dignitaires très vieux, arthritiques et moussus, dont tu devines l'intimité hérissée de champignons, se pointent en grandes pompes recourbées façon cothurnes. Chacun d'eux (je pourrais écrire chacun d'œufs car ils sont chauves) porte un coussin brocardé sur lequel se trouve l'un des éléments du sacre : couronne, sceptre, sabre, godemiché, pompe à bicyclette, canule à injection (Béru dit *canicule* à injection, mais c'est son devoir), main de justice, annuaire des téléphones de Kelbo Salo relié en peau de fesses.

Toute l'assemblée s'est levée et courbe la tête. L'aréopage de fossiles s'agenouille tant mal que bien. T'entends claquer un col du fémur dans le silence religieux. Tout le monde retient son souffle. Le presque sultan en profite pour péter un grand coup, manière d'affirmer son autorité. Puis il retire sa main droite de l'entrecuisse de l'éventeuse afin de renifler ses doigts. C'est un olfactif, donc un être délicat. Charmé, il acquiesce en direction de l'intéressée, lui promettant implicitement de s'occuper de ses miches avant lurette ; et tu penses qu'elle biche, cette morue, de se voir sélectionner commak en plein sacre, y a de quoi choper la grosse tronche !

Il paraît vachetement joyce, le ferrariste sultan. Guilleret. Cette foule recueillie, à sa botte ! Tout ce cheptel de gerces à quelques jets de foutre de son auguste braguette, dis, c'est rutilant, non ?

Je le visionne depuis mes trente centimètres carrés de marche, vaguement incrédule d'assister à « ça » en fin de vingtième cercle. *L'Emile et une nuits*, tandis que des jets tercontinentaux passent au-dessus de nos tronches ! Les hommes, moi je te l'annonce (apostolique, évidemment) sont durailles à remuer ! Ah ! dis donc, l'évolution, depuis la pierre taillée (en rose, en poire, en navette), elle est déconcertante : t'envoies des engins autour de Mars, mais tu couronnes des sultans dégénérés ! Faut pas craindre, ni chier la honte !

Le plus kroum des vieux nœuds se met à psalmodier j'sais pas quoi, qu'en vertu des pouvoirs qui lui furent confédérés, nani nanère.

Le cher prince a remis sa mano dans la manette de sa favorite. Maintenant, je te parie, c'est de trois doigts qu'il lui honore la babasse, mam'zelle. Elle a du mal à tenir son éventail et son sérieux, la drôlesse. Mets-toi à sa place ! T'es là, devant cinquante mille personnes, à agiter un plumeau pour chasser les mouches et messire le *king* te fourrage la boîte à gants !

Elle cambre les reins, mine de rien. Ça l'envole, Ninette, ces trois doigts de cour. Compasser avec des gouzi-gouzis de cette ampleur, bernique !

Moi, dans le fond, je le trouve plutôt farce, Béza-phon. Tant qu'à faire de monarcher, autant que ça tombe sur un marrant, non ? T'imagines le prince Dédain-Bourre en train de chipoter la frigoune à sa mégère pendant son discours au Parlement ? Y aurait de l'effervescement chez misters les Lords ! La gapette des Windsor roule dans le fossé, pour le coup ! C'est peut-être pour ça qu'il garde toujours ses paluches dans son dos, Philippe ? Pas être tenté d'aller chahuter l'ordre de la jarretière dans les solennités. Ou alors c'est pour tirlipoter la braguette placée derrière lui, hein ? Je pose juste la question, du temps qu'on en cause.

Mais faut qu'on revienne à la cérémonie. En pleine palabre du vieillard (c'est lui qui a dû craquer son joint de fémur car il pousse des petits cris en jactant), voilà mon sultan qu'exécute un soubresaut. Comme un qu'est pris au dépourvu. Qui croyait à un simple pet silencieux et qui se paie la chiasse du siècle à l'impro-viste. Sa main droite abandonne la chagatte de Miss Eventail et tombe le long du trône. Et puis Sa Majesté a un nouveau sursaut, moins prononcé. Moi, roublard averti, briscard expérimenté, je me rends compte qu'il se passe quelque chose.

Et tu sais quoi, Eloi ?

Il se passe que Bézaphon II *pleure du sang !*

Ça dégénère en film d'épouvante, sa surboum. Deux grosses larmes lui déboquillent des soucoupes et roulent sur ses joues bronzées. Et il en vient d'autres, en surabondance. Ça forme un double ruisselet qui coule sur son bel uniforme.

Pendant un petit brimborion de moment, personne se gaffe de rien. Le débris continue de dévider ses lithinés (Béru dixit). Et puis une exclamation retentit dans l'assistance, puis quatre, puis mille ! Une rumeur terrifiée s'élève. Le sultan pique alors du pif et s'abat en avant. Son corps dévale les marches. Il percute l'aréopage des sages qui, déjà en position instable, s'écroulent à leur tour.

C'est la confusion, la panique ! le *big* bordel. Les gusmen de la téloche indonésienne se hasardent, caméra à l'épaule. La chère moman du souverain manqué va jouer Phèdre sur le cadavre de son fils bien-aimé. Tumulte ! Cris ! Y a-t-il un médecin dans la salle ? Le cirque ! La foule affolée se met à bouillonner et à girater comme dans une machine à laver. Blanc et moi sommes soulevés, puis emportés par la vague de fond ! C'est le malaxage, le piétinage. Y aura d'autres morts ! A bas les cardiaques ! Suce aux vieillards, aux égrotants, aux stropiats. La foule foule aux pieds les faibles. Je suis entraîné en direction du trône. Des gardes gourdinent à toute matraque pour endiguer le flot montant.

Vlan ! Pan ! Tchoc ! Bing ! Bong ! Plouf ! Et j'en passe !

Je vois plus grand-chose de la suite des événéments. J'ai perdu Jérémie. Je suis happé, dirigé, digéré, chié derrière le palais, sur le parkinge aux voitures. Des officiels commencent de s'y pointer et qui vois-je-t-il ?

Je ne te donne pas en mille, je t'en fais cadeau :
l'ambassadeur de France accompagné de sa gerce,
ultra-choucarde dans une robe de satin bleu France de
chez Scherrer. Il est en bleu croisé, avec une rosette, un
nœud pap' et une mine contrariée dont je ne te dis que
ça.

— Mes respects, Excellence !

Il haut-le-corpse et me défriche le déguisement. Puis,
les yeux en fenêtres gothiques et la bouche kif celle
d'une baleine remplaçant la vache qui rit au pied levé :

— Seigneur ! C'est vous, commissaire ?

Mondain, illico, il me présente à son épouse.

— Ma douce amie, voici le fameux San-Antonio
dont vous connaissez les hauts faits.

Je saisis une main veloutée, modestement baguée,
comme il sied à une épouse de diplomate représentant
un gouvernement socialiste. M'incline, au risque de lui
filer la pointe de mon bada chinois dans les carreaux.

— Que vient-il de se perpétrer, San-Antonio ? Un
attentat, n'est-ce pas ?

— Cela m'en a tout l'air, Excellence.

— On a énucléé le sultan, révèle Victor Delagrosse.
Je me trouvais au premier rang, j'ai tout vu : le
souverain a reçu une balle dans chaque œil. Mais c'était
d'étranges projectiles.

— Qu'entendez-vous par là, Excellence ?

— Eh bien, cela brillait au soleil, comme de l'argent
neuf. Et puis le sang s'est mis à couler... Quelle
horreur !

On est bousculés par le reflux des gens soucieux de
récupérer leur tire.

— Cela vous ennuierait de me prendre avec vous ?
m'enquiers-je.

— Avec un vif plaisir, m'assure cet être exquis. Où
en êtes-vous ?

— Au point le plus bas, soupiré-je. Nous avons, mon

collaborateur et moi, le Suey Sing Tong aux trousses et c'est miracle que nous soyons encore vivants.

Il pétrifie de la glotte, Victor.

— Le Suey Sing Tong !

— Vous connaissez ?

— Et comment. Il a déjà détruit davantage de gens que la bombe d'Hiroshima !

Nous atteignons sa tire, une Renault 25 dont le fanion tricolore accélère les battements de mon cœur.

— Que leur avez-vous fait pour qu'ils vous poursuivent de leur vindicte, au Suey ? demande l'ambassadeur.

— Rien dont je sois vraiment conscient. Disons que nous nous sommes défendus lorsqu'on nous a attaqués, je ne sais rien de plus.

— San-Antonio, fait-il, il est indispensable et urgent que vous rentriez en France. Laissez tout tomber ! Votre vie ne tient qu'à un fil.

La jolie dame est déjà installée à l'arrière du véhicule.

— Impossible de vous réembarquer depuis Djakarta, vous seriez repérés par leur service de contrôle, poursuit mon bienfaiteur. Il faut trouver autre chose. Montez !

Avant de m'exécuter, je périscope les alentours dans l'espoir insensé de repérer M. Blanc. Mais autant essayer de trouver un poil de cul blond dans une soupe chinoise.

— C'est votre ami noir que vous cherchez ?

— J'essaie.

— Cela m'étonnerait que vous le repériez dans une telle cohue. Etes-vous convenus d'un point de ralliement ?

— Hélas non.

— Vous occupez une chambre d'hôtel ?

— Elle était trop insalubre, nous l'avons désertée.

Mais c'est bien le diable si je ne le retrouve pas, plus tard.

Alors je m'installe sur la banquette arrière et l'Excellence, pas bégueule, va poser ses noix sur le siège passager, près du conducteur.

On roule au pas. Les ailes avant de la Renault heurtent des fesses, des cuisses, des mains. Charrue labourant la populace ! Bravo, Santantonio, ça c'est de la métaphore qui fait reluire !

La passagère m'examine à la dérobée. Si elle se dérobait, quel spectacle ! Coulée au moule comme la voilà ! Elle sent extrêmement bon. On en mangerait, même avec les doigts.

— Euréka ! s'écrie tout à coup l'Excellence, comme le fit le cher Archimède en constatant que sa biroute avait tendance à remonter à la surface de l'eau lorsqu'il prenait son bain.

Il fait claquer ses doigts.

— Madame doit se rendre à Bali par avion demain matin, me dit-il.

A son ton, je réalise soudain qu'il y a gourance et que Delagrosse m'a présenté à la femme, mais qu'il a omis de me la présenter.

— Madame n'est pas Mme Delagrosse ? coupé-je.

— Aurais-je oublié de faire les présentations dans l'émotion de l'attentat ! s'écrie-t-il, éploré. Je vous conjure l'un et l'autre de me le pardonner. Mme Monbauc-Surtabe dirige le service culturel à l'ambassade, précise le cher homme. C'est une personne extrêmement performante.

Sur un matelas, elle doit vachement suractiver ton métabolisme de base, espère !

— Pour en revenir à mon idée, fait-il, Ninette, pardon : Mme Monbauc-Surtabe, doit se rendre à Bali pour présider un séminaire qu'elle organise sur l'influence de Voltaire dans la littérature indonésienne. Voici le plan que j'échafaude : Ninette, pardon,

Mme Mombauc-Surtabe, au lieu de prendre un avion des lignes intérieures va se rendre à Bali avec cette voiture, en prenant le ferry-boat des Pelni-Lines assurant le passage Java-Bali. Vous l'accompagnerez et, le surlendemain, prendrez un vol des Singapore Airlines pour Singapour, depuis l'aéroport de Denpasar. Il est improbable que les gens du Suey Sing Tong aillent vous guetter là-bas. Je vous ferai retenir une place d'avion par mes services.

— Deux, si cela ne vous contrarie pas trop, Excellence, car je compte bien récupérer mon adjoint d'ici ce soir.

— Entendu.

— Ces nouvelles dispositions ne perturbent pas les projets de madame ? galantiné-je un brin, en distribuant des œillades sirupeuses à l'intéressante intéressée.

— Pas le moins du monde, assure-t-elle, mais toi, Totor, pardon, je veux dire, vous, Excellence, comment regagnerez-vous Djakarta ?

— Mon collègue belge me fera une place dans sa voiture, fait désinvoltement Delagrosse.

Bon, ça usine pas mal. N'empêche que je suis marri de voir mon enquête s'achever de cette façon foireuse. Qu'est-il advenu de Lassale-Lathuile ?

Existe-t-il une corrélation quelconque entre sa venue à Kelbo Salo et l'assassinat du sultan ?

Si oui, laquelle ? Comment se pourrait-il qu'un contrôleur des finances parisien puisse être associé à un attentat perpétré en Asie ?

Je suis troublé au point de ne pas m'apercevoir tout de suite que j'ai le genou de Mme Monbauc-Surtabe contre le mien.

C'est te dire !

Je suis aveuglé par la détresse et l'affolement, car je n'ai pas retrouvé Jérémie. Je l'ai guetté des heures durant, devant la maison de Gwendoline, comptant que le madré viendrait y rôdailler. Mais que t'chi ! J'ai arpenté la rue principale de Kelbo Salo, puis ses rues agaçantes, et jusqu'à ses moindres venelles : toujours en vain. Le grand fauve aux bretelles mauves est invisible.

Alors l'oreille et la queue basses, j'ai rejoint mon ambassadeur à son hôtel, comme il me l'avait conseillé. Un homme formidable, Victor Delagrosse. La prochaine fois que je verrai Tonton, je lui signalerai les qualités de son représentant en Indonésie. Ce sont les hommes comme lui qui assurent encore à la France un reste de pérennité, comme on disait puis à Jallieu, dans les années de feu.

Elle a une suite, l'Excellence, dans la meilleure crèche du patelin. Son attachée culturelle, à laquelle il semble lui-même très attaché, dort « officiellement » dans le salon. Victor dit que je passerai la noye dans l'entrée, laquelle est vaste. On m'aménagera une couche de fortune.

Voyant mon abattement, il essaie de me réconforter.

— Il paraît que les gardes du sultan, puis la police, affolés par l'attentat, ont arrêté un tas de gens, à tort et à travers, pour vérifications d'identité. Comprenons-les, ils sont contraints de « faire quelque chose » à tout prix afin de sauver la face, car il est mal vu de laisser flinguer son monarque en pleines fêtes du couronnement lorsqu'on a mission de le protéger.

Il rêvasse et ajoute :

— Je tenterais bien d'intervenir, mais ce serait attirer l'attention sur lui, et comme vous avez le Suey Sing Tong surpuissant aux trousses, tous les deux...

— Ne serait-ce pas cette organisation qui aurait mis à mort Bézaphon II, Excellence ?

— Qu'est-ce qui vous le donne à penser ?

— Mon instinct, seulement mon instinct. On dirait qu'elle a cru, depuis le départ, que nous avions l'intention d'intervenir à Kelbo Salo et qu'il fallait coûte que coûte nous éliminer. Voyez-vous, cher ami, la grande inconnue c'est Lassale-Lathuile. Votre ancien condisciple est partie prenante dans cette affaire. Comment ? Pourquoi ? Là sont les robustes questions que j'ai à résoudre. Se trouvait-il sur l'esplanade au moment de l'attentat ? Et quel rôle a-t-il pu jouer ? Mystère ! C'est en nous voyant sur les traces de Lassale-Lathuile qu'on nous a condamnés à mort, Blanc et moi ; conclusion, d'après le Suey Sing Tong nous risquions de compromettre sa mission.

— Passionnant, déclare l'Excellence. Savez-vous ce que je viens d'apprendre ? Le sultan n'a pas été tué par balles !

J'en reste comme deux ronds, que dis-je ! cent ronds de flan.

— Mais j'ai vu le sang jaillir de ses yeux crevés ! effaré-je.

— Le bruit court, dans les milieux autorisés, qu'on l'aurait énucléé au rayon laser.

— On glisse dans la science-fiction !

— Les faits parlent, San-Antonio : *ses orbites étaient vides*. Les blessures ont été pratiquées dans la tête sur une dizaine de centimètres, lésant le cerveau après avoir saccagé le nerf optique ; mais elles ne recélaient aucun corps étranger.

— Voyons, Excellence, comment une telle chose serait-elle possible ici ? Ne pensez-vous pas qu'il s'agit là de racontars de gens soucieux de mettre du merveilleux sur cette sorte de régicide, ou plutôt de sultanicide ?

— Pas du tout, cher cartésien de Français, sourit mon protecteur, je tiens la chose de l'ambassadeur de Suisse qui a parlé avec le médecin ayant examiné Sa Majesté. Le praticien en question est professeur à la faculté de médecine de Zurich. Cousin de mon confrère helvétique, en vacances à Java, il avait accompagné celui-ci à cette manifestation exceptionnelle. Lorsque Bézaphon s'est écroulé, il a eu le réflexe médical et s'est précipité sur lui. Il s'agit d'un homme âgé, d'une grande autorité, qui a participé activement aux premiers examens et c'est lui qui a sondé les blessures.

Je hoche la tête.

— Bon, alors, perforation au laser ? soupiré-je.

— Il s'agit d'une supposition un peu dérivée des bandes dessinées actuelles, convient Delagrosse. Elle essaie de répondre à cette question : Comment peut-on crever les yeux d'un homme à distance sans employer un matériau quelconque ?

— Oui, évidemment...

Une grande animation règne dans les rues. Le peuple traumatisé par l'événement n'en finit pas de commenter l'incroyable assassinat. Ça crée une énorme houle ; une rumeur creuse, infinie comme le bruit de la mer.

— Voulez-vous que nous retournions sur la place du couronnement, San-Antonio ? Supposez que votre ami vous y attende ?

Tiens, il a raison Totor, je n'avais pas envisagé cette éventualité.

— Volontiers, Excellence.

Et nous revoilà partis ! Ce qu'il faut se remuer le prose, dans la vie, c'est rien de le dire. « On s'use jusqu'à la trame à tourniquer dans la cage de notre destin », comme l'a écrit la reine Fabiola dans ses souvenirs de jeunesse intitulés « Timide et humide ». Et comme elle a bellement raison, la chère souveraine, si modeste sur son petit trône pliant. La mousse, c'est bien fini. C'est quand Pierre roule qu'il affure du grisbi, moi je te l'annonce !

L'esplanade est totalement déserte. Des soldats montent la garde devant le palais. Les drapeaux du sultanat sont en berne. Ils représentent une énorme courgette verte sur fond blanc avec, écrit en demi-cercle et en caractères dorés, cette fière devise des sultans de Kelbo Salo : « Foutlâ Dan Lkuou L'Kong ».

Malgré la brièveté de la fête saccagée, une infinité de papiers jonchent le sol. Le vent du crépuscule joue avec eux les transformant en une horde de rats qui galopent dans une direction, puis obliquent vers une autre dans un murmure de branchages agités (1).

Nous opérons lentement le tour de la vaste place, mais il n'y a pas davantage de Jérémie ici que de beurre dans la calotte glaciaire dont les pôles protègent leur calvitie.

— Une mesure pour rien, soupire Victor Delagrosse.

Et puis mézigue, mettant M. Blanc en « mémoire » pour me consacrer à l'enquête, de m'écrier :

— Voulez-vous m'arrêter devant le temple, Excellence, et m'attendre cinq minutes ?

Il souscrit à ma requêquette. Nous descendons de la Renault 25. Lui pour allumer une cousue, moi pour m'élancer dans l'escalier.

Je me respire les trente-huit marches du premier palier en six secondes deux. Sans ralentir et bien que la seconde volée soit plus abrupte, je me hisse jusqu'à la plate-forme suivante. Là, le guignol me manquant, je m'octroie un très court répit que j'aprofite pour mater le panorama. Superbe ! Le palais brille dans le couchant. Loin, derrière, l'horizon indigo passe majestueusement au violet sombre. Allez, l'Antoine, du nerf ! En route pour le troisième niveau. Les degrés se font de plus en plus étroits et de plus en plus verticaux. Je continue stoïquement, me réservant de respirer à tête reposée plus tard.

Une fois atteinte la petite plate-forme qui circularise

---

(1) Cette phrase, d'une grande puissance évocatrice, a valu à son auteur un paquet de Bonux lors de la remise des prix décernés par l'Académie française.

autour de la grosse cloche de pierre, j'ai la poitrine en
feu. Mon pote l'ambassadeur est tout mignard, en bas.
Pas plus gros qu'un bouchon de champagne. Bon, alors
ça se présente comme suit. Ce que j'appelle une cloche
(parce que c'en a la forme) est, en réalité, une espèce
de petit temple au sommet du grand. Tu te respires
encore quatre marches, des saillies plus exactement,
t'enjambes un parapet haut d'une cinquantaine de
centimètres. Dedans, cela forme comme une cage à
zoiseaux ronde, au milieu de laquelle un énorme
bouddha boudiné est assis en tailleur. Il tend sa main
droite en direction du palais et, de la gauche, se tient les
couilles. Des profanes infâmes et insanes l'ont, bien
entendu couvert de graffiti. Une main, que je devine
aubervillienne, a écrit : « Y ressemb à Carlos, hein
Rirette ? »

Le reste de jour s'attarde au sommet de l'édifice. Le
brave bouddha jette un regard désenchanté sur le
sultanat endeuillé. Note qu'il en a vu d'autres, l'ami !
Les hommes et leurs turpitudes, faut pas lui en conter !

Profitant de l'ultime lumière, je fais le tour de la
statue en examinant attentivement le lieu. Je suis
gonflant pour un flic. Ces pressentiments, qui me
taraudent, parfois. Des flashes, te dis-je. Ainsi, depuis
l'esplanade, j'ai levé les yeux sur la coupole où je me
trouve et j'ai ressenti quelque chose d'indéfinissable.
M'est venue la sensation que j'avais un rendez-vous à
ne pas manquer, au sommet de l'édifice. Oui, comme
une notion d'y être attendu ; étrange, non ?

Eh bien ! m'y voici ! Et alors, mon devin commissaire ? Je parcours entièrement la rotonde, matant le
sol, les murs, les meurtrières, le bouddha impavide.
Zob ! L'obscurité gagne à toute vibure. Je ne distingue
plus l'ambassadeur, en bas. Le ciel est noir, avec, très
loin sur l'océan qu'on pressent, une mince ligne mauve.

Je halète encore de mon ascension précipitée. Indé-
cis, je pose un bord de miche sur le garde-dingue,

comme un moine tricheur sur la miséricorde de sa stalle.

Je me tourne vers le palais où les préparatifs de la fête ont tourné court. J'espère qu'ils possèdent des chambres froides et pourront conserver le bouffement du couronnement jusqu'à l'enterrement.

Il y a encore le praticable du trône. Dépouillé de l'auguste siège et des tapis, il ressemble à celui d'un échafaud. Je me dis qu'on est aux premières loges, ici, pour zinguer Bézaphon. Tu me donnes un fusil à lunette, et moi aussi je suis chiche de lui praliner les coquilles en deux secondes, service compris. Au flingue ou au laser ! Mais la deuxième hypothèse ne me convainc pas.

Je ne suis pas porté sur les techniques; tout de même je me gaffe bien que c'est pas une lampe de poche qui peut fournir un rayon capable d'énucléer un homme ! L'engin doit bien être gros au moins comme un appareil de projection, non ? J'sais pas, je cause juste pour dire. Faudrait vérifier dans l'encyclopédie des techniques, mais j'en ai pas à dispose dans le temple. T'imagines des mecs coltinant ce fourbi jusqu'ici, puis le rapatriant après usage, alors que c'est l'effervescence policière ?

Je me lève. Ai-je bien tout vérifié ? Mon fameux instinct me chuchote que non point. Ben alors, Nestor ? Qu'aurais-je omis ?

J'interroge le bouddha, mais ce con feint de ne pas me voir. Ça pèse combien, une statue de pierre pareille ? Des tonnes et des tonnes, non ? Et encore, c'est creux. Putain ! C'EST CREUX ! Ben voilà ce qu'il convenait de penser, vieux bandeur : c'est creux ! Donc, ça peut servir de réceptacle à une arme ! Suffit de percer ! Aurait-on ménagé un trou dans ces blocs de pierre ? Comment le savoir à présent qu'il fait nuit noire ? Redescendre pour chercher une loupiote ? peut-être que Son Excellence en possède une dans sa boîte à gants. Seulement ça va se voir de loin, un point lumineux au sommet du temple. Avec les perdreaux énervés qui draguent, je risque d'avoir de la visite.

Une cavité ! Mais comment forer un trou dans cette pierre épaisse sans alerter le voisinage ? Un ciseau à froid et un maillet, tu parles d'une musique de chambre ! Surtout à cette hauteur. A tous les échos, mon neveu ! Non, je me fourvoie. Il y a autre chose. La lune succède au jour. En bas, Victor Delagrosse doit se demander ce que je deviens. Une luminosité blême amène de la fantasmagorie dans l'immense cage de pierre.

J'interpelle le bouddha. Je l'exhorte comme quoi, s'il a un secret, il doit me le livrer toutes affaires cessantes. C'était quelqu'un de bien, Bouddha. Un être de sagesse et de bonté, merde ! Alors ? Il continue de fixer l'infini. Justement, madame la lune baigne sa frime énigmatique. Et bon, moi, c'est pareil que quand tu t'entortilles un fil de fer autour de la verge et que tu y fait passer un courant de douze volts comme dans les clôtures à vaches, tu sais ? Le grand frisson profond. Ça me trémulse les roustons, tout le bas-bide, me grimpe au cœur. Je tape le cent vingt ! Si ça augmente, je risque de me faire retirer mon permis de vivre pour excès de vitesse ! Mais voilà, il a pigé, Antonio l'Unique ! Tout ! Ça fait une sensation, crois-le !

Je m'approche de la statue. Dur de s'y agripper, comme disait Agrippine. C'est énorme et c'est lisse. Je parviens pourtant à me jucher sur la main tendue en direction du palais. Le perchoir est solide. Ma main gauche remonte jusqu'à la tête du bouddha. Son oreille droite saille assez pour que je puisse l'empoigner. Voilà, la prise est assurée. Ma droite s'avance à son tour.

Mais oui, j'ai bien pigé, mon canard. Pas surprenant qu'il ait un regard si profond, le faux Carlos : il a des trous en guise de prunelles. Considérés d'en bas, on ne s'en aperçoit pas, à cause de l'épaisseur de la pierre.

J'engage ma paluche investigatrice dans la cavité, le plus loin possible. Je touche quelque chose de rond et de métallique. Avec beaucoup de mal je parviens à retirer l'objet. Il ressemble à une bouteille de spray, ou de laque. Ça mesure environ vingt-cinq centimètres, pour un diamètre de six ou sept. C'est léger. Je coule la chose dans ma ceinture. Ma main inassouvie revient au visage de bouddha pour fourgonner dans l'autre œil. Je l'enquille le plus loin que je peux, mais tout ce que j'arrive à faire c'est de caresser une surface polie trop enfoncée dans la tête pour que je réussisse à l'emparer. Le peu qui m'est permis, c'est d'effleurer la chose. Faudra revenir plus tard, de jour, avec un escabeau et un crochet. Mais je sais de quoi il retourne.

Allez, beau travail, l'Antoine. Félicie peut être fière de son grand. Il est toujours détenteur du chou le plus monumental de la planète et de sa périphérie.

Sorti de la guitoune à bouddha, je suis presque ébloui par l'intensité du clair de lune. Un vrai soleil de nuit. Je dégaine le cylindre pour l'examiner. Il est pourvu d'un couvercle qui se dévisse aisément. la boîte est vide et ne contient qu'un peu d'eau. Je note que les parois de ce cylindre sont garnies d'un épais isolant. En fait, il s'agit d'une bouteille thermos longue et étroite.

Tenant ce bâton de maréchal en main, je descends prudemment l'escadrin ; pas le moment de se flinguer une guitare !

Il a consumé (et consommé) une dizaine de sèches, Victor, dans l'énervement de l'attente ; leurs mégots sont en rond autour de lui.

— Merci de votre patience, Excellence, lui dis-je, mais vous ne devriez pas tant fumer sinon le vilain petit crabe va vous sauter sur les soufflets !

Faut-il que je sois joyce pour balancer de telles vannes à un diplomate !

Il sourit.

— Mon père qui a quatre-vingt-deux ans grille ses deux paquets de Gauloises par jour. Puis-je vous demander ce que vous tenez à la main, commissaire ?

— La clé de l'énigme, Excellence.

LES COLLES DES FEMMES

Là-bas, dans la doulce France, une sonnerie de
téléphone retentit. Elle produit un bruit de vieux
réveille-mâtin (1) ou d'alarme de petite gare provin-
ciale annonçant l'arrivée d'un prochain convoi (qu'on
voit).

Alors que je vais renoncer et exécuter ce geste
tragique et définitif consistant à reposer le combiné sur
ses fourches caudines : clic ! on décroche.

Une bouche, de toute évidence emplie d'aliments
brûlants, articule une phrase que seul un initié, comprenant parfaitement le béruréen moderne peut saisir.
Ladite est :

— Chié, bordel, on peut plus bouffer ses tripes
peinards, non d' Dieu d'merde ! Et l'aut' grosse
vachasse qui continue d'goinfrer ; tu croives qu'é r'mue-
rerait son cul, la salope pou'v'nir répond', charognerie
vivante ! Non, faut qu' maâme se piffre comme une
gorette. Berthe, j't' tiens à l'œil, ça fait déjà deux fois

(1) Parfaitement : un accent circonflesque sur le « a » de mâtin car
le terme est pris dans son sens familier et ledit réveille est réservé à
l'usage des personnes malicieuses.

San-A.

qu' tu t'ayes resservie ; si j't'voye en reprend' encore, c'est ma main su' la gueule. Allô ! Allô ?

— Toujours aussi sublime dans tes tirades, Gros, apprécié-je. Un talent comme le tien ferait le bonheur du Théâtre français.

Le ton change, l'intelligibilité s'opère car il vient d'avaler son chargement de tripes d'une glottée de boa. Le roi boa !

— Mince, c'est toi, l'grand ! J'ai trouvé ton message dont tu m'avais laissé su' mon répondreur ; j'en ai eu les larmes aux cieux. T'es rentré de Donésie ?

— Pas encore.

— Et on peut causer d'si loin ?

— J'parle fort !

— Faut qu'j'pousse ma sono, moi z'aussi ?

— Non, c'est parfait.

— Ton mâchuré est toujours av'c toi ?

— Il a disparu.

— Bon débarras !

— Ne parle pas comme ça, Gros : je crains pour sa vie.

— Pas moi !

Il est des haines irréductibles et le mieux est d'éluder la question.

— J'ai besoin de toi, Gros.

— J'arrive ! Y a un train à quelle heure ?

— Non, c'est de Paris que tu peux m'aider.

— Bon, tant pis, j's'rais bien été te filer un coup d'paluche dans ton coinceteau perdu. J'sus pas un sesdents-en-terre, moi. La bougeotte m'empare au bout d'quéqu' mois de Franchouille. Berthe ! J'te guigne, t'sais ! Tu viens de reprendre une cuillérerée d'tripes, espèce d'pute ! Si la converse avec Sana dure cinq minutes, j'fais ballon de rab, moi, c'est couru ! Comment t'est-ce tu peux engranger c'te bouffaille, saucisse ! Ell' va me balancer des louises tout' la noye ! Et des pas sympas, j'prévois. Ecoute, grand, dis-moi vite et rapid'ment ce dont tu veux, biscotte j'ai un problo grave avec ma Baleine.

— Cela concerne Lassale-Lathuile, mec.

— Comme par hasard !

— J'aimerais que tu fasses quelques vérifications quant à son emploi du temps de la semaine dernière.

— C'est fait.

Il me scie, le Mammouth.

— Comment cela, Tarte molle ?

— Tu croives qu'j'reste les deux pets dans l'même sabot, hé, Lajoie ? Que sitôt vot' départ, toi et ton nègre de merde, j'ai voulu n'avoir l'cœur net de ces bracadabrances. Alors j'm'aye att'lé à la tâche, sans en causer au Vieux ni à quique ce soit.

— Et alors ?

— C'est longuet, t'n'voudrais pas m'rappeler plus tard, j'sus en brise bise av'c ma morue, dont si j'régu' pas c't'affaire tout d'sute, j'vais être fait aux pattes pour une question importante.

— Ecoute, Gros, laisse-la finir les tripes, tu iras en bouffer à mes frais chez le père Finfin, je passerai payer en rentrant ; mais ça urge et je me trouve à des milliers de bornes de Paris. Alors, accouche !

Dompté, le fauve des bistrots rengracie.

— Tu sais, Finfin n'fait pas des tripes tous les jours, j'croive même qu'il les affiche s'l'ment l'vendredi parce que c'est jour maigre ; mais enfin, bon : je prendrai des andouillettes. Alors voilà.

Il parle.
J'écoute.
Et quand il se tait, moi je mouille. Tu ne veux pas me croire ? Tiens, goûte !

L'étrave du ferry fend les eaux d'un bleu profond du Pacifique. Accoudé au bastingage, près de Mme Mon-bauc-Surtabe, je suis distraitement le mouvement des vagues se courant après dans la somptueuse lumière du soleil sans jamais se rattraper. Je pense. A ce que m'a appris Béru. A mes trouvailles du temple. A la disparition de mon pauvre Jérémie... Et puis un hymne de reconnaissance retentit dans mon cœur, en l'honneur de notre ambassadeur, cet être d'élite, si efficace, si chaleureux et si discret aussi.

Il ne m'a pas questionné. Et comme je n'avais pas envie de parler, je ne lui ai rien dit. Ce qui est fou de ma part car, si le Suey Sing Tong me carbonise dans les heures qui viennent, la vérité sera à tout jamais ignorée des autorités et aussi de toi qui, pourtant, as payé ce *book* ! Mais un certain fétichisme m'a incité à me taire. La démarche mentale est la suivante : « Détenteur d'un secret carabiné, je n'ai pas le droit de mourir avec. Donc, il faut que je vive pour le préserver. Tu piges ? » On est mal fagotés du bulbe, les hommes. On se complique tout : la vie, la mort, l'amour.

— Comme vous semblez loin, commissaire ! remarque ma charmante voisine de coude.

Je réagis, lui souris. Elle est radieuse, pétillante. Beau produit de notre terroir ! Cette nuit, Victor l'a limée à mort et les plaintes que lui arrachait l'amour ressemblaient à de la musique sensorielle : celle qui te file le tricotin pour plusieurs jours. J'ai mal dormi avec mon mât de misère dressé sous ma roupane. De l'avoir près de moi, maintenant, continue de m'astiquer le mandrin.

C'est pas une ravelure, la mère ! Putain, ce châssis ! Je la clouerais bien au sommier de tortures, seulement j'ai trop le sens de l'honneur et, plus fort encore, celui de la reconnaissance. Tu me vois calcer cette superbe, alors qu'elle agrémente les nuits de Son Excellence ! Mais j'oserais pas me regarder dans une glace et je devrais me raser devant une brosse à cheveux.

— Je récapitule les données de ma petite affaire, réponds-je.

Elle est un peu au courant car, la veille au soir, je l'ai expédiée discrètement à l'hôtel des Lassale-Lathuile pour mater leur comportement ; seulement ils n'y étaient plus, ayant paraît-il reçu de mauvaises nouvelles qui les contraignirent de quitter Kelbo Salo tôt le matin, bien avant les funestes cérémonies !

Devant nous, au loin, des falaises couronnées de palmiers. Bali ! Nous approchons. L'air a une douceur de chatte bien entretenue : on le lécherait s'il avait davantage de consistance.

— Il doit être merveilleux de venir ici en voyage d'amour, fais-je, la voix ailleurs. J'éprouve de la honte à y aborder en fuyard, simplement pour y prendre un avion, le plus discrètement possible.

Sa main rampe sur la rambarde vernie jusqu'à la mienne et s'en saisit.

— Vous y reviendrez plus tard, essaie-t-elle-de-me-consoler.

Elle ajoute :

— D'ailleurs, votre vol pour Singapour n'est programmé que pour demain soir…

La phrase est sibylline et les points suspensifs qui la terminent ouvrent la porte des rêves troubles.

« Tiens-toi à la rampe, Tonio ! Ne succombe pas comme un pleutre à la sordide tentation. »

J'imite un éternuement pour avoir prétexte à récupérer ma pogne.

Le *Bali Verne Palace* est bâti en bordure de mer. Caserne de luxe composée de multiples bâtiments. Flore tropicale. Piscine immense (la plus grande d'Asie, prétend le dépliant). Quatre restaurants, dont un presque valable. Night-club, tennis, galerie marchande… Le luxe tel que l'imagine le directeur d'une maison de commerce de Pithiviers ou de Vaison-la-Romaine.

Tout comme au *Hilton* de Djakarta, un orchestre (si

j'ose appeler ainsi les cacophoniques' brothers en exercice devant leurs cloches et leurs courgettes évidées) sévit dans l'immense hall d'entrée. Cette musique te porte aux nerfs et aux tympans. T'as envie, soit de te sauver, soit de viruler des baquets d'eau bouillante dans la frite des musicos à tronches musée-grévines.

— Faites-vous discret, recommande Ninette, je m'occupe d'annoncer notre venue.

Sachant qu'elle a raison, je vais me dissimuler dans un renfoncement où se tient la boutique du photographe de l'hôtel. Minuscule : six mètres carrés à tout caser. Des rayonnages en croisillons où sont accumoncelées les pellicules vierges. Une banque de rotin avec un Chinois derrière qui tient le commerce. A l'extérieur, l'est un panneau amovible, qu'il rentre à la fermeture de son échoppe, sur lequel se trouvent punaisées des photos des clients en train de prendre leur gros panard au *Bali Verne Palace*. T'as les naïades irisées de la piscaille, les bâfreurs du restau indonésien, portant une orchidée sur l'oreille et les nichons d'une « hôtesse » sur l'épaule. T'as les cracks de la raquette en train de smasher (sur les pieds) et puis t'as les drilles très joyces de la boîte de nuit, avec des serpentins autour du cou. En attendant le retour de la chère médème Mombauc-Surtabe, je suis les gestes harmonieux de la mignonne petite vendeuse occupée à changer les photos, car le clille est de passage, il ne sédente jamais longtemps et faut toujours amorcer les nouveaux.

Elle a un choucard pétrousquin, Fleur de Rizière, mais pas de seins. Ici, les dames ignorent ce que c'est. N'empêche que ses mignonnes noix me font imaginer quelle magnifique gaine elles deviendraient pour Mister Popol.

La voilà qui placarde une danseuse balinaise au charbon sur la scène du night. En couleur. Fardée poupée, avec de grands yeux cons et une bouche surdimensionnée. Et puis la salle qui l'applaudit, sur une deuxième image. Je frime, désabusé, ces têtes d'hilares, qu'un rien enchante. Ces abrutis congénitaux, toujours prêts à photographier une langouste ou à se croire élus des fées parce qu'on leur a mis un petit chapeau pointu sur la tronche !

Et là, oui, exactement à ce point précis de ma délectation lugubre (le morose étant dépassé), ma compagne vient me récupérer.

— Voilà qui est fait, dit-elle, mais hélas l'hôtel est archicomble et je n'ai pu obtenir de chambre pour vous : nous devrons bivouaquer dans la mienne ; à la guerre comme à la guerre !

Elle réussit à garder son sérieux en me balançant cette jolie fable. Moi, je commence à sentir fléchir mon fameux sens de l'honneur. Une nuit en tête à tête avec Ninette, ça risque de m'ébrécher la conscience. Faudra que je me réserve à outrance, que je cède du terrain pied à pied (c'est le cas d'y dire). Si c'est la grosse troussée qu'elle subodore, l'attachée au culturel, zob ! Une petite minette frileuse, je ne dis pas, histoire de lui calmer les sensibilités, et avec peut-être deux doigts frétillants, par politesse, avec, le cas échéant, un troisième dans l'œil de bronze, manière de la suractiver, mais basta !

Le bagagiste en costar national attend avec son chariot portant la valoche de ma gente compatriote. Je la suis. Fais deux pas, peut-être trois ? Oui, à la réflexion j'en fais trois.

Et il m'arrive un drôle de crazziboum dans la théière, comme si je venais de me faire écumer le cervelet à la crosse de Colt.

Je rebrousse chemin et fonce vers la jeune Asiatique au petit cul délicieux. M'incline sur la photo représentant le public du nitclub (c'est commak que les ricains écrivent le mot).

Tu sais quoi ? Ah ! *mamma mia*, quelle émotion.

Quelle surprise (en anglais : *surprise*) ! Dans l'angle du haut qu'aspers-je ? Le couple Lassale-Lathuile devant une boutanche de roteux. Lui a la main sur le dossier de sa compagne et, du bout des doigts, lui glandille la glandaille. L'air éméché, coquinet tout plein, Lucien. En pleine java, si je puis parler ainsi à Bali.

La commotion, non ? Ça décoiffe, une découverte de ce troisième type. Mais tout cela n'est rien. Si t'écartes en grand tes vasistas, Stanislas, tu peux découvrir, en fond presque perdu (mais pas pour tout le monde), une tache noire à l'intérieur de laquelle se trouvent trois minuscules taches blanches. En la matant avec ton cœur ou alors avec une forte loupe, tu reconnais M. Blanc. Je répète : *tu reconnais M. Blanc !*

C'est pas mi-ra-cu-leux (mire-rat-cul-œufs), ça ? Enfin merde ! t'en lis beaucoup des polars où les coups de bite et de théâtre sont à ce point nourris ? Avec le prix de ce *book*, Melbrook, t'aurais même pas de quoi t'acheter dix grammes de caviar ! Et qu'est-ce que tu foutrais de dix grammes de caviar sur un toast, hmm ? Tu pourrais revendre, dix grammes de caviar après usage, comme tu vas revendre cet ouvrage à ton bouquiniste ? Fume !

Je prodigue trop, moi. Je gaspille. Mes confrères me font la gueule comme quoi je gâche le métier. J'en donne trop pour l'argent. J'ai déjà eu des rappels à l'ordre de mon syndicat. Il me somme de faire moins long. Je casse la cabane en produisant des œuvres du jour, garanties pur fruit, de trois cent mille signes et davantage ! Ça s'est jamais vu, un phénomène de cette ampleur. Ponton du Sérail, il tirait à la ligne, lui. Genre :

« — Oh ! »

« — Quoi ? »

« — C'est vous ? »

« — Moi, qui ? »

« — Vous, vous ! »

« — Oui, c'est moi, moi ! »

« — Non ! »

« — Si ! »

« — Parole ? »

« — Parole ! »

Des kilos, qu'il en déchargeait sur le quai de la gare. Le héros, pour entrer dans la chambre de la dame, lui fallait seize pages, et cinquante de mieux pour la baiser. Et encore, à mots et à bite couverts ! Tandis que l'Antonio, je te vous demande pardon, la came est livrée en temps et en or. C'est pas de la ponte dévaluée. La triche, connais pas ! Tout en noyer massif ! Les autres s'en sortent plus, tu penses ! Juste avec leur petite vie racornie à bonnir ! Eux et moi, c'est l'eau d'une pissotière comparée à celle du Rhône !

Pardon ? Qu'est-ce que tu dis ? J'en rajoute ? Je biche la *big* tronche ? Peau d'hareng, tu sais bien que je plaisante. Si j'étais ce que je dis, j'aurais mon fauteuil quai Conti, mon couvert chez Drouant, mon billet pour Stockholm et une minerve pour pouvoir me tenir droit avec décorations, le 14 *of july*.

— Ces photographies sont à vendre, Miss ? je demande à Mam'zelle Safran.

— On doit les commander et vous les aurez demain matin.

Je dépunaise celle qui m'intéresse et lui mets un bif de 10 dollars dans la main.

— Je n'ai pas le temps d'attendre, mon petit cœur, la vie n'est pas un long fleuve tranquille, mais un torrent en crue !

— Qu'arrive-t-il ? questionne Mme Mombauc-Surtabe ? en reprenant sa marche. Vous paraissez complètement surexcité.

— Je le suis.

Elle murmure, se causant familièrement à elle-même, car c'est une personne spontanée qui ne prend pas de gants pour se l'envoyer dire :

— J'adore les hommes surexcités.

Sa chambre est agréable. Une loggia pour le pucier, avec, sous l'escalier qui y grimpe, un bar et un réfrigérateur. Le salon est élégant, faut reconnaître ; y a même la télé, c'est-à-dire, en ce qui concerne l'Indonésie, qu'il y a un poste avec un tube catholique et tout une bordellerie de bistougnets derrière. Mais sur l'écran, tout ce que t'as droit, c'est à la vie édifiante du président Suharto, à ses pompes, à ses zœuvres, et surtout à son armée.

— Je vais pouvoir coucher sur ce canapé si confortable ! préviens-je.

Ninette ne répond rien.

— Me rendriez-vous un petit service, douce amie d'aventures ?

— Je n'espère que cela !

Je dépose la photo sur une table, en pleine lumière. Mon extraordinaire médius (beaucoup de femmes te le confirmeront) désigne le couple.

— Ici, les gens que je file.

De l'index, plus sérieux, presque bien élevé, je montre la petite tache noire aux trois points blancs.

— Et là, mon collaborateur disparu.

— Il est seul et n'a rien d'un homme traqué, observe-t-elle.

— Je crois comprendre ce qui s'est passé, rouledémécaniqué-je. La chose que j'ai à implorer de votre gentillesse, madame Mombauc-Surtabe...

— Appelez-moi Henriette.

— Oh ! voui ! Donc, lumineuse Henriette, ce que j'attends de vous c'est que vous vous informiez auprès du personnel à propos de ces trois personnes. Depuis quand sont-elles arrivées ? Le numéro de chambre, tout bien. Bref, réunissez le maximum de renseignements avec le maximum de discrétion.

— J'y vais.

Elle glisse le cliché dans son sac et, se ravisant, murmure :

— En échange, vous pourriez défaire ma valise, je déteste cette corvée.

— Pour moi, ce sera le bonheur, assuré-je.

Qu'après tout, hein, l'honneur ne se situe pas au-dessous de la ceinture, et si vraiment cette pécore a envie de me débigorner la membrane, faut pas être plus catholique que le pape !

Si elle voulait me laisser palper ses dessous pour attiser mes sens, c'est gagné ! Ma doué, cette panoplie de courtisane ! Il ne doit pas se cailler la laitance, Victor, avec une attachée culturelle aussi minutieuse-ment attifée (attifée, toi que voilà, pleurant sans cesse...).

Le choc me vient d'un porte-jarretelles blanc. Contrairement à ce que s'imaginent d'aucuns (voire d'aucunes), les porte-jarretelles blancs sont *very* plus exitinges que les noirs. Ensuite, des bas fumés avec un semis de menues fleurettes roses le long de Jean Lacouture. Les soutien-loloches hautement frivole., ne sont pas dégueulasses non plus (ou plutôt si : ils le sont en plein !). Mais le top est constitué par une armada de slips qui arrêteraient net le hoquet (sur gazon) d'un moribond. Il y en a des *black,* des *white,* des fumés, des bleu pâle, des rouge vif ; des moins grands que la main, des fendus (pour celles qu'ont de l'entregent et de l'entrejambe), des qu'existent à peine tant tellement ils sont arachnéens. Rien que de palper ça, tu chopes une godanche déferlante. Ça te typhone les bourses au plus profond du linge. T'as l'œil de bronze qui en cligne des paupières, Pierre.

Lorsque la môme se repointe, je marche au pas de ma mère l'oie dans le salon. Salingue à outrance, son premier regard est pour la périphérie de mon kangou-rou. Gagné ! Elle a retapissé l'effervescence ; le monstre branle-moi le combat à bord de mon kangourou. Ça lui promet une nuit d'ivresse, Henriette. Elle ne sera pas en rade de radada. Mais ces garces, tu les connais, hein ? Le coup de saveur était si rapide qu'il faut mon œil à moi pour le repérer.

— J'ai vos renseignements, commissaire.

Elle me tend un feuillet de bloc à en-tête du *Bali Verne Palace*. Je lis :

Jérémie Blanc, appartement Orchidée 8; M. et Mᵐᵉ Lassale-Lathuile, appartement Azalée 17.

— Vous êtes un archange, Henriette, complimenté-je.

Elle sourit.

— A propos de mot, dit-elle, Son Excellence m'en a remis un pour vous avant de me quitter.

Elle fouille dans son réticule (comme on écrit puis quand on veut éviter la répétition du mot sac à main) et y prend une carte de visite sous enveloppe cachetée. Je dépucelle cette dernière et prends connaissance du message.

Victor Edmond Delagrosse
Ambassadeur de France à Djakarta
est convaincu que le charmant cicérone du commissaire San-Antonio ne laissera pas celui-ci indifférent. Il invite cordialement le commissaire à ne pas laisser échapper cette affaire qu'il n'hésite pas à qualifier de sensationnelle.

J'éclate d'un rire bordé de reconnaissance. Ah ! le cher homme. Ah ! le bel esprit malicieux. Ah ! comme il est beau de faire preuve d'une telle générosité. Que de délicatesse ! Que de perspicacité ! Comme un tel message révèle bien la connaissance de l'humain dont fait montre notre représentant en Indonésie. Il va falloir le rapatrier d'urgence, ce diplomate si diplomate et si avisé. Le garder au Quai d'Orsay, pas qu'il risque de choper une vérolerie dans les forêts et les chattes tropicales ! Le bel et sublime ami que j'ai trouvé sur cet archipel de merde ! Il faudra que je l'invite à la maison. M'man lui confectionnera sa blanquette des grandes liesses. Il boira mon Yquem vénéré. Je lui montrerai le beau cul noir et frisé de Maria, mon irremplaçable ancillaire. Pour un peu, je baiserais cette carte de visite, comme Roxane la lettre de Cyrano qu'elle croyait écrite par ce grand con dont j'ai oublié le blaze, mais tant mieux !

— Vous paraissez bien réjoui ? fait Henriette Mombauc-Surtabe.

— Je le suis. Delagrosse est un être exquis, assuré-je.

J'enfouille le poulet et vais m'asseoir devant l'appareil téléphonique pour y composer le numéro interne de la chambre Orchidée 8.

On ne répond pas.

Je sonne, tout de suite *after*, l'apparte Azalée 17 ; sans plus de succès.

Ces messieurs et cette dame sont sortis. Ce qui s'est produit, Ali, je le subochodonosore dans les grandes lignes. Après le meurtre du sultan, M. Blanc, par un con court de circonstances heureux, a aperçu Lassale-Lathuile et s'est mis à le filocher. L'autre a dû foncer sur Bali et mon Noir bien-aimé est parvenu à le courser jusque-là je ne sais trop comment. Ne sachant où me joindre, il n'a pas eu le loisir de m'avertir. Et maintenant qu'il est à pied d'œuvre, Jérémie, flic émérite, continue stoïquement notre enquête. Seul ! Chapeau bas ! C'est un vrai pro !

La seule chose cohérente que je puisse faire pour l'instant, c'est de m'en payer une tranche avec robinet en attendant le retour du trio. T'avoueras que le hasard est grand, qui m'a conduit dans cet hôtel. Car enfin il n'existe pas que le *Bali Verne Palace* sur cette île légendaire.

— Vous n'avez pas faim, commissaire ? demande Henriette.

— Si, dis-je : de vous.

Alors, elle dresse le couvert.

Je la commence par la « tulipe batave », une nouveauté que j'ai inscrite à mon menu tout récemment. J'ai donné ce nom à cette prestation l'ayant expérimentée pour la première fois avec une petite touriste hollandaise prise en stop boulevard Saint-Michel. Elle voulait se rendre dans le Midi. Je lui promis de lui faire faire un bout de chemin et l'invitai à descendre sa culotte pour commencer, sans avoir besoin de beaucoup d'arguments.

Nous nous trouvions coincés dans un flot de chignoles par un heureux accident de la circulante. Ayant déslipé la donzelle, je trompai le temps en lui chatoyant la marguerite. Puis, comme elle avait le frifri extraclean, malgré un sac à dos qui ne laissait rien présager de tel, j'inventai une position ignorée du public jusqu'à ce jour, grâce à laquelle je pouvais demeurer à mon volant et lui entonner la tyrolienne clodoaldienne sans pour autant nous offrir, elle et moi, en libidineuse attraction. La figure hasardeuse fut possible grâce à la mobilité du siège passager, réglable dans trois directions, et au large accoudoir de ma Maserati. La chère Néerlandaise connut un moment d'exception, qui me fut confirmé par le geste d'un clodo piqué au bord du trottoir, lequel me brandisit un pouce enthousiaste.

Après cette séance mémorable, je respectai ma promesse de rapprocher la Batave de la Côte d'Azur en la déposant Porte d'Italie. Dans le fauteuil où je me tiens, je reconstitue l'exploit du boulevard Saint-Michel ; et tu vois si la recette est exquise : M\ⁿᵉ Mombauc-Surtabe, ravie, crie sa joie à tout Bali comme un coq survolté par l'aurore.

L'exquise attachée culturelle me prouve sa reconnaissance en me chevauchant en amazone. Délicatesse extrême. L'instant est d'une grande intensité. Je la laisse folâtrer du fion sur le nez de Pinocchio (qui n'a pas besoin que je dise des mensonges pour croître et embellir).

Par la baie donnant sur le jardin privé, je contemple la sublime flore de ce lieu enchanteur, ce qui ajoute encore à mon plaisir. Quand on est un véritable artiste, on fait mouillance de tout.

Et brusquement (comme je me plais souvent à adverber), mon envol superbe de martinet gavé d'azur a des ratés.

J'avise un spectacle singulier : celui de deux hommes en blouse blanche coltinant une civière. Ils empruntent le jardin pour ne pas être trop remarqués. Les hôteliers sont gens pudiques qui cachent la maladie et la mort de leurs clients comme un chien les os qu'il entend consommer plus tard.

Les brancardiers rasent les murs et marchent sur les pelouses bien ratissées. L'homme qu'ils coltinent a un bras qui pend du brancard. *Or ce bras est noir !*

Mon sang n'écoutant que mon courage à deux mains, ne fait qu'un tour. Je largue ma frénétique Henriette pour sauter par la baie dans le jardin et courir jusqu'aux infirmiers, tout en refoulant Coquette dans ses appartements. Ma survenance les contriste et ils pressent le pas. Mais leur lourde charge ne s'accommode pas d'une course à pied. En huit enjambées grand format je les ai rejoints, ce qui me permet de découvrir ce à quoi je m'attendais : Jérémie !

Il gît sur le brancard, pâle sous sa négritude. Le regard clos, la bouche ouverte.

— Il est mort ? demandé-je à ses porteurs.

— Pas encore, me répondent-ils avec optimisme.

— Que lui est-il arrivé ?

— Probablement une crise cardiaque, émet le brancardier de tête.

Je coule d'autorité ma main sur la poitrine de M. Blanc. Le cœur bat, très lentement et de façon irrégulière.

— Il y a un hôpital ici?

— A Denpasar.

J'imagine l'hosto en question! Les hauts lieux touristiques sont rarement équipés médicalement. On y embellit les vacances sans se préoccuper de la mort. Les gens s'y pressent pour le plaisir, non pour la souffrance, et quand, d'aventure, un quidam gît sur le carreau, c'est tant pis pour sa pomme! Malheur à ceux qui restent en route!

— Vous êtes docteur? demande le brancardier de queue.

— En lettres.

Ça leur suffit pour me plonger dans l'océan de leur mépris et ils poursuivent leur chemin.

Quand je reviens à la chambre, Ninette est en train de s'oindre le mollusque farceur à la pâmade de phalanges. Très ravissant spectacle, toujours émouvant mais que, vu les circonstances, je n'ai guère le cœur à apprécier. Sitôt qu'elle s'est exorcisé l'intime, je la rencarde à propos du drame et lui demande de foncer à l'hosto pour qu'on tente l'impossible sur Jérémie. Qu'elle excipe de ses fonctions diplomatiques afin de veiller au salut (s'il est possible) d'un ressortissant français.

Une jouisseuse, certes, Ninette, mais néanmoins une femme d'action! La voilà reculottée, jupabaissée, déterminée! Elle part pour la croisade de la dernière chance.

Et moi, pauvre créature démunie, flic à la con, paumé dans les méandres d'une sinistre aventure, je cache mon visage dans mes mains implorantes en réclamant au Seigneur le salut de mon pote. Je porte la complète responsabilité de ce qui lui arrive, l'ayant entraîné à la légère dans ces contrées néfastes, lui, un père de famille nombreuse ! Lui, l'époux d'une femme admirable ! Il n'est pas possible que le Suey Sing Tong l'ait fabriqué ! Non, non ! Je regimbe !

Et pour commencer, j'appelle Paris afin de fournir au Dabe un rapport circonstancié des événements. La vérité vraie doit être connue ! Toute la vérité ! Je ne puis emporter ce secret dans la tombe.

LABEL DU SEIGNEUR

Un couple de Balinais en uniforme jaune achève de faire le ménage chez les Lassale-Lathuile au moment où je m'y pointe (d'asperge). Gens d'une extrême gentillesse, ils m'abreuvent de joyeux « bonjour », sans même se demander ce que je viens branler dans cet appartement qui n'est pas le mien. Mais ils ne sont pas taraudés par ce genre de questions, d'autant que, d'emblée, je leur attrique un bouquet de dix pions uéssiens.

Le local est identique à celui que je partage avec Henriette. Le couple d'employés doit, en fin de compte, me prendre pour l'occupant de la chambre, car le gars me montre qu'il vient de changer le papier chiotte, la corbeille de fruits et de placer des chocolats sur les deux tables de chevet.

Il me gazouille dans son langage d'oiseau-homme :

— Vous n'avez pas dormi à l'hôtel, Sir ?

— Pourquoi me demandez-nous cela ?

Il désigne le plumard :

— Le lit n'était pas défait.

Voilà qui est intéressant.

— Non, je dis, je n'ai pas dormi ici.

Et je ne précise pas davantage car il se fout tellement de ce que j'ai fait de ma nuit que t'aurais le temps de confectionner un pot-au-feu avant que le sujet commence à titiller son attention.

Les deux larbins repartent à reculons, en récitant leurs sincères remerciements auxquels ils ajoutent l'expression de leur considération distinguée.

Après leur départ, j'explore les armoires : pas une fringue ! Deux valises subsistent sur la table à claire-voie chargée de les héberger, mais elles sont strictement vides.

Moi qui possède une caméra électronique à la place du regard, je peux t'assurer qu'il ne s'agit plus des valdingues que j'ai aperçues à Djakarta. Là-bas, Lucien et sa radasse possédaient des bagages de marque, tandis que là, il s'agit de tristes valoches de bazar.

M'est avis que mon pauvre Jérémie s'est laissé fabriquer dans les grandes largeurs. Il a filé mon surprenant contrôleur depuis la place du couronnement et s'est arrangé pour l'escorter jusqu'à Bali. Seulement il s'est fait repérer.

Hier soir, Lassale-Lathuile et sa donzelle sont allés dans le nitclub. Quand ils sont rentrés, M. Blanc a été persuadé qu'ils allaient se zoner et que la journée était finie. Il a donc gagné sa propre chambre et s'est couché. Les deux autres en ont profité pour déménager à la cloche de bois. Comment se sont-ils procuré des valises vides pour servir de trompe-l'œil ? Sans doute jouissent-ils de complicités à Bali ? Le Suey Sing Tong a neutralisé mon poteau noir pendant son sommeil, ce qui explique qu'il n'ait pas répondu à mon appel, tout à l'heure. C'est en venant faire la chambre que les domestiques du *Bali Verne Palace* l'ont découvert inanimé et ont donné l'alerte.

Où sont-ils maintenant les maudits amants ? Envolés vers d'autres cieux ? Je furète dans l'appartement, sans but et sans espoir. Ils l'ont à peine occupé, n'y ont pas dormi et, de surcroît, le ménage vient d'être fait ! Par acquisition de conscience (comme dit le Gravos), je traîne mon pif un peu partout, en pure perte. Ils n'ont pratiquement fait qu'entrer et sortir de cet appartement...

Je guerre lasse sans me décider à m'évacuer. Une chose que j'ai remarquée au cours de ma puissante carrière, c'est que les lieux parlent toujours des gens qui les ont occupés, fût-ce brièvement. L'homme imprègne son milieu, je dirais plutôt qu'il le pollue.

Voilà que je me love dans un fauteuil, les jambes repliées, dans la position d'une jeune fille pubère relisant pour la cent quinzième fois la lettre de son amoureux. J'évoque Lassale-Lathuile, lors de mes visites à son redoutable bureau fiscal. Je plaidais pour mes notes de frais, l'enfant que j'ai à charge, m'man qui ne touche qu'une ridicule et symbolique pension de veuve. Il m'écoutait, l'œil froid, son siège déjà fait. Un visage très pâle, marqué de plaques rousses. Ses yeux sont d'un drôle de gris métallisé, au Lucien. Maintenant que je sais ce que je sais (et que je te révélerai peut-être plus tard, si t'es pas trop chiant), je comprends combien une telle bouille convient à cet invididu. Un type tout en acier trempé ! Insensible ! Il hait l'humanité entière, jusqu'à lui-même, je parierais. Une absence d'âme qui le rend impitoyable à tout. Une mécanique de haute précision, tu vois ?

Bon, il respecte son programme. Jusqu'à Kelbo Salo, je pige. Mais pourquoi Bali ? Tourisme pour de bon, tu crois ? Il joint l'agréable à l'utile et vit son voyage de noces buissonnières avec la souris qu'il convoie ? Tiens, en voilà une sur laquelle je ne sais rien, mais il serait intéressant de lui défricher le pedigree, non ?

Que fouté-je ici ? A m'attarder sans but, alors que mon Jérémie a peut-être trépassé ? Allons, cours vivre ta pauvre vie, mon Sana accablé ! Et gaffe à tes plumes car des gens s'occupent de ta santé. N'espère pas qu'ils abandonneront, ce sont des coriaces, des pugnaces intraitables. Des Chinois verts de la pire espèce !

Je me déroule, tel le boa après sa sieste de plusieurs jours. Gagne la porte à regret. Il me semblait que... Que quoi? Que j'allais découvrir un petit quelque chose? j'exagère avec mes intuitions. Je vais tourner cartomancien, si ça continue. Ou bien ligoter l'avenir dans les taches de foutre ou le marc de Bourgogne. Putain, ce que j'en ai quine de tout! Vivement maman qu'elle me recommence. C'est une envie qui me cherche noise depuis lulure. Je voudrais retourner fœtus et que Félicie me recoltine en son sein. Elle me repondrait ailleurs, dans une contrée perdue, une île crusoenne, tiens. Je boufferais des racines, des fruits, du poissecaille et j'enfilerais Vendredi pour me dépurer les humeurs. Je la vois grosse comme une maison, ma hutte de branchages, si je puis dire (et que ne puis-je pas dire, grand Dieu!). La chèvre naine attachée à un pieu, non loin de la porte. Des espèces de volailles apprivoisées picoreraient les grains que j'aurais fait pousser par miracle. M'man me confectionnerait une blanquette de veau, sans veau ni crème. Y aurait du soleil à chier partout, avec juste un peu de mousson de temps en temps, et on se claquemurerait pour jouer au scrabble. On meurt de trop posséder, les Occidentaux. Air connu. Le vrai bonheur, c'est rien du tout, avec de l'eau fraîche, un cul et de la chaleur (urbi et orbi) autour!

J'*open the door,* comme disent les petits Italiens quand ils apprennent l'anglais. J'ai déjà un pied dehors. Et c'est mon panard resté encore à l'intérieur qui entend la sonnerie du téléphone.

J'hésite pour si ça parvient vraiment de la chambre ou merde. Oui : c'est bien le biniou de l'apparte. Alors, d'un pas déterminé, je vais décrocher.

— Hello! je désarticule.

Une voix de gonzesse lâche :

— Billy?

— *Yes.*

— Ah ! bon. Quand j'ai demandé les deux autres et qu'on m'a dit de ne pas quitter, j'ai failli raccrocher. Comment se fait-il que tu sois encore sur place ?

The colle, hein ? Tu répondrais quoi, à ma place, tézigo ? Tu resterais bien con, la gueule grande ouverte sur du silence, je parie ? Mais Sana, c'est le gazier d'élite, que veux-tu que je te dise. Le mec extrêmement exceptionnel.

Bref regard à la pièce pour l'inspire. Mes yeux se posent sur les deux valoches.

— A cause des valises ; une couillerie ! dis-je.

— Laquelle ?

— Je ne peux pas parler.

— C'est pour ça que tu chuchotes ?

— Affirmatif.

— Je vois. Si tu veux assister à une superbe crémation, il y en a une de prévue demain à dix heures à Sâli-Sang. Salut !

Elle raccroche, moi aussi.

Tu vois, Benoît ? Je savais que j'avais quelque chose à espérer de cette chambre.

J'attends le retour d'Henriette. C'est long. La télé indonésienne m'offre un documentaire formidable sur le président M. Suharto faisant prêter serpent aux cadets de l'école navale. N'ensuite on te montre le même président M. Suharto échenillant les orchidées de son jardin, car c'est un homme très simple. Puis c'est le président Suharto donnant à des jeunes filles la recette du nazie-gorang. Après quoi, on nous propose le président Suharto assistant à un ballet à Boraboudur, œuvre magistralement magistrale qui s'achève par l'incendie du palais sur la scène de plein air, lequel incendie est figuré par deux bottes de paille sur lesquelles un machino vient vider le contenu d'un jerrican d'essence avant de les enflammer avec son briquet Bic.

Juste au moment où l'on commence à nous passer le générique d'un film sur la vie du président Suharto, Henriette fait retour.

Je braque mes projos sur son visage. L'anxiété me donne envie de gerber.

— Alors ? balbutié-je.

Tu sais quoi ?

Voilà ma jolie attachée culturelle d'embrassade qui, en guise de réponse se défait de sa robe plus vitement qu'une effeuilleuse professionnelle : elle jaillit en soutien-loloches et slip chuchoteur. Envoie cela à dache et s'allonge, en croix de Saint-André, sur la moquette.

— Il s'en tirera, annonce-t-elle. Finis-moi !

C'est donc dans l'allégresse que je reprends les choses, là où elles avaient été sinistrement interrompues. Si nous n'atteignons pas la fin de ce très remarquable ouvrage que les étudiants du vingt et unième siècle après Jésus-Christ auront à disséquer, je t'offrirai la liste et la description de mes fesses d'armes en l'occurrence. Seulement il se fait tard, le papier est cher, mon éditeur économe et les bateaux à vapeur vont bientôt t'arriver.

Brièvement, je t'indique que je lui termine la « tulipe batave » en la ponctuant d'un trémolo fantasque sur l'ergot de concentration. Puis, c'est l'inévitable « trois et un quatre », exercice d'une grande précision nécessitant un rigoureux polissage des ongles, car trois doigts dans la moniche et un dans l'œil de bronze, ça ne pardonne pas si tu as les griffes trop longues ou qui accrochent.

Oserai-je préciser que, parallèlement à cette activité, elle a droit à un mordillage de cuisse et à un titillage langoureux des embouts caoutchoutés. Tu l'avais déduit de toi-même, ô mon lecteur complice, si délibérément aimé de moi que je ne lui cèle rien de mes secrets, fussent-ils d'alcôves. L'adorable, l'exquise dame, conçoit de ces voluptés un plaisir qu'elle me sonorise admirablement. Une femme qui vocalise la jouissance fait passer Mozart pour un con. Quel chant plus doux, plus beau, plus mélodieux que ces râles émaillés de cris, que ces plaintes ponctuées d'appels, que cette mélopée interrompue par d'inoubliables rugissements ? Ah ! donzelles, mes chères chéries, comme je vous aime ! Vous êtes les seuls véritables instruments de musique de ce monde.

Après le « trois et un quatre », elle est apte au forage grec. Surtout, gamin, si tu entends le pratiquer, n'oublie jamais d'opérer quelques aller et retour à la papa préalables, histoire de te lubrifier le pollux. Et n'engage celui-ci qu'avec une extrême courtoisie, sans cesser de te prodiguer totalement, afin de maintenir l'effervescence. Pour qu'un feu prenne, on doit lui souffler dessus. Alors, souffle ! Souffle sur la femme que tu honores et qui se consent. Quand le feu a bien pris, qu'il est vif et crépitant, parachève, mon fils ! Et surtout parle ! L'usage de la parole ne nous a été consenti que pour ces instants-là. Nous aurions pu nous en passer, sinon. Les seuls mots vraiment utiles sont ceux qui transcendent l'extase. Ceux qui ne sont plus répétables et qu'il convient d'oublier sitôt leur mission remplie.

Là, c'est de la folie, Ninette ! Elle entonne ma gloire éternelle, celle de mes aïeux. Comme quoi y en a qu'un au monde et elle l'a dans le brasero. Le combien elle est l'élue pour morfler un chibre pareil, si noble, vigoureux, intelligent et tout ! De la bête de race inoubliable. Pour concours international. Premier aux imposés, premier aux figures chibres ! Dur et flexible à la fois. Durandal et roseau pensant. Nerveux comme un étalon arabe. Toujours piaffant. Feu des quatre fers et foutre des deux roustons.

Le temps, ensuite, d'un passage sous l'onde tiède cadumisée, et voilà ma Jehanne d'Arc de braguette repartie pour une nouvelle épopée sur l'avers. Là, ça déglingue, espère ! Tu lâches tout le quadrige, les rênes te servant de fouet. Hue, dia ! Hop ! Cette chevauchée, ma doué ! Les Comanches ? Des petits va-de-la-gueule peinturlurés. Les Cosaques ? Des jouvencelles de manège ! Même le prince Charles, quand il joue au polo, monté sur Di, sa jument poulinière, il ressemble à un postillon de Longjumeau, le grand fané, comparé à Messire Moi-même.

Lorsque j'abandonne ma cavalière après cette fanta-sia héroïque, elle est crouni complet ! Notre attachée au culturel, tu pourrais pas lui tirer la moindre fable de La Fontaine, le plus fastoche alexandrin d'Hugo « Et s'il n'en reste qu'un, je serai celui-là ! » Refermée comme une huître farouche, la voici. Soûlée de paf, de sensations fortes. Après une ramonée pareille, elle doit se gaffer de pas paumer ses légumes en·marchant. C'était un séisme, quoi ! Typhon sur le clito ! La matrice en portefeuille ! Les cuisses en parenthèses. La toison défrisée. Le pubis déboîté. Le bas-ventre en flammes. Va lui falloir huit jours pour récupérer son sensoriel et la panoplie de ménage qui va avec. Durant ce laps, elle ne pourra guère être baisée que par un tube de vaseline, et encore sans le contenant ! Elle chuchote, en état second, voire tertiaire, que je suis un assassin de frifri, un chatticide, un dévasteur de cramouille ! Que je lui ai mis le sac à sac. Que j'y ai arraché les trompes, disloqué l'obturateur au point qu'elle a maintenant le pot plus grand qu'une porte de grange ! Un soudard vandale à se pisser contre ! Un nergumène du zob ! Mon braque, c'est un pic pneumatique ! Fait pour dépaver les rues ! Entreprendre une gonzesse avec un tel outil, c'est faire d'elle une épave du frigounet. Tu la froisses papier-cul, la pauvrette ! Lui cigognes le soubassement pis qu'une secousse sismique ! Elle conclut en affirmant que c'était fabuleusement bon tout de même et, pour tout dire, royal.

Je nous sers deux scotches. Pas réparateurs le moindre. L'alcool ne répare jamais rien, mais faut bien se donner l'air de héros de cinoche. Toujours, si t'as remarqué, après la lonche grand style, ces monsieur-dame éclusent un whisky.

— Henriette de France, lui dis-je en caressant son pied de mon pied, il serait temps que tu t'expliques à propos de mon ami Jérémie.

— Il revient de loin !

— Je m'en doute, Metz-Angkor ?

Elle m'en raconte une vachement raide, je te prie. Du jamais vu ! Faut être négro pour vivre une semoulée pareille !

Gure-toi que, dans la noye, tandis qu'il en concassait, mon pote, deux mecs se sont introduits dans sa turne, masqués. L'ont réveillé en sursaut. L'un d'eux le menaçait d'une pétoire énorme. Il lui tenait le canon braqué dans les narines. « Si tu cries, ta tête explose ! ». Alors, M. Blanc la cadenasse, c'est humain. Le deuxième mec sort d'une sacoche un étrange appareil qui ressemble à une pompe à vélo, en moins long et en beaucoup plus large. Le type lui a déclaré qu'il lui appliquait ça sur le cœur, que c'était un piston à air comprimé terminé par une lancette empoisonné. Qu'il allait crever instantanément et très proprement. Bon, il pose l'engin contre le thorax de Jérémie. Celui-ci exécute alors un saut de carpe fantastique. Mais, en même temps, le coup part et mon pote retombe, foudroyé. Les deux mecs se sont tirés, certains que leur victime avait trépassé.

En réalité, il s'est produit ceci : l'agresseur a tiré à travers le pyjama. Or, M. Blanc porte sur sa poitrine une amulette qui lui a été remise par le père de Ramadé, sa très chère épouse, lequel, je le rappelle à ceux qui ont de la paille d'emballage en guise de cerveau, est sorcier sur les rives du fleuve Sénégal. L'amulette en question est confectionnée en peau de porc-épic d'une résistance à toute épreuve. La lancette

214   *LE CRI DU MORPION*

à air comprimé l'a frappée sans la percer, mais l'a enfoncée dans la chair du négus, à cinq centimètres du cœur, à droite en entrant. Le poison (du cul-rare) s'est écoulé à l'intérieur de la poche ainsi formée. C'est la violence de l'impact qui a fait perdre connaissance à mon vaillant. Il est resté plusieurs heures dans une espèce de k.-o. voisin du coma et n'a repris connaissance qu'à l'hôpital d'infortune de Denpasar où, en l'auscultant, un médecin a découvert l'amulette enfouie dans la chair et l'en a retirée proprement. Grâce à Dieu et à son amulette, M. Blanc est sauf ! Henriette lui a fait quitter l'hosto pour le confier à des Français amis qui tiennent un commerce d'exportation d'art local dans l'île.

Admirable fille !

Dis, elle mérite l'hyper-coup de rapière que je lui ai administré, non ?

De savoir mon camarade sain et sauf me plonge dans une euphorie infinie.

La môme me caresse encore les testicules, mais en camarade, comme Prost caresse le capot de sa guinde quand il vient de remporter une course.

— Je vais devoir vaquer à ma mission, s'excuse-t-elle. Je me demande comment je vais pouvoir clamer les louanges ne notre pays dans l'état de délabrement où tu m'as mise, voyou chéri !

La pelle ardente du pardon, après l'appel des sens. Elle aime. En revoudrait déjà, mais son devoir avant tout, non ?

— C'est quoi, la France, selon toi, beau commissaire casanovesque ? questionne-t-elle, songeuse.

— Une peuplade de prolétaires endettés, réponds-je, en espérant que le président Mitterrand ne lira pas ce livre.

Elle sourit, merci.

— Que vas-tu faire en mon absence, mon amour dur comme l'acier ?

— T'attendre, sublime forniqueuse au cul enchanteur et à la chatte délectable. Boire un peu pour
tromper le temps, en visionnant quelques documen-
taires consacrés à la vie et à l'œuvre édifiantes du
président Suhardo. Je sens que cet homme éminent est
en train de me devenir indispensable.

L'ARÈNE MORTE

Sâli-Sang est une petite localité située à une vingtaine de kilbus de Denpasar (si Denpasar on te donnera autre chose). Les maisons y sont humbles, comme presque partout à Bali, les échoppes nombreuses, où l'on vend des babioles d'argent ciselé : bijoux de semi-pacotille que les touristes marchandent d'autant plus âprement qu'ils valent des prix dérisoirement bas. Un temple un peu plus fameux que les autres célèbre la foi bouddhiste. Des autochtones portant le sarong viennent y déposer des offrandes en pyramides précaires dressées sur des plateaux d'osier tressé. Une quantité de nourritures bigarrées : paquets de biscuits et de bonbons, fruits exotiques, poulets rôtis, sacs de riz, fleurs, pièces d'étoffe, artistiquement assemblés et fixés, ornés de rubans aux teintes vives. Les nabus du coin queueleuleutent et disposent leurs pièces montées sur l'entablement des espèces d'autels en plein air, sous les regards atones des statues et des prêtres, pour la plus grande allégresse des mouches à reflets bleus. Ils se prosternent, ravis d'offrir, eux si pauvres, des denrées qu'ils estiment riches à ces divinités roupillantes. Ils surveillent en coin l'offrande du voisin, plus somptueuse ou plus modeste que la leur, car même en pleine crise de foi, les hommes sont vermines que tu peux pas savoir l'à quel point, bordel ! A s'entre-jalouser comme des gorets !

Henriette et moi les regardons manigancer. Des touristes épars flashent à tout va, quand bien même ils ne sont pas japonais. Voleurs d'images ! Agaçants grappilleurs d'existences. Voyeurs de rien ! Connards ! Connards ! Et je dirai même : connards !

Elle a l'habitude, Mme Monbauc-Surtabe, de cicéroner les personnalités gouvernementales en déplacement à Bali. Un vrai guide bleu des Vosges, la mère. Te récite par cœur le pourquoi du comment des trucs. L'origine des traditions. L'historique, tout bien. En connaît un monstre rayon sur les mœurs, les races, les religions et tout le bazar. *Very interesting,* je la trouve. D'ailleurs, même si elle était analphabète, avec un cul pareil et un brio amoureux aussi performant, elle ne me laisserait pas indifférent.

La crémation annoncée par la mystérieuse voix féminine au pseudo-Billy dont je tenais le rôle au pied levé, va avoir lieu dans vingt minutes. Comme nous étions en avance, Henriette m'a montré le temple Polotour de Sâli-Sang, parce que, justement, c'est la fête religieuse du Nantankungong.

Elle se met au volant de sa petite chignole de louage et nous allons attendre la cérémonie crémateuse sur l'esplanade y affectée. On se gare sous des eucalyptus poussiéreux, dans un coin du terre-plein. Il fait doux, le soleil brille et ma braguette chante sa joie de vivre. Deux bûchers sont dressés.

— Ils font philippine ? demandé-je.

— Oui, sourit ma conquête. Le mari et la femme sont morts dans un accident de mobylette, selon ce que j'ai appris.

Sa main caresse ma cuisse. On dirait que ses avaries de réchaud sont réparées et qu'elle se trouve de nouveau opérationnelle, la jolie chérie. Je sens, aux effluves qui partent d'elle, combien elle regnanate du frifri. Avant notre envol de l'aprème, Jérémie et moi, faudra que je lui ménage une séance d'adieu, Henriette.

Une bouillave langoureuse, je pressens. A la nostalgique, côte à côte dans le pucier. Juste je lui tiendrai, une jambe levée, pas qu'elle fatigue trop.

Tout ça après la préface habituelle, œuf corse. Le petit compliment débité à bout portant sur le bistougnet. Je la planterai nonchalamment en lui récitant des pages entières de mon adaptation personnelle de *Gamiani*. J'irai d'une allure primesautière, sans forcer la cadence. Valse anglaise, tu vois ? Pas du tout la harde sauvage. Je ferai jouer les violons. Hier, c'était du Wagner ; *today,* ce sera du Chopin. Pratiquer l'alternance, comme en présidence de République. Un septennat t'as François Mitterrand, le septennat d'ensuite, t'as Mitterrand François, tandis que Double-patte et Patachon s'en vont vendre des moules dans leurs circoncisions (comme dit Bérurier-le-puissant).

Elle soupire, en tirant sur la sonnette d'alarme de ma fermeture Eclair :

— Pourquoi tiens-tu tellement à voir cette crémation, Antoine ? Par curiosité ?

— Point tant, réponds-je. Tu sais, sur le chapitre des émotions fortes, j'ai déjà donné. Mais il y avait comme de l'ironie dans le ton de la fille au téléphone, quand elle a prévenu son copain Billy que celle-là allait avoir lieu.

— Et tu en conclus quoi ?

— Rien, sinon que je ne dois pas la rater.

Elle a glissé sa main preste dans l'encolure de mon slip pour un brin de causette avec Nestor. Où tu constates la gonzesse expérimentée, c'est la manière qu'elle le chope par le cou avec un mouvement de pas de vis (et non pas de vice). Toujours à dispose, Matéose ! Il a droit à un petit bisou affectueux qui le pavane à bloc.

Sans doute pousserait-elle plus loin sa manœuvre si une musique n'éclatait à cet instant au cœur du village. Cloches et tambours, comme partout ! Bach aurait vécu ici, il se zinguait recta.

— Les voilà ! fait-elle, bien qu'on ne doive pas parler la bouche pleine.

Je remets Coquette à la niche, par décence. J'ai rien de morbide et je suis pas le genre d'auteur à se faire tailler un calumet devant des cadavres, Dieu merci beaucoup !

Maintenant, faut que je vais te décrire les bûchers. Ils sont placés côte à côte, à environ trois mètres dix de distance. Chacun se compose de deux espèces de palissades faites de troncs de bananiers (ceux-ci ne brûlent pas et retiennent les braises). Entre cette double palissade sont accumulés des fagots sur une hauteur d'environ deux mètres. Le bûcher est surmonté d'un dais de papier aux couleurs « flamboyantes », si tu me permets l'expression, vu la circonstance. Quatre autres troncs de bananiers le soutiennent. A l'extrémité de l'un des bûchers, un trépied supporte une espèce de lance-flammes en tôle servant d'embout à un tuyau de caoutchouc qui serpente sur la terre galeuse jusqu'à un baril rouillé juché sur un praticable. Tu mords le topo, Toto ?

Alors ne me reste plus qu'à laisser arriver le cortège et, justement, le voilà qui débouche. En tête marchent les musiciens, coiffés d'étranges bonnets orangés. Tout de suite derrière viennent les catafalques mortuaires, joyeux, pimpants, portés à dos d'homme par les costauds du patelin. Ils sont garnis de guirlandes jaunes et rouges, d'étoffes chamarrées. Des offrandes sont accrochées tout autour du dais : des poulets vivants pendus par les pattes, des fruits, des fleurs, des couronnes de papier. Le prêtre marche à côté, poussant son Solex du retour. Il est en jean et porte un T-shirt aux armes de Coca-Cola et un bonnet-turban cradoche.

La foule suit en bavassant. Rien de triste dans cette cérémonie funèbre.

La compagnie se déploie sur l'esplanade ; les porteurs exécutent trois tours des bûchers, tandis que le rythme de la musique s'amplifie à devenir insoutenable. Et puis les catafalques stoppent chacun devant le bûcher dévolu au client qu'ils amènent. Des hommes les escaladent et dégagent les étoffes recouvrant les défunts. Ils se saisissent alors des corps enveloppés dans un linceul blanc, raides et étroits car, en fin de compte, la mort est menue et, ce con de duc de Guise excepté, un homme paraît encore plus foutriquet lorsqu'il a trépassé que quand il est vivant.

On coltine chaque macchabée sur un bûcher et commence une série de rites bizarroïdes consistant à asperger de parfum les dépouilles, à les parsemer de fleurs, à leur délivrer de touchants présents : les derniers.

Juché sur un bout d'échelle, le prêtre vient faire l'ultime toilette des morts. Il commence par le corps de l'homme dont il écarte le suaire. Il verse de l'eau bénite (ou assimilé). La sempiternelle musique continue de retentir à t'en scier les nerfs. Par instants, elle semble faiblir, mais une phase du rituel la relance et elle repart dans l'insoutenable.

— Curieux, non ? murmure Henriette.

— Descends de la voiture, chérie, et va repérer dans la foule les assistants étrangers au pays, en particulier les Blancs, ordonné-je.

Docile, l'étrangleuse de pafs quitte la tire et se fond dans la populace.

Je continue de mater le déroulement des opérations. Maintenant, on en a terminé avec l'homme et on s'occupe de l'épouse. Le cérémonial est identique. Et pourtant, à un moment donné, voilà que ton faramineux Santonio (et je pèse mes termes) ouvre sa bouche grand comme l'entrée du tunnel sous la Manche (côté

anglais). Je profite de ce qu'elle bée pour sourire avant
de la refermer, comme l'écrivait M. Maurice Schumann
dans son livre.

Laissant là toute prudence, je me dévoiture à mon
tour. Moi, y en a chien de chasse, que veux-tu ! Je ne
peux résister à l'appel de mon dur métier, en comparaison duquel celui d'écailler est de tout repos, malgré le
maniement du redoutable couteau à huîtres qu'il
implique.

Hardiment, je fends la foule afin de me porter au
premier rang et voir le « spectacle » de plus près.

Ayant ardemment regardé, je me prends en tête à
tête pour une conférence intime. L'une des plus impor-
tantes que j'aie eue à tenir depuis que je trimbale une
carte barrée de tricolore contre mon cœur.

Dois-je, ou ne dois-je-t-il pas ?

Faut-il ou ne fauché-je point ?

Cruelle indécision.

J'écoute, dans la coquille creuse de ma mémoire, la
voix du Vieux, hier, au bigophone, quand il me disait :

« — Pas de vagues, mon petit. Il vaudrait mieux
solutionner cela d'une manière radicale mais discrète, si
je me fais bien comprendre ? Une telle affaire, si elle
éclatait au grand jour, ferait trop de bruit. C'est la
France qui en pâtirait, Antoine, vous le comprenez
bien, n'est-ce pas ? »

Et moi de bredouiller en comprimant mes rancœurs :

« — Qu'entendez-vous par « solutionner cela d'une
manière radicale », monsieur le directeur ? »

Son silence dans lequel défilaient des points d'exclamation, comme une cohorte de petits soldats de plomb !

« — Mon cher, il est des réponses qu'on ne peut
décemment articuler. »

Joli, non ?

Et puis nous avons raccroché presque simultanément, mais tout de même, lui le premier, m'a-t-il
semblé. Et à présent que j'ai vu, à présent que je sais, le

doute me vient encore, bien qu'il n'ait plus de raison d'être. Faire quoi ? Me précipiter, théâtral ? Haranguer la foule ? Interrompre cette cruelle cérémonie-spectacle ? Créer l'incident ? Ne sois pas con toute ta vie, Antoine. Essaie de marcher au pas, de temps à autre, pour aller plus sûrement vers tes vieux jours ! Et puis, surtout, il y a mieux à faire.

Au pied du bûcher, je me détrancane la matière grise. « Si la fille qui croyait parler à un dénommé Billy, hier, à l'hôtel, lui a conseillé de venir assister à cette double crémation, c'est qu'elle comptait y participer elle-même, non ? De toute façon, on peut penser que, selon toute logique, *quelqu'un du* Suey Sing Tong est présent à « la fiesta ». Ne serait-ce que pour vérifier que tout se passe au poil. Le quelqu'un est, sans aucun doute possible, en train de m'observer. Il a, à cet instant, l'œil rivé à moi. Je sens d'ailleurs l'intensité de ce regard sur ma nuque. Alors, tu sais quoi, Tonio ? Tu vas te retourner brusquement. L'éclair ! Et, en une fraction de seconde, il te faudra repérer qui t'observe, pas laisser le temps à l'intéressé de déporter ses yeux. Putain, si je disposais au moins d'un petit miroir, je m'en servirais comme périscope. Tu y es, Antoine ? Go !

Je volte d'un bloc. Si promptement que la langue préhensile du caméléon gobant une mouche pourrait passer pour un trombone à coulisse, en comparaison.

« Elle » est là, à trois rangs, pile devant moi. Au côté d'un gros Chinois adipeux (a dit peu, mais a pensé beaucoup !). Une rousse coiffée serré malgré l'échevelure naturelle de ses crins. Queue-de-bourrin, tu vois ? Nouée par un ruban. Pantalon blanc, corsage jaune. *The sun !* Kif si je me trouvais en état second, je marche droit à elle.

— Bonjour, lui lancé-je, farceur.

Elle a récupéré de sa surprise et, pour lors, la feint :

— Monsieur ?

— Je suppose que vous espériez me trouver ici, dis-je.

— Mais, monsieur...

— En constatant votre erreur, hier, vous avez dû en déduire que, puisque je n'étais pas Billy, j'étais moi-même, non ?

Je viens de la choper par le bras. Elle agite violemment son aile afin de se dégager. Mais l'étreinte santoniaise, pardon, t'as plus vite fait de te libérer d'une camisole de force !

Son compagnon intervient.

— Lâchez mon amie, il ordonne (de culasse) (1).

Mais mézigue, j'en ai plein les bottillons de cette équipe.

— Moule-moi, figure de courge. Quand c'est plus l'heure, il faut raccrocher les rapières au portemanteau !

Je poursuis, m'adressant à la fille :

— Une supposition, poupée : je m'élance jusqu'au bûcher de droite, je tire un pain dans la gueule du prêtre, j'écarte les plis du linceul et montre à la foule que la dame qui va cramer est une Blanche, blonde comme les blés. Tu vois d'ici la réac de ces gens ?

Putain, que m'arrive-t-il ? Le gros Chinois a sorti un stylet de sa fouille, dont il fait jaillir la lame du pouce. Le déclic qui m'a alerté. Moi, prompt comme tout ce que tu voudras, j'amorce une esquive et lui biche le poignet. Il donne une secousse pour se dégager, réaction à laquelle je m'attends. Au lieu de lui opposer une résistance, j'accompagne son geste. Dès lors, son bras mollit. Je le lui remonte en arc de cercle et dans le mouvement, sa foutue lame se plante dans son aine. Pas profondément, mais comme ces gens du Suey

(1) San-Antonio, distrait, voulait écrire, au lieu de « il ordonne » il « enjoint » ce qui eût justifié l'adjonction parenthésée de « de culasse ».

travaillent au curare, l'égratignure suffit pour l'envoyer à dache. Il y part rapidos, dirait mon cher Antoine Decaune, qui en dira bien d'autres, j'aime autant te prévenir !

Le gros Chinetoque fait une bouche rectangulaire comme une boîte à dominos, son regard débride, il fléchit et coule sur soi-même, telle une bougie. Nase ! De profundis ! Il pratique avec une telle discrétion que les spectateurs ne s'en aperçoivent même pas. Ils ont mobilisé toute leur attention sur le premier bûcher qu'on vient d'allumer. Pour commencer, en fourrant un tampon imbibé d'essence au creux du bois, puis en braquant sur ce début de brasier la lance du tuyau. Dès lors, ça se met à cramer haut et fort ! Des flammes joyeuses s'élèvent. Que ce soit pour un feu de cheminée ou une crémation, les flammes sont toujours gaies. Vivifiantes, elles qui anéantissent si bien. Oui, vivifiantes parce que purificatrices. Ça détruit les saloperies, sais-tu ? Et Dieu que les hommes en font partie, les pauvres ! Elles anéantissent tout avec la même verve : les chalets pimpants, comme les charognes odieuses. Pour commencer, elles se dressent vers les montants du dais et encrament la décoration de papier gaufré : vraoufff !

D'un coup ! Que ça me rappelle papa quand, au dessert, il formait un rouleau léger avec le faf enveloppant les oranges, puis mettait le feu au sommet du frêle cylindre. Le papier était posé sur son assiette à dessert, pas risquer de carboniser la belle nappe empesée de m'man. Il brûlait jusqu'aux deux tiers et, brusquement, ce qui subsistait s'élevait, rectiligne, au-dessus de l'assiette, semblable à une montgolfière miniature. Et c'était beau, je te garantis. Le moutard que j'étais matait avec extase l'élévation floue. J'ignorais que c'était déjà l'âme de p'pa qui s'en allait un peu. Maintenant, je le sais. On enveloppe de moins en moins les oranges, mais quand j'en rencontre une, encore habillée de cette robe légère, à mon tour je roule son emballage, puis l'enflamme juste pour ressusciter un instant perdu. On est puérils, les adultes, beaucoup plus que les mômes.

Mais revenons à la situation tendue. La fille, du temps que je m'occupais de son compagnon, tu parles qu'elle a dégainé en souplesse. Un mignon pétard à gros mufle, nickelé comme un carter de Bugatti. Du revolver à barillet assez infaillible dans ses œuvres. Elle le dirige sur mon ventre et son œil étincelant exprime les pires menaces.

Elle murmure entre ses dents :

— Eloignons-nous d'ici, sans affolement.

L'air commence à sentir le cochon brûlé. Car, en cramant, l'homme, tu le sais, pue le porc. C'est révélateur, non ? On est parents dans l'olfactif comme dans le comportement, le goret et nous.

— Vous mettez vos deux mains dans votre dos et vous avancez !

Le ton est tranchant, n'admet aucune discussion. Je sais qu'elle défouraillera sans barguigner, sûre de n'être pas gênée dans sa fuite ensuite, car la musique de cloches est intolérable pour les étagères à crayons, et un coup de feu, au sein d'une telle populace, ne serait pas davantage perçu qu'un pet de dame patronnesse durant le *grand largo* de Haendel à l'orgue.

— Où dois-je aller ? lancé-je par-dessus mon épaule.

— Direction village !

O.K., je ne suis pas sectaire.

En m'éloignant, le destin supérieurement agencé me fait croiser Henriette occupée à fureter. Je lui fais les gros yeux et, par une mimique follement éloquente, l'avertis de ce qui se passe. La chère bandeuse encaisse le message et disparaît.

Bon, alors on continue de marcher. Ça fouette de plus en plus et la foule se clairsème à force de lui aller à contre-courant.

Nous voici en bout d'esplanade. J'avise une Range Rover couleur caramel métallisé, qui étincelle au soleil. Et puis j'entends presque simultanément, un choc, un cri, un bruit d'éboulement. Je me retourne : mon agresseuse est au tapis, gigotant comme une nasse pleine de langoustes fraîchement pêchées. Henriette, effarée, la regarde, balançant au bout de son bras la grosse pierre dont elle vient de se servir pour estourbir la radasse du Suey Sing Tong.

— Vous êtes la plus exquise des compagnes, Ninette, soupiré-je en ramassant l'arme toute bêtasse qui gît dans la poussière.

Tu dirais un bull-dog stylisé, ce revolver.

— Je crois que cette jeune femme vient d'être frappée d'insolation, déclaré-je. Conduisons-la jusqu'à notre voiture, chérie, en la soutenant chacun par un bras.

Nous regagnons la tire à petits pas. Personne ne s'occupe de nous. Là-bas, sur son bûcher, Lassale-Lathuile flambe comme un mannequin bourré de paille. L'un de ses bras noirci pend sinistrement hors du bûcher et un gazier des pompes funèbres balinaises le refoule dans le brasier avec l'extrémité d'un petit tronc de bananier. Dantesque ! Quelle étonnante fin pour un contrôleur du fisc !

LA ROUSSE ILLUSTRÉE

Ma question la laisse peu de temps perplexe, Henriette. J'ai rarement vu une gonzesse aussi délurée. Pour la prendre au dépourvu, celle-là, il faudrait commencer par la faire macérer dans un baril de ciment frais, et encore cette maligne réussirait à renverser le tonneau et à se laisser rouler jusqu'à son adversaire pour le télescoper ! Y a des frangines, comme elle, pas beaucoup mais j'en connais. Des qu'ont jamais froid aux châsses et qui font joujou avec l'adversité.

Elle murmure, songeuse :

— Si vous voulez vraiment un endroit tranquille, il n'y a que la nature, fait-elle. Je nous vois mal regagner l'hôtel avec cette fille. Et vous n'y seriez pas à votre aise pour l'interroger. Je connais un endroit désolé : la forêt de Zobpandan, qui entoure le petit lac de Papamankul. Hormis des singes en liberté, on y rencontre peu de monde.

— C'est loin ?

— Rien n'est très loin dans une petite île, pertinance-t-elle en se mettant au volant.

Pour mon humble part, je m'installe à l'arrière avec la rouquine. Je ne sais pas si ça vient de la chaleur, mais elle coucougnousse vachement de l'épiderme, cette morue ! Elle n'est pas arrivée à bons pores, médème !

Charogne, cette fouettaison ! J'en biche plein les naseaux. Ça me rappelle une ménagerie que j'ai beaucoup aimée. Moi qui déteste les parfums, je rêve de prendre un bain dans une piscine emplie de 5 de Chanel. Ça me morose les trous de nez. L'olfactif, tu sais la place prépondéreuse qu'il tient dans ma vie sensorielle ? Incapable de briffer des venaisons, je suis. Non plus que du Munster. Je franchis jamais la limite du Saint-Marcellin à cœur. (Que c'est notre pire point commun, à François Mitterrand et à moi, il me l'a dit : le Saint-Marcellin. Ses paroles textuelles c'est : Il n'y a que deux produits remarquables dans le Dauphiné : le Saint-Marcellin et vous !).

Elle s'est récupérée, la parfumeuse. Les gnons à la calebasse, c'est ou bien mortel, ou bien peu de chose. Chemin roulant, je songe que je ne l'ai pas fouillée et qu'avec une souris appartenant au Suey Sing Tong, c'est là une lacune qui ferait chier un Vénitien. Alors je la palpe en conservant le groin du revolver braqué sur son estomac.

— Bien entendu, vous ne tentez rien d'héroïque, lui conseillé-je, ça allongerait la liste du nécrologue. On en est à la demi-douzaine de boy-scouts à vous tombés au champ d'horreur, et j'aimerais rester sur ce compte rond.

Elle schlingue si fort que, rien que de palper ses hardes, mes doigts se mettent à puer la rouquasse. Ayant contrôlé son devant (les roberts se portent bien, et sans monte-charge, merci), je l'invite à se mettre à genoux sur la banquette. Dans la malle arrière de son pantalon blanc, je déniche une chose que les dames de bonne compagnie trimbalent rarement sur elles : une paire de menottes et un couteau de modeste dimension logé dans une gaine de cuir. Probable qu'il est empoisonné, lui aussi, d'où cette précaution ?

Je pourrais écrire un manuel sur les multiples utilisations d'une paire de menottes. Je crois avoir tout essayé

comme combinaisons. Alors, tu sais quoi, dans l'eau cul
rance présente ? comme dit le Mastar. Je lui empri-
sonne une cheville et un poignet, et ça, côté inconfort,
c'est breveté S.G.D.G. Voilà donc la pauvrette penchée sur la banquette avant, se cognant le front à
chaque cahot et bouillonnant si intensément de rage
que ça stimule ses effluves de putois.

Henriette, magistrale, drive comme une championne
de rallye, que tu croirais Mlle Mouton dans ses œuvres.
Elle emprunte des routes de plus en plus étroites et,
bientôt, nous roulons sur des chemins ravinés qui
s'enfoncent dans une nature à la Paul *and* Virginie, aux
senteurs végétales. On longe des rivières tumultueuses,
des arbres géants, des fleurs de sous-bois mystérieuses.
Ça bucole à fond la caisse. On s'arrêterait ici pour y
bâtir la hutte dont je t'ai dit rêver depuis des millénaires
et on tirerait des coups fumants sur la mousse fraîche.
On boufferait des baies (en regardant la baie par la
baie, où passe un cheval bai tirant un bébé qui bée).

La chignole montagnerusse de plus en plus. Le
chemin devient sentier, le sentier sente, la sente plus
rien du tout car nous sommes parvenus au bord de la
rive sud du lac Papamankul. Une fois le moteur coupé,
le ramage des oiseaux et le crépitement des insectes
prennent possession de nos trompes d'Eustache. Un
instant de féerie auditive ! C'est plus beau que le
Concerto Branle-Bourgeois, plus harmonieux encore
que les mâles accents de Michael Jackson. In-di-cible !
Point d'exclamation à la ligne.

Avec bonheur, je descends de la tire. Henriette en
fait autant.

— N'est-ce pas un coin fabuleux ? fait-elle.

— Le paradis terrestre, admets-je, n'en étant plus à
un cliché près dans ce putain de métier, tu penses !

Elle chuchote :

— Vous n'avez pas l'impression que cette femme
rousse sent abominablement fort ?

— Non, réponds-je, j'en ai la certitude ; marchons un peu pour nous aérer les poumons.

— Mais elle ?

— Inoffensive.

On s'offre quelques pas et la môme, gagnée par l'enchantement du lieu, me saisit les sœurs Brontë. Délicatement, rassure-toi, car elle sait combien ces choses-là sont fragiles et la manière suave dont ils convient de les palper, tout comme les tomates mûres.

— Tu me produis un effet inouï, dit-elle. J'ai envie de toi en permanence.

— Il m'a semblé le comprendre, souris-je mâlement.

— Tu ne veux pas que nous...

— Si, mais après.

— Après quoi ?

— Il faut auparavant que je parle à la rouquine, mon cœur, car j'entends avoir l'esprit dégagé pour m'exprimer physiquement. On fait mal l'amour lorsqu'on est préoccupé.

— Alors fais vite, mon bel étalon, car j'ai le corps en feu.

En feu.

Pourquoi ces deux syllabes me font-elles penser à Arsène le morpion ? Je l'avais totalement occulté, cézigue. Me semble qu'il est en train de sonner à la porte de ma braguette. Ou mieux, qu'il me hèle dans le silence entier de mon subconscient. Arsène, le morpion morbide, le morpion mord bite. L'infernal petit pou annonciateur de mort. Je porte ma main à ma poche. Le revolver que j'y ai remisé après avoir menotté la donzelle ne s'y trouve plus. La salope me l'a chouravé proprement de sa main restée libre, mettant à profit les cahots du véhicule. Je ne perds pas un instant. Vran ! Je renverse Henriette dans les espèces de hautes fougères qui prolifèrent au bord du lac. Elle croit que j'ai changé d'idée et que c'est ma fougue sensuelle qui s'exprime. Se détrompe en entendant claquer des coups de feu.

Quatre bastos cisaillent les plantes autour de nous. L'une d'elles se loge même dans un fût moussu à quelques centimètres de ma tempe. Charognerie de femelle ! Comment qu'elle m'a eu ! Et moi, royal con, qui prenait mes aises à côté d'elle ! Moi qui, d'un ton suffisant, l'annonce « inoffensive ».

— Ça va, mon cœur ? je chuchote à l'oreille de Ninette.

— Ça irait mieux si tu pesais sur moi pour le bon motif, répond-elle.

Une sacrée luronne, l'attachée culturelle !

— Coule-toi doucement derrière ce fût !

— Et toi ?

— Quand on a commis une connerie, on la répare. Je vais aller la désarmer. Pour l'instant, silence complet.

Et, parallèlement, je me raconte ceci : la rouquine a tiré par la portière, sinon je l'aurais entendue quitter l'auto. Notre tactique consiste à ne plus nous montrer. Au bout d'un moment, elle va vouloir vérifier où nous en sommes. Donc elle sortira de voiture et alors je m'élancerai, profitant de sa difficulté de manœuvre, tu saisis ?

Je fais le mort. Si les oiseaux gosillaient pas comme des poissonnières napolitaines, ce serait le silence absolu.

Du temps s'écoule. Long à s'en fendiller le rectum d'impatience. Et puis l'inattendu s'opère, comme toujours !

T'as envie de savoir ?

Banco, je suis bon prince !

Un ronflement de moteur ! Parole ! Là, le Brabant tombe ! Je veux dire : les bras m'en choient ! Oh ! la rusée ! Au lieu de risquer de tomber dans le piège que je lui tendais, elle a préféré passer par-dessus le dossier de la banquette et s'installer au volant. Bon, piloter une caisse quand on a le menton à la hauteur du tableau de

bord et la main droite reliée à sa cheville, c'est pas le
bonheur absolu ; mais, avec de la ténacité on y parvient : à preuve !

Je me hisse hors des fougères. Avise la rousse
recroquevillée à la place conducteur. D'une seule main,
il lui faut enclencher les vitesses et piloter. De plus, elle
a une manœuvre à exécuter, puisque la chignole est
face au lac. Alors j'accours. Elle s'escrime. L'auto se
met à reculer dans les hautes herbes, patine un peu, a
une ruée brusque. Le moteur cale. Elle le rambine.
J'arrive. Elle me décèle. Arrête de manœuvrer et me
vise. Je plonge une nouvelle fois. Elle lâche ses deux
dernière quetsches dans son affolement. Dis, c'est les
cacatoès qu'elle vise ? Un clic ! Deux clics ! Elle est
marron : le magasin est vide. Pour toute recharge
s'adresser à l'armurerie Cantine-Reinette.

Je m'avance en souriant, les paluches en fouille,
sifflotant *Rose de Picardie,* mon air favori.

Sans m'affoler, je viens m'asseoir à son côté sur le
siège passager. Je sors son couteau de l'étui, l'ouvre et
contemple la lame brillante mais souillée d'une matière
brunâtre. J'enfonce la pointe, à plat dans l'étoffe du
grimpant. La gonzesse ne moufte pas. Son regard fixe
est embué d'angoisse. Lentement, je cisaille le pantalon
en remontant vers l'aine. Elle se cambre à bloc. Je
continue de couper le tissu.

— Arrivé au bas-ventre, je ne m'arrêterai pas,
assuré-je. Alors, vous devez répondre vite et bien à mes
questions, Miss, sinon ce sera jour de fête pour les
poissons de ce lac. Vous appartenez bien au Suey Sing
Tong, n'est-ce pas ?

— Oui ! s'écrie-t-elle.

Ouf ! Elle se rend !

Dans ces cas-là, dès que tu as répondu « oui », tu as
tout dit !

UN HOMME SE PENCHE
SUR SON PASSÉ

Singapour, c'est pas un pays, c'est un bazar. De luxe. Tu y trouves tout ce dont un individu moyen n'a pas tellement besoin. A des prix défiant toute concurrence.

Les touristes, tu remarqueras, dès qu'un produit est hors taxes, ils l'achètent, quand bien même ils n'en ont pas l'utilité. Ils achètent des rabais, en somme. Moi, je marchanderais un Nikon (ce qu'à Dieu ne plaise), je dirais au marchand :

« — Cet appareil coûte soixante pour cent de son prix français, je n'ai besoin que des quarante pour cent de différence, vous me les laisseriez moyennant dix pour cent ? »

On ferait vite du Raymond Devos, avec ce principe-là.

Jérémie marche un peu courbé, biscotte le terrible traumatisme que lui a causé l'appareil à air comprimé. Son amulette (suédoise), il se l'est morflée dans la viande sur cinq centimètres de profondeur, tant l'impact a été violent. Ça lui fait une sorte de cratère rosâtre dans le baquet. Mais il dit qu'à notre arrivée, Ramadé lui pratiquera un *merdan flac tougou*, onguent délicat qui nécessite, lui, de l'urine de femme descendante de sorcier (ce qui est son cas).

On parcourt les allées d'un immense magasin, véritable caverne d'Ali Baba moderne. Il emplette quelques gadgets pour ses chiares, genre montre-calculatrice, stylo-podomètre, etc. Pour ma part, j'acquiers un poste de radio-grille-pain destiné à ma Félicie, un taille-crayon en forme de sexe féminin à l'intention de Toinet, et une reproduction en savon du temple Sri Mariamman pour Maria, ma bonne amoureuse.

M. Blanc arque de plus en plus mollement.

— T'as l'air groggy, mec, je remarque.

Il en convient. Sa blessure le taraude durement.

Aussi gagnons-nous le restaurant chinois de l'hôtel *Mandarin* pour une bouffe à épisodes, servie par une petite Jaunette au sourire cantharidesque, dont tu boufferais le cul avec des baguettes si le menu était moins copieux.

Le grand Noircicot caresse sa blessure, ou plutôt il la masse en fermant les yeux.

— J'ai eu du pot, dit-il. Quelle secousse ! Il m'a semblé que mon corps explosait.

Je remarque :

— Je crois savoir que tu es catholique, mec, ce qui est rare pour un Sénégalais.

— Et alors ?

— Comment se fait-il qu'étant chrétien, tu portes une amulette sur toi ?

— Deux précautions valent mieux qu'une, répond M. Blanc.

Il mange avec application ses langoustines sur cana-pés aux graines de sésame (ouvre-toi !)

— Tu as une idée de l'endroit où se trouvent Lassale-Lathuile et sa maîtresse ?

Aussi sanglant que cela puisse paraître, nous n'avons pas parlé une seconde de l'affaire depuis nos retrouvail-les. Il semblait si fatigué, Jéjé, si lointain, et moi, de mon côté, j'éprouvais une immense saturation de ce fourbi insensé.

Alors on s'est remis à coexister en causant d'autre

chose. Nous avons pris congé d'Henriette, on a grimpé
dans le Boeing des Singapore Airlines et, aussi glandu
que ça puisse te paraître, nous avons boquillé des
paupières pendant le trajet. A l'arrivée, on s'est laissé
happer par la magie de cette ville-Etat, sorte de New
York neuf, d'une propreté méticuleuse (exception faite
du vieux quartier chinois). J'y habiterais pas, mais elle
est bien commode pour faire ses commissions.

M. Blanc églutit d'un coup sec, propre en ordre. Il
me paraît plus noir que d'ordinaire, le grand !

Comme je m'attarde dans les flous artistiques, il
insiste :

— Hein, où est-il ton contrôleur ?

Ma pomme de lui désigner le ciel que chatouillent les
buildinges de la cité.

— Tu aperçois ce petit nuage qui arrive du sud,
Jérémie ? Eh bien il est possible que Lassale-Lathuile et
sa sauteuse en fassent partie.

Il s'arrête, ses baguettes en suspens, que tu croirais
un chef d'orchestre bègue.

— Veux-tu dire ?
— Oui.
— Qu'ils sont ?
— Oui.
— Morts ?
— Tourgueniev ! fais-je, le sachant lettré.
— Fumée ? me donne-t-il raison.
— Exactement.
— Merde !
— Exactement !
— Mais comment ?
— Honegger ! poursuis-je, le sachant également
musicologue.
— *Jeanne au bûcher ?*
— Gagné !
— Comment la chose a-t-elle été possible ?
— Tout est possible au Suey Sing Tong.

— C'est l'organisation qui les a... ?

— Oui.

— Pourquoi ?

— Pour que personne ne puisse raconter la vérité sur l'assassinat mystérieux de Bézaphon II, et surtout pas son meurtrier.

— Parce que c'est Lassale-Lathuile qui ?...

— En effet.

— Comment ?

— Avec l'arbalète qu'il a achetée à Djakarta. Il est un champion incontesté de cette étrange discipline, depuis des années. D'ailleurs, tu as dû remarquer sa collection lorsque nous étions chez lui ?

— C'est un meurtrier ?

— Pire : un tueur !

— Lui ?

— A gages ! Sous sa belle façade de fils de bonne famille et de fonctionnaire d'un certain niveau, il trucide moyennant finances, mon bon. Textuel !

— Comment as-tu découvert cette chose effarante ?

Je lui narre par le détail. D'abord, ma découverte sous la cloche de pierre couronnant le temple de Tankilyora Deshôm. Dans les cavités figurant les yeux du bouddha, j'ai trouvé, d'un côté, une arbalète démontée, mais elle était trop enfoncée pour que je puisse la récupérer, de l'autre, un carquois d'un genre particulier.

— En quoi est-il particulier ? questionne cet esprit curieux.

— Il s'agit d'un carquois thermique, mon chéri.

— Pourquoi thermique ?

— Parce qu'il contenait, tiens-toi bien à tes baguettes, deux flèches faites dans une matière particulière.

— Quelle matière ?

— L'eau.

— Comprends pas, potage-t-il avec ses grosses lèvres

mauves semblables à une aubergine coupée en deux dans le sens de la longueur.

— Lassale-Lathuile a tué le sultan avec des flèches de glace !

— Tu déconnes !

— Point du tout, mon matou. Il a fait congeler de la flotte dans un moule résultant de l'empreinte d'une flèche ordinaire. Ensuite, il a placé les flèches ainsi obtenues dans son carquois thermique. En position, bien avant l'arrivée de la foule, au sommet du temple, à l'abri de la cloche, il a eu tout son temps, au cours de la cérémonie, pour viser Bézaphon II et l'énucléer proprement ! Un jeu d'enfant pour un Guillaume Tell de sa force. Avec l'intense chaleur qui régnait, les projectiles de glace ont fondu immédiatement, le temps de la confusion ambiante. Superbe, non ?

— Pourquoi ne pas avoir employé des flèches classiques ?

— Deux raisons, à mon avis. Primo, les flèches de glace ne permettent aucune identification postérieure. Secundo, elles corsent le mystère. Pour les autochtones, cette double énucléation sans projectiles tient du miracle. Comme le nouveau sultan était un joyeux loustic réprouvé par le peuple, de là à croire à un châtiment divin, il n'y a qu'un pas qui doit être déjà franchi à l'heure où nous devisons.

Blanc se remet à piocher des denrées consommables dans son bol.

— Ça, c'est chié, approuve-t-il. Pour être chié, c'est chié !

— Son meurtre accompli, il a tranquillement démonté son arbalète et l'a enfouie dans un œil du bouddha ; puis il a également planqué le carquois. Ne lui restait plus qu'à redescendre parmi les assistants en délire.

— Pourquoi dis-tu que Lassale-Lathuile est un tueur professionnel ?

— Ça c'est l'œuvre de Béru, fiston. Le Gros m'a expliqué, au téléphone, qu'il a, après notre départ, vérifié l'emploi du temps du contrôleur au cours des deux dernières années. C'est un vrai chien de chasse, Béru. Il a constaté que ce digne fonctionnaire se déplaçait beaucoup et qu'il se trouvait chaque fois dans une ville où étaient perpétrés d'étranges assassinats.

— A l'arbalète ?

— Oui, mais on ne pouvait songer à cette arme car elle tirait des projectiles divers. Ainsi, à Marseille, le gangster maghrébin Semoul Din Lasar a-t-il été trucidé d'un tournevis en plein cœur, l'outil s'était enfoncé entièrement, manche inclus, dans sa carcasse ! Le légiste s'est perdu en conjectures, comme on dit dans les livres ; mais on réalise très bien à quoi cela correspond quand on est au courant des prouesses de Lassale-Lathuile. En Bretagne, Loïc Le Pinfré, l'indépendantiste, a eu la tête traversée par un harpon destiné à la pêche sous-marine, harpon qu'on avait scié en partie. J'ai d'autres exemples encore... L'arbalète, mon Jérémie ! L'arbalète ! Drôle d'arme pour un tueur à gages professionnel !

— Je vais te dire une chose, murmure M. Blanc, mal remis de sa stupeur : c'est chié ! J'en ai déjà vu des trucs vachement chiés, mais vachement chiés à ce niveau, je crie pouce !

L'accorte serveuse vient changer la théière de Jérémie puis, à ma demande, ma bouteille de Matéus rosé ; non que son contenu soit bouchonné, mais je l'ai absorbé : parler assoiffe. On s'accorde (à piano) un temps mort de récupérance, le Noirpiot *and me*. D'autant que la tortore *chinese* faut toujours la manger chaude, voire brûlante, sinon elle fige (et ça la fige mal !) (1).

_____

(1) Si certains de mes calembours te paraissent trop affligeants, mets-les de côté : je les donne à des pauvres cons qu'en font leurs dimanches.

San-A.

C'est au canard laqué qu'il en reveut, M. Blanc. Qu'il retourne sur le sentier de la guerre.

— Bon, mais le meurtre de sa bonne femme ?

— Le résultat d'un marché, mec.

— Avec qui ?

— Le Suey Sing Tong.

— Ça, comment le sais-tu ?

— Par une petite dame à qui j'ai fait cracher le morceau au bord d'un merveilleux petit lac de Bali.

— De quel marché s'agissait-il ?

— Auparavant, je place un petit chapeau à ma chronique. L'infrastructure du Suey Sing Tong se trouve dans le sultanat de Kelbo Salo. L'organisation avait un accord juteux avec l'ancien sultan. Grâce à lui, et au statut d'autonomie du patelin, le Suey disposait d'une protection intouchable.

— Mais le nouveau qui était une tête folle n'a pas voulu marcher ? hypothèse Noirdu.

— Exact. Ni le fric ni les menaces n'ont eu raison de son obstination ; c'était un jobastre ! Mais un jobastre de la pire espèce, un jobastre honnête ! Son arrêt de mort était donc signé. Seulement le Suey voulait que le meurtre s'accomplisse en grandes pompes, si je puis dire, pendant le couronnement, afin de frapper les esprits. Il rêvait d'une chose rare ! Rare et sans risques. Comment a-t-il appris l'existence et la spécialité de Lassale-Lathuile ? Ça, je l'ignore et je m'en fous. C'est un milieu où les bonnes adresses se chuchotent de Bush à oreille. Donc, ils ont contacté notre homme, et mon pote Lucien qui, lui aussi connaissait ses « clients » de réputation, a posé la condition fatale, dans la grande tradition de *L'Inconnu du nord-express* : « Je ne vous prends pas un dollar pour buter votre sultan, mais vous, en contrepartie, vous me tuez ma femme. »

— Il n'en voulait plus ?

— Le couple ne marchait plus depuis longtemps et

elle faisait porter des cornes grandes comme une ramure de cerf à son mari.

— Je sais, grince Jérémie, l'air entendu, la voix en girouette inhuilée. Elle avait la cuisse légère et couchait avec n'importe qui.

J'encaisse la vanne sans broncher.

— Marché conclu entre les deux parties, reprends-je. Un tueur classique, frété par le Suey, s'occupe de Marie-Maud. Indispensable pour que tiennent les conventions : s'assurer que l'époux est en voyage avant de le flinguer afin qu'il ne puisse être en aucun cas soupçonné. Le tueur s'attache à la dame, cherchant l'occase. Le soir de ma venue, il biche : voilà la friponne qui s'envoie en l'air avec un beau gosse, la conjoncture est belle. Le mari est en province. Le Casanova et sa partenaire s'endorment après leur extraordinaire prestation amoureuse...

— Tu peux passer par les portes avec ta tronche enflée ? bougonne Blanche-Neige.

Mais moi, intarissable comme le fleuve semblable à ma peine, de poursuivre :

— Pour lui, le moment est idéal ! Il scraffe la donzelle et disparaît. Travail précis, impeccable ! La première partie du marché a été respectée, c'est donc à Lucien de jouer à présent. Malédiction ! Il rentre au bercail en fin de nuitée, *ignorant qu'on l'a déjà servi. Et il réalise qu'il ne pourra pas s'embarquer le jour même par le vol où ses places sont retenues si le meurtre de Marie-Maud est connu.* Il va y avoir l'enquête, les formalités, les funérailles. Or, il lui faut être à pied d'œuvre avant le sacre !

« Affolé, il quitte son domicile et alerte le correspondant du Suey Sing Tong avec lequel il a traité. Qu'on embarque le cadavre de sa donzelle, sinon il lui sera impossible de souscrire à ses obligations. D'où ce déménagement éclair opéré aux prémices de l'aube. On utilise l'appartement voisin pour réparer la casse consécutive au meurtre. On évacue le corps. Et la suite tu la connais.

« Seulement nous, mon pauvre biquet, nous nous sommes fait repérer en nous rendant au domicile des Lassale-Lathuile. Les gens du Suey guignaient les alentours, tu penses. Ils nous ont filés, et quand ils ont vu que nous partions pour Djakarta, ils ont pigé que ça allait chier des bulles carrées pour leur complice français. Nous risquions de compromettre l'opération. Il fallait nous neutraliser avant. »

— Oui, je pige ; je pige bien ; je pige tout, se félicite Jérémie. C'est une histoire drôlement...

— Chiée ?

— Oui, je cherchais le mot. Dis-moi, grand-sorcier-blanc-avec-plein-de-poils-sur-la-poitrine, comment expliques-tu le meurtre de Chian Li, l'antiquaire et de son mignon vendeur ?

— Là aussi, j'ai la réponse, Alphonse. Lassale-Lathuile ne pouvait se rendre à Java avec l'une de ses propres arbalètes. Si ses bagages avaient été fouillés, la chose aurait attiré l'attention. On lui en a donc procuré une sur place. Une arme ancienne, haute fidélité, terriblement opérationnelle. C'est Chian Li qui l'a trouvée. Sans doute n'était-il pas dans la confidence et ignorait-il la destination de l'arme ; enfin, je le suppose, mais là n'est pas la question. Notre visite a foutu la merde. Quand nous avons été partis, il a jetonné, le vieux magot, et rué dans les brancards. Peut-être a-t-il menacé, qui sait ? Tout ce qu'il a obtenu, c'est l'expédition punitive que tu sais, où il a laissé sa peau.

Jérémie éclate de rire.

— Tu raffoles des bonnes blagues, bien saignantes, Négustos ? m'étonné-je.

— Tu sais à quoi je pense, fleur de génie ? il me demande, que force m'est de lui répondre par la négative.

« Le signal d'alarme du magasin que tu croyais avoir neutralisé de main de maître, grand con, tu n'as pas eu de mal ; il n'était pas branché ! »

— Qu'en sais-tu ? mortifié-je.

— Après le départ des assassins du Chinois et de son giton, qui donc l'aurait rebranché ? On n'a pas pensé à ça plus tôt.

— C'est vrai, amendhonorablé-je. Même Einstein avait des distractions. Que veux-tu, on ne peut pas être un surhomme vingt-quatre heures sur vingt-quatre !

Le bruit d'une assiette brisée le fait tressaillir.

— Voilà que je deviens nerveux, s'excuse-t-il ; mais il y a de quoi ; parce que, enfin, Antoine, le Suey a totalement liquidé Lassale-Lathuile et sa maîtresse pour clarifier la situation, faire place nette. Seulement il reste nous deux qui savons trop de choses. Tu penses bien qu'ils finiront par nous passer à la casserole !

Je branle tu sais qui ? Le chef !

— Dors tranquille, pov' nég', sur tes deux oreilles grandes comme des harnais de chevaux.

— Tu crois ?

Là, je lui retrace l'ultime épisode du lac.

— La femme qui m'a tout balancé est devenue, de ce fait, notre alliée. Je lui ai expliqué que j'avais déjà compris l'essentiel et que j'en avais référé à mes chefs, ce qui est exact : le Vieux est au courant. Tu sais comme il est frileux. La perspective qu'un contrôleur du fisc français soit en fait un tueur aux meurtres nombreux, coupable d'avoir zingué un monarque, lui glace les meules. Il m'avait ordonné de liquider Lassale-Lathuile et d'oublier « tout ça ». Donc, les intérêts du Suey et ceux de la police française se rejoignent. La môme a compris que l'instant était venu de nous ignorer radicalement les uns les autres et de poursuivre nos routes. De nouvelles vagues rouges risqueraient de tout compromettre.

Jérémie roule sa crêpe au canard après l'avoir enduite de sauce brune sucrée.

— Oublier « tout ça », dit-il d'un ton noyé, oublier « tout ça », c'est facile à dire.

On se remet à grignoter.

En silence.

FIN

Arsène, le morpion, abandonna le pore de peau où il venait de s'abreuver à longs traits. Repu, il décida de piquer un somme dans le repli d'un testicule particuliè-rement volumineux sur lequel végétaient des poils follets au contact agréable.

Dans cette niche naturelle, il était à l'abri des fâcheux et vigoureux grattages de son hôte dont les rudes ongles risquaient de le mettre à mal.

Il commençait à s'assoupir lorsqu'une secousse qu'on eût dit tellurique l'arracha à ses songes naissants. Il chercha la cause de ce tremblement de chair et comprit que le gardien de la paix Badasse, qu'il avait affrété, lors d'une étreinte de celui-ci avec une pute, était en train de s'oindre le bas-ventre (ainsi que les burnes) d'un produit sombre et vaguement crémeux à l'odeur pestilentielle. Arsène songea : « Mon Dieu, pourvu que ce ne soit pas de l'*onguent gris,* ce morpionicide imparable ! ».

Trois doigts chargés de la redoutable substance contournaient les couilles de l'agent. Arsène ferma les yeux et recommanda sa pauvre âme au Seigneur des poux de corps, le dieu Morbac. Un index, un médius et un annulaire tournaient dans la zone où il se planquait. Le malheureux espéra un court instant qu'il échapperait à la battue ; mais comme si une intelligence satanique l'avait démasqué, les trois doigts, impitoyables, s'abattirent sur lui.

Arsène poussa un cri terrible, tenta désespérément de conserver sa respiration, mais elle lui échappa, et la vie du même coup !

Je me dresse, hagard (du Nord. Pas toujours Saint-Lazare qu'on va me croire du parti pris). Le cri désespéré résonne encore dans mes portugaises.

Je mate mes abords. Je suis dans mon bureau de la Maison Poupoule où je roupillais, terrassé par le décalage horaire. Jérémie lit le *Firo gâ,* un journal de son pays auquel il est abonné.

Le buste dressé, la bouche béante, il regarde en direction de la porte.

J'en fais totem.

Ah ! le cauchemar ! J'avise un être d'un mètre quarante ; peut-être de sexe féminin puisqu'il porte une jupe ? Avec une bosse grosse comme une hotte de vendangeur ! Presque chauve, le reste des tifs étant d'un gris qui fut teint en roux l'année dernière. Le regard affligé d'un strabisme si divergent que celui de mon pauvre Sartre ressemblait à un pince-nez, en comparaison. Le pif en bec de toucan. Des verrues mahousses comme des fraises de concours un peu partout. Un sourire pareil aux ruines du Reischtag incendié ! La vraie angoisse déambulante. Mais qui déambule mal puisque « l'être » marche en s'aidant d'une béquille. C'est cette surgissance impromptue qui a fait hurler M. Blanc. Gendre de sorcier, tu parles qu'il croit aux démons, le frangin !

Nous regardons, fascinés. L'extase de l'horreur, en somme ! Bérurier se tient à côté de la chose d'un autre monde, jovial, triomphant.

— Tiens, v's'êt' rentrés de vos galopineries, les

Siamois ? mugit-il. Ça tombe bien, c'soir j'fête l'anniff à médème...

Puis, pompeux :

— J'vous r'présente Agathe, ma maîtresse.

FIN FIN

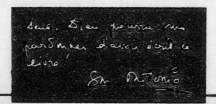

LE MOIS PROCHAIN

SAN ANTONIO

4 TITRES CHEZ VOTRE LIBRAIRE

N° 29 – Y a de l'action

N° 30 – Si Signore !

N° 37 – Viva Bertaga

N° 38 – Un éléphant ça trompe

RÉVISER VOS CLASSIQUES

Achevé d'imprimer en janvier 1989
sur les presses de l'Imprimerie Bussière
à Saint-Amand (Cher)

— N° d'impression : 6896. —
Dépôt légal : février 1989.

Imprimé en France